Remerciements à

Anne Boelle
Jean-Michel Bourdin
Delphine Hamon
Lucette Labboz
Corinne Monot
Alain-Gabriel Monot
Pierrette Verdys

Le passager de la Toussaint

Aux Éditions du Palémon

Les enquêtes de Mary Lester

1 *Les Bruines de Lanester*
2 *Les Diamants de l'Archiduc*
3 *La Mort au bord de l'étang*
4 *Marée blanche*
Prix Fondation Paul Ricard - 1995
5 *Le Manoir écarlate*
6 *Boucaille sur Douarnenez*
Association des Écrivains de l'Ouest:
Grd Prix de la Ville de Rennes - 1995
7 *L'Homme aux doigts bleus*
8 *La Cité des dogues*
9 *On a volé la Belle Étoile!*
10 *Brume sous le grand pont*
11 *Mort d'une rombière*
12 *Aller simple pour l'enfer*
13 *Roulette russe pour Mary Lester*
14 *À l'aube du troisième jour*
15 *Les Gens de la rivière*
16 *La Bougresse*
17 *La Régate du St-Philibert*
18 *Le Testament Duchien*
19 *L'Or du Louvre*
20 *Forces noires*
21 *Couleur Canari*
22 *Le Renard des grèves - tome 1*
23 *Le Renard des grèves - tome 2*
24 *Les Fautes de Lammé-Bouret*
25 *La Variée était en noir*
26 *Rien qu'une histoire d'amour*
27 *Ça ira mieux demain*
28 *Bouboule est mort*

Filosec et Biscoto *(jeunesse)*

1 - Les Naufragés de l'île sans nom
Prix des Embouquineurs - Brest 1999
Prix Loustig Pont-L'Abbé 1999
2 - Le Manoir des hommes perdus
3 - Les Passagers du Sirocco T1 "Le jardin des simples"
4 - Les Passagers du Sirocco T2 "Dans les griffes du docteur Châ"
5 - Monnaie de singe (avec Jean-Luc Le Pogam)

Théâtre

Authentique Histoire de Bélise...
Prix des Écrivains Bretons 1998

Aux Éditions Coop Breizh :

Le Gros Lot

Gens et Choses de Bretagne

Aux Éditions Flammarion :

L'Ombre du Vétéran
Prix Pierre Mocaër - 1993

La Fontenelle, Seigneur de l'Île Tristan

MARY LESTER

Le passager de la Toussaint

ÉDITIONS DU PALÉMON
ZA DE TROYALAC'H - N° 10 RUE ANDRÉ MICHELIN - 29170 ST-ÉVARZEC

CE LIVRE EST UN ROMAN.

Toute ressemblance avec des personnes, des noms propres, des lieux privés, des noms de firmes, des situations existant ou ayant existé, ne saurait être que le fait du hasard.

Chapitre I

Le commissaire divisionnaire Lucien Fabien était de retour. Ça me fit vraiment plaisir de l'apprendre lorsqu'en ce lundi de novembre humide et doux, le brigadier Mélennec, un des plus anciens gardiens qui finissait sa nuit, m'interpella à mon arrivée au commissariat :

— Capitaine, le patron a demandé après vous.

Formulation directement traduite du breton. Mélennec n'était sorti de sa ferme de Briec que pour faire son service militaire et, dans la foulée, il était entré dans la police par le biais des Compagnies Républicaines de Sécurité.

J'avais cru voir une étincelle dans les petits yeux bleus du bonhomme qui attendait sa retraite paisiblement en cultivant son jardin, un embonpoint prospère et une trogne fleurie. D'ailleurs, au passage, il m'avait balancé un clin d'œil complice et il avait prononcé « Le Patron » avec une emphase telle qu'on devinait une majuscule à l'article comme on le fait lorsqu'il s'agit d'une divinité.

Pendant l'indisponibilité du commissaire Fabien, les « en tenue », comme les officiers, avaient eu à subir un fonctionnaire détaché du ministère. Il avait sévi le temps que le patron se relève d'une délicate intervention chirurgicale.

On n'aurait pas aimé le garder, ce commissaire Mervent !

Pendant les deux mois qu'avait duré l'intérim, il s'était montré pointilleux à l'excès pour des détails qui n'en valaient pas la chandelle et incompétent pour les affaires plus sérieuses.

Comme aurait dit Talleyrand, « souvent insuffisant mais toujours suffisant ». Une formule qui allait comme un gant à ce technocrate tombé dans la police par les hasards conjugués d'une ambition démesurée et des disponibilités ministérielles.

Bref, tout le monde était ravi d'en être débarrassé. Et comme dans ce pays, la peau d'âne prévaut sur l'expérience, Mervent, diplômé de l'ENA s'il vous plaît, avait retrouvé une nouvelle fonction plus digne de ses ambitions au ministère. Il allait pouvoir y grenouiller allègrement avec d'autres arrivistes de son acabit.

« Qu'importe où il sera, avait soupiré Fortin en apprenant son départ, du moment que c'est loin de chez nous... » Opinion qui faisait l'unanimité du personnel au grand complet.

Je toquai à la porte directoriale et j'entendis avec bonheur sa voix, toujours sèche et brève :

— Entrez !

J'obtempérai et considérai avec ravissement le commissaire divisionnaire Lucien Fabien assis derrière son bureau.

— Patron ! m'exclamai-je, ce que ça fait plaisir...

Il se leva et vint à ma rencontre :

— Plaisir partagé, Mary !

Je serrai sa main maigre et nerveuse et nous nous secouâmes le bras pendant une poignée de secondes.

— Vous semblez être en pleine forme, mentis-je.

— C'est ce que m'ont dit mes médecins, répondit-il avec un sourire en forme de rictus. Et comme ils s'y connaissent beaucoup mieux que moi…

Il me présenta une chaise et retourna s'asseoir. Le commissaire Fabien, petit par la taille, n'avait jamais eu de problèmes de surpoids. Cependant je le trouvais amaigri, un peu voûté, comme s'il s'était recroquevillé sur lui-même.

Des poches bleuâtres sous les yeux marquaient un visage où l'os saillait sous la peau ; ses doigts, toujours en action, semblaient chercher quelque activité. Les traces jaunes de nicotine qui les tachaient avaient disparu.

— Je vois que vous avez renoncé à fumer, bravo !

Il regarda sa main droite, frotta son pouce contre son index et dit d'un air mi-figue mi-raisin :

— Rien ne vous échappe, n'est-ce pas ?

Il haussa les épaules, fataliste :

— Prescription formelle de la faculté, avec madame Fabien pour veiller à leur bonne exécution.

— Ça ne rigole pas !

— Comme vous dites.

Il balaya son bureau des yeux, s'attardant sur la bibliothèque contenant les ouvrages de droit reliés en cuir, puis des affiches subversives datant de mai 68 qu'il avait fait mettre sous verre et pendre aux murs, ce qui surprenait toujours le visiteur non averti. Il hocha la tête :

— Je ne sais pas si vous êtes si contente que ça de mon retour, mais moi je revis. Si vous saviez ce que j'ai pensé à ce bureau sur mon lit d'hôpital !

— Et si vous saviez ce que tout le monde ici a pensé à vous pendant l'intérim du commissaire Mervent!

— Vous aussi? demanda-t-il à brûle-pourpoint.

— Surtout moi, acquiesçai-je.

— Je n'en crois rien, dit Fabien, l'air sceptique. Il paraît qu'au ministère, Mervent ne tarit pas d'éloges à votre sujet.

J'en restai muette.

Il me considéra, amusé:

— Ça semble vous surprendre!

— Ça me surprend tellement que je n'en crois pas un mot.

En prononçant ces paroles, je n'étais pas tout à fait honnête; j'avais fait en sorte de mettre ce Mervent honni de tout le commissariat dans ma poche, car l'expérience m'a prouvé qu'il n'est jamais inutile d'avoir une relation haut placée dans un ministère.*

— Vous avez tort, Mary, vous vous trouveriez bombardée commandant un de ces jours, que ça ne me surprendrait pas.

Il me regardait avec, aux lèvres, un mince sourire ironique.

— Vous plaisantez, patron!

— Pas du tout, pas du tout! Mervent a l'oreille du ministre et…

Je le coupai:

— Et il n'espère tout de même pas que je vais le rejoindre place Beauvau?

— Et pourquoi pas? Savez-vous combien d'officiers se damneraient pour entrer au ministère?

— Je n'en fais pas partie! fis-je avec conviction.

Et j'ajoutai:

* *Voir :* Bouboule est mort.

— D'ailleurs, je n'aurais aucune compétence pour ce genre de boulot.

Je n'ajoutai pas que je n'avais aucune dilection pour la vie parisienne, mais c'était pourtant la vraie raison de mon hostilité à cette idée. À vrai dire - mais ce n'est pas une opinion administrativement recevable -, je trouve que, pour mon goût, Paris est bien trop loin de la mer.

— Ce n'est pas rédhibitoire, dit Fabien, l'incompétence pour faire carrière dans les ministères semblerait même être un atout.

Je souris à mon tour:

— Ça, ce n'est pas politiquement correct, patron!

Fabien eut un geste de main et un mouvement des lèvres explicites.

— À mon âge, dit-il d'un ton las, je ne me soucie plus d'être politiquement correct, ni même d'être bien en cour. Je suis au taquet*, Mary, qu'est-ce qu'on peut me faire, me mettre à la retraite? Tôt ou tard, il faudra que j'y aille.

Il me regarda avec un sourire triste:

— Je suis une vieille bête fourbue qui a suffisamment tiré sur la charrette pour se permettre de ruer encore une fois ou deux dans les brancards.

Oh là, il avait le moral dans les chaussettes, papy, comme aurait dit Fortin. Il était temps de le secouer un peu:

— Quel égoïsme, m'exclamai-je! Et nous alors?

Il fit mine de s'étonner:

— Vous? Qui, vous?

— Eh bien les gars du commissariat! Voyez pas qu'on nous colle un autre Mervent? Ah, on serait bien!

** Expression courante dans la police indiquant qu'on ne peut plus prétendre à une autre promotion professionnelle.*

Il se mit à rire de bon cœur, comme si mes propos l'enchantaient, ce qui était d'ailleurs probablement le cas.

— Votre confiance m'honore, Mary.

Et il ajouta, rêveur :

— Et comme elle me fait du bien !

Il rêvassa un moment sur son futur qui approchait dangereusement vite. Adopterait-il un petit chien pour aller le promener matin et soir ? Irait-il jouer aux boules avec d'autres retraités ? Je le voyais mal dans cette situation.

Peut-être que madame Fabien le pousserait à acheter un camping-car pour mener ses vieux os au soleil d'Andalousie pendant les mois d'hiver. Ils stationneraient sur un parking près d'autres ci-devant importants, occupant leurs loisirs à comparer les avantages respectifs de leurs maisons roulantes avant de sortir le barbecue et les fauteuils de toile pour boire l'anisette.

Madame Fabien lui ferait sa petite soupe et lui compterait ses petits granules homéopathiques et ils mangeraient en tête-à-tête en regardant leur petite télévision.

Je me retins de sourire, mais ça n'avait rien de drôle.

Franchement, je ne voyais pas le patron dans ce rôle-là non plus. Sa place était ici, derrière ce bureau, dans ce commissariat ! Je ne l'imaginais pas ailleurs.

Pas plus que moi-même je ne m'imaginais ailleurs.

Nous étions restés silencieux quelques instants et il n'était pas difficile de comprendre que nos pensées avaient suivi le même cours.

Je finis par m'exclamer :

— À chaque jour suffit sa peine, patron ! Que nous réserve celui-ci ?

Il descendit de sa rêverie et soupira :

— Ah… Ce jour d'aujourd'hui comme disent les imbéciles…

Ses yeux se perdirent dans le vague si bien que je me demandai si ce bon commissaire avait totalement évacué les produits anesthésiants qu'on lui avait injectés dans les veines. Il répéta :

— Ce jour d'aujourd'hui…

Puis il s'esclaffa :

— Quelle expression idiote !

Il me regarda alors comme si je venais d'entrer dans la pièce.

— On vit une drôle d'époque, Mary !

Je faillis m'exclamer : « À qui le dites-vous ! », mais je me retins. Le commissaire poursuivit :

— Des gens puissants semblent penser qu'on peut utiliser la police nationale à des fins personnelles.

Je fronçai les sourcils :

— Qu'entendez-vous par là ?

— Ce que j'entends par là, c'est qu'un foutu épicier en gros, vous savez ces types qui ont des usines à vendre de tout dans la périphérie des villes…

— Un propriétaire d'hypermarché ?

— Ouais, et pas des moindres ! Un de ces types, qui importe de la camelote chinoise par cargos entiers et qui fait là-dessus des profits indécents, semble avoir des ennuis.

— Et alors ?

— Alors, il souhaiterait que vous vous penchiez sur ses petits problèmes.

— Moi? demandai-je en ouvrant de grands yeux. Qu'ai-je à faire des ennuis de ce monsieur? Et comment…

— Comment a-t-il eu vent de votre existence? Vous ne devinez pas?

Un rideau se déchira devant mes yeux. Je m'exclamai:

— Mervent!

Il ironisa:

— Quelle perspicacité! Ce bon Mervent a été particulièrement impressionné par votre habileté à retrouver l'assassin du fameux « Bouboule ».* Et également par la manière dont vous avez rendu la petite Tristani à sa mère.** C'est ça? C'est bien ça? Tristani?

Je la jouai modeste:

— Bof, ce n'était pas un exploit, patron.

— Exploit ou pas exploit, vous avez permis à Mervent de briller auprès du préfet, et comme je crois qu'il y avait également un ministre dans le coup…

— Le ministre de la mer, en effet, un ami personnel de madame Tristani.

— Voilà pourquoi le zigoto s'est retrouvé en si bonne place à l'Intérieur. Conseiller particulier du ministre, ce n'est pas rien!

Je regardai le patron en souriant:

— Et je parie qu'il ne compte pas s'arrêter en si bon chemin.

— Exactement. Les dents lui poussent, à ce petit gars. Il les avait déjà longues, mais un jour, rien qu'en baissant la tête, il va rayer le parquet! Môssieur se voit déjà Calife à la place du Calife.

Je fis remarquer:

— Pour ça, il faudrait peut-être qu'il soit élu!

* *Voir :* Bouboule est mort.

** *Voir :* Ça ira mieux demain.

Fabien approuva :

— Exactement ! Et c'est là qu'intervient le roi du discount. Il détient le nerf de la guerre, l'argent.

— Je vois, dis-je. Donc Mervent, pour avoir accès au trésor, fayotte auprès de l'industriel.

Fabien hocha la tête affirmativement :

— En gros, c'est ça !

Je m'appuyai à deux mains sur les rebords de ma chaise et me redressai.

— Et vous entrez dans ce jeu ? Je croyais que vous étiez « au taquet » - pour reprendre votre expression - et que vous n'en aviez rien à faire du politiquement correct !

Il me regarda droit dans les yeux et répéta pratiquement ma phrase, en l'agrémentant au passage d'un terme que je n'avais pas osé utiliser :

— Je suis au taquet, et je n'en ai rien à foutre du politiquement correct, de Mervent et du marchand de nouilles !

— Alors, expliquez-moi ?

— J'ai pensé que ça vous amuserait.

— Trop aimable ! Vous savez bien, patron, que lorsque la politique se mêle des affaires de police ou de justice, ça ne donne jamais rien de bon.

— Sauf quand la policière s'appelle Mary Lester, dit-il avec un sourire sibyllin.

Je le regardai sans répondre. Quel rôle voulait-on encore me faire jouer ? J'avais été si bien manipulée par Mère Marie-Madeleine de la Contrition, lors d'une précédente enquête*, que j'étais devenue méfiante.

Le sourire de Fabien s'élargit :

— Vous vous demandez à quelle sauce vous allez être mangée ?

* *Voir :* Ça ira mieux demain.

— C'est un peu ça, dis-je.

— Le mieux est peut-être d'y aller voir?

Je plissai les yeux, circonspecte:

— Je ne peux pas en savoir un peu plus avant d'y aller voir, comme vous dites?

Le commissaire hocha la tête:

— Il s'agit d'une vieille histoire dans laquelle s'est trouvé impliqué le fils Pinchard.

— Pinchard! m'exclamai-je, rien que ça?

C'était là le plus gros et le plus redoutable poisson de cette famille de requins qui régente le commerce moderne en Europe.

— Rien que ça! Je vois que ça vous dit quelque chose.

— Évidemment!

Comment l'oublier, celui-là? Ses enseignes brillaient haut et loin dans toutes les cités commerciales de France et d'Europe.

Je demandai:

— Et quand j'aurai vu, comme vous dites, aurai-je le choix?

— Absolument! dit le commissaire. Vous accepterez ou vous refuserez.

— Si je refuse, vous m'en tiendrez rigueur?

Il leva les mains en un geste de protestation excessivement emphatique:

— Moi? Certes pas!

Après un temps de silence, il ajouta:

— Cependant, Mervent sera déçu.

— Mervent, Mervent, bougonnai-je, s'il savait…

Fabien me coupa:

— Chut! fit-il tendant les mains devant lui d'un air de dire: « Je ne veux pas entendre ça ».

Puis il ajouta :

— Je vous affecterai simplement à une autre mission.

— Une enquête ? demandai-je méfiante.

— Tout de suite les grands mots, dit le commissaire. Dans la police il n'y a pas que des enquêtes à faire. Il faut aussi accomplir des besognes administratives.

Je soupirai :

— Comme les statistiques sur la délinquance…

— Oui, ah… ça, c'est tous les mois. Je suis heureux de voir que vous ne les oubliez pas, ces statistiques !

« Vieil hypocrite » pensai-je. Ses yeux bleus riaient, il paraissait assez fier de lui. Son séjour à l'hôpital ne semblait pas avoir affecté son machiavélisme atavique.

— D'ailleurs, maintenant que nous disposons d'un petit génie de l'informatique, poursuivit-il, tout ceci devrait être plié en deux temps trois mouvements.

— En deux temps trois mouvements, marmonnai-je entre mes dents, c'est ça. Et qui lui fournira les données, au petit génie informatique ?

Il articula :

— Son supérieur hiérarchique, évidemment !

— Et, comme par hasard, ce supérieur hiérarchique ne peut être que le capitaine Lester.

— N'est-ce pas vous qui avez intrigué pour que ce Passepoil Albert soit affecté chez nous ?

Je n'allais pas me défausser sur Fortin, qui était le vrai responsable de cette affectation, car Passepoil, dans une enquête précédente*, s'était montré d'une

* *Voir :* Ça ira mieux demain.

redoutable efficacité. Cependant le mot « intrigué » me défrisait. Franchement, vous qui me connaissez, est-ce dans mes manières d'intriguer ? Encore que…

Le patron pressa le mouvement :

— Alors, qu'est-ce que vous décidez ?

— Il habite où, votre marchand de nouilles au mètre cube ? demandai-je.

— Pas très loin, vous ne risquez pas de vous perdre.

— Mais encore ?

— Landévennec, vous connaissez ?

— Chez les moines ? m'exclamai-je, manquait plus que ça !

— Je savais bien que votre mysticisme naturel se réjouirait de cet environnement, jubila-t-il.

Mon mysticisme naturel… Que ne fallait-il pas entendre !

— Où est le dossier ? demandai-je agacée.

Fabien souriait, ravi de m'avoir bousculée.

— Il est déjà sur votre bureau, Mary.

Je me levai en secouant la tête, tout était déjà manigancé avant que j'arrive.

Je pris un air pincé en me levant :

— Merci patron !

— Vous pouvez me remercier, en effet, dit Fabien, il y a une promotion au bout de cette affaire si vous savez la mener avec votre doigté habituel.

Je haussai furieusement les épaules et Fabien sourit de plus belle. Il savait le peu de cas que je faisais de cet avancement qui fait courir les fonctionnaires et qui, inexorablement, me mènerait derrière un bureau comme le sien si je n'y prenais garde.

Chapitre 2

En quittant Quimper, il y a deux itinéraires pour aller à Landévennec: la route touristique par le magnifique village de Locronan, Plonévez-Porzay, Sainte-Marie-du-Menez-Hom, Argol et enfin Landévennec.

Inutile de vous dire que c'est la voie que je préfère tant elle est belle et, hors la saison touristique, peu fréquentée.

L'autre consiste à emprunter la voie express Quimper-Brest et à tourner au Faou pour suivre le fond de la rade de Brest par la corniche, puis traverser le vieux pont suspendu de Térénez qui enjambe le lit de l'Aulne. C'est la voie la plus rapide et elle ne manque pas de charme non plus. C'est donc celle que je choisis pour aller rencontrer Gaston Pinchard, le célèbre industriel qui avait requis ma présence à Landévennec.

Après avoir franchi le pont suspendu, la route se faufilait dans les bois. Entre les branches des arbres dépouillés de leurs feuilles, j'apercevais le plan d'eau qui scintillait sous le soleil. Je m'arrêtai un instant près d'un petit belvédère aménagé à flanc de colline pour que le promeneur puisse admirer le panorama.

Au milieu de l'eau, comme un grand radeau circulaire, une île couverte de conifères. En contrebas, le cimetière de bateaux. Plusieurs navires de guerre peints en gris M29* flottaient de guingois au bout de leurs chaînes, tels des bêtes harassées et résignées en attente d'abattoir.

À main droite, une route menait au monastère, mais ce n'était pas là que j'allais. Je poursuivis ma descente vers le bourg de Landévennec, passai devant l'église de pierres jaunes et continuai vers le port.

Un grand parking bordait la mer. En retrait, derrière de hauts murs de pierre masqués par des hortensias arborescents, s'élevaient de nobles demeures aux volets clos.

Seule la plus importante d'entre elles, une bâtisse de pierres grises, semblait habitée.

Une colonne de fumée montait d'un tas de feuilles mortes, mêlant son âcre odeur aux fortes senteurs du varech desséché.

Dans ce jardin aux allures de parc, quelques beaux spécimens de palmier prospéraient, ainsi que d'autres plantes exotiques que je ne pus identifier, probablement rapportées par un marin passionné d'horticulture au retour d'une lointaine expédition coloniale.

La marée basse découvrait des étendues de vase noire, le haut de la grève était caillouteux. Quelques barques reposaient sur leurs béquilles et un semblant de digue au béton verdi par les algues s'avançait vers la mer.

C'est au pied de cette digue que, quinze ans plus tôt, on avait découvert le cadavre de Jacques Courtois, un jeune homme de vingt-quatre ans, fils

* *Référence de la peinture des bateaux de la Marine nationale.*

d'un commerçant aisé de Châteaulin qui possédait une maison de vacances à Landévennec.

La tête du cadavre portait des ecchymoses suspectes, mais l'enquête avait révélé des traces d'eau salée dans les poumons de la victime, ce qui prouvait que Jacques Courtois avait succombé par noyade.

À l'époque, l'enquête avait conclu à la culpabilité de Matthieu Pinchard, l'inséparable ami de Jacques Courtois, et il avait été condamné à vingt ans de réclusion par la cour d'assises du Finistère.

Peu après Matthieu Pinchard s'était évadé dans des conditions rocambolesques pendant son transfert à la prison de Brest et n'avait jamais été retrouvé jusqu'à ce jour où… Mais n'anticipons pas.

Landévennec est un village paisible comme on en compte plusieurs sur les bords de la rade de Brest. Ce qui lui vaut sa notoriété, c'est le monastère fondé par saint Gwénolé, compagnon du roi Gradlon au cinquième siècle de notre ère.

De nos jours on visite les ruines de l'ancien sanctuaire que guerres et pillages n'ont pas épargné. Il ne subsiste plus de l'édifice que des pans de murailles au granit gagné par les mousses et les embryons de massives colonnes de pierre s'élevant à quelques mètres du sol.

Les moines d'aujourd'hui se sont installés dans des bâtiments neufs au-dessus de ces vestiges et les croyants du monde entier viennent avec ferveur y suivre les célébrations religieuses.

Le bourg s'étend le long d'une rue principale à flanc de coteau coupée par des chemins de traverse qui mènent à la mer. On n'y compte en hiver que quelques douzaines d'habitants.

J'y trouvai un *Hôtel des Flots Bleus* (fermé pour travaux) dans lequel monsieur Hulot n'aurait pas été dépaysé s'il y était venu en vacances, une épicerie municipale, une crêperie (fermée elle aussi) et deux restaurants dont la spécialité était les moules-frites. L'un d'eux, bien que désert, paraissait ouvert.

Dans le village, certaines maisons portaient plusieurs siècles d'existence sur leurs toitures aux grosses ardoises, creusées par le temps. Les autres, sans grand intérêt architectural, étaient pour la plupart construites en petites pierres appareillées, dans le style des années trente.

Gravé dans des plaques de marbre verdi scellées sur les piliers d'entrée, on lisait le nom de ces maisons: *Villa sans soucis, Les Mimosas, Ker Angèle*… Toute une époque.

L'époque où les « congés payés » venus de Brest ou de Châteaulin en tandem considéraient ces bâtisses de riches avec respect.

La journée tirait à sa fin; le soleil pâle de novembre déclinait rapidement derrière les bois défeuillés et une brume froide semblait monter du sol. Tout soudain, l'atmosphère se glaçait. Je frissonnai.

Pas folichon, ce lieu, du moins en cette saison. En été ce devait être nettement plus gai.

La mer remontait, poussant des petites vagues crêtées d'écume sale sur la vase et les mouettes s'étaient rassemblées le long de la digue, dans l'attente, sans doute, d'un hypothétique pêcheur qui jetterait des tripailles de poisson à l'eau.

Je craignais fort que cet espoir ne fût déçu, apparemment il n'y avait aucun bateau en vue.

Sur le terre-plein du port, un camping-car s'était installé pour la nuit.

La demeure de monsieur Pinchard n'était autre que celle qui avait les fenêtres ouvertes, celle où la vie transparaissait au travers d'un feu de feuilles mortes.

Ker Manech', ainsi s'appelait cette grande maison austère que son propriétaire aurait voulu faire passer pour un manoir. Mais alors un manoir de création récente, devant dater, comme les autres maisons, de l'entre-deux-guerres.

Il y avait un portail fraîchement peint en bleu. Je sonnai, ce qui déclencha l'allumage d'une lampe que je n'avais pas vue. Une voix d'outre-tombe me demanda ce que je voulais. Je me présentai :

— Capitaine Lester, pour monsieur Pinchard.

Il y eut un temps de silence pendant lequel je sentis qu'on me scrutait, puis la voix grésilla dans l'appareil scellé dans le mur : « Un instant ».

Ce fut plus qu'un instant, je crus qu'on m'avait oubliée, mais alors que j'allais sonner une nouvelle fois, j'entendis des pas sur le gravier de l'allée. Une clé joua dans la serrure d'une petite porte latérale et je me trouvai en présence d'une femme vêtue d'un sarrau de nylon, paraissant âgée d'une bonne cinquantaine d'années. Elle me détailla longuement des cheveux aux chaussures.

— Bonjour madame, lui dis-je.

Elle hocha la tête sans répondre et me fit signe d'entrer. De nouveau j'entendis la clé dans la serrure, puis la femme me précéda en traînant ses sabots de bois et je la suivis.

L'allée, garnie de cailloux blancs, était admirablement ratissée, les pelouses admirablement tondues, et pas une feuille morte ne traînait sur le gazon, ce qui était un exploit en novembre, surtout dans une propriété entourée de hautes futaies de chênes et de châtaigniers.

Devant la maison, le sol était empierré de pavés de granit probablement arrachés aux ruines de chapelles perdues dans les bois.

La femme ouvrit la porte, peinte en bleu elle aussi, et m'introduisit dans un hall dallé de larges pierres, probablement de la même provenance que celles de la terrasse, puis dans une pièce de séjour où mon petit appartement aurait tenu tout entier. Il y régnait une douce chaleur avec une odeur de fumée à peine perceptible.

Ici, le sol était parqueté de chêne et, sous la table monumentale (provenant probablement de quelque monastère tombé en déshérence), on apercevait un somptueux tapis oriental.

Dans la cheminée, monumentale elle aussi, brûlait un feu de bûches et, devant ce feu, paraissant se chauffer les fesses, se tenait un grand vieillard aux cheveux blancs dont les grandes mains ossues étaient refermées sur le pommeau d'une canne.

— Capitaine Lester? demanda-t-il d'une voix éraillée, sans me tendre la main.

— Oui. Monsieur Pinchard je suppose?

Il hocha la tête et me fit signe de m'asseoir dans un fauteuil devant l'âtre. Lui-même se posa avec effort dans un Voltaire et, le dos très droit, garda ses mains jointes sur le pommeau de sa canne.

Si je n'avais su que ce monsieur était l'un des hommes les plus riches de France, je l'aurais pris pour un docker, pour un fermier, pour un type habitué à batailler quotidiennement contre les difficultés de la vie. D'ailleurs il était vêtu d'un pantalon et d'une veste de velours bronze à grosses côtes, comme en portent les paysans.

Ses cheveux blancs étaient soigneusement coiffés avec une raie sur le côté et des sourcils broussailleux protégeaient des yeux d'un gris étrange, un gris clair aux teintes d'alumine qui me fouillaient comme des rayons laser. Sa bouche aux lèvres minces restait pincée, méfiante.

Je me sentis soudain mise à nu sous ce regard inquisiteur.

— Je suis Gaston Pinchard, confirma-t-il d'une voix qui ne tremblait pas. Et voici ma fille, Cathy.

Il s'agissait de la personne qui m'avait ouvert la porte et que j'avais prise pour une dame de compagnie. Elle était venue se placer derrière le fauteuil de son père et elle inclina légèrement la tête, comme pour un salut, lorsqu'il prononça son nom.

De petite taille, trapue, elle ne ressemblait pas du tout à son géniteur : un visage tout en rondeurs, un petit nez épaté, des yeux sombres et mobiles.

Mais elle devait à son père un port de tête et un maintien pleins d'une fierté sourcilleuse frisant l'arrogance, qui semblait être la marque de famille. Il était difficile de lui donner un âge, sa vêture sans aucune recherche était celle d'une femme de la campagne et il y avait du gris dans ses cheveux noirs. Cinquante ? Soixante ans ? Je restai perplexe.

— Je suis veuf, dit Gaston Pinchard, et Cathy tient ma maison depuis le décès de ma femme.

J'avais lu dans le dossier que m'avait confié Fabien que la fille de Pinchard avait été mariée mais que son époux avait pris la tangente avant même d'assurer sa descendance. Vu l'allure de l'héritière, je le comprenais un peu.

— Voulez-vous prendre quelque chose ?

C'était Pinchard qui m'avait fait cette offre, plus par souci des convenances que pour m'être agréable.

— Non, merci monsieur, dis-je.

Cathy, qui ne semblait être restée là que pour prendre une éventuelle commande, partit silencieusement.

— Vous résidez ici toute l'année ? demandai-je histoire de rompre le silence.

— Le plus souvent, oui. Mes affaires m'appellent parfois à Paris où j'ai un pied-à-terre, mais dès que je le peux, je reviens à Landévennec.

Et il ajouta, en guise d'explication :

— Ma femme est enterrée ici...

Je hochai la tête sans mot dire, me demandant s'il vivait seul avec sa fille dans cette imposante demeure. Il répondit à cette question que je n'avais pas posée :

— Il y a un couple de gardiens qui habite le manoir à l'année, Marcel Drennec et sa femme Germaine. Marcel s'occupe de l'entretien de la propriété et Germaine des tâches du ménage.

— Ils ont des enfants ?

— Oui, mais ils sont adultes, et ils ont leur vie ailleurs. Le fils est sous-officier dans la Marine nationale, les deux filles sont mariées et n'habitent plus ici depuis longtemps.

Il secoua la tête impatiemment :

— Mais ceci n'a bien sûr aucune incidence sur ce qui nous préoccupe.

Puisqu'il l'affirmait... Je jugeai qu'il était temps d'en venir aux faits:

— Euh... à propos de votre euh... invitation...

— J'ai demandé le concours de la police à mon ami Mervent...

Il s'arrêta de parler, semblant soudain se demander pour quelle raison il avait requis mes services.

— Je suppose, dit-il enfin, que votre supérieur vous a confié le dossier concernant mon fils.

— En effet...

Et, croyez-moi, c'était un dossier des plus complets que je n'avais fait que feuilleter rapidement avant de venir à Landévennec, mais que je me proposais d'étudier plus à fond si la chose s'avérait nécessaire.

La tête du vieil homme perdu dans ses pensées oscillait. Ses yeux regardaient dans le vague.

— Humm! fis-je pour attirer son attention.

Il tressaillit et redescendit sur terre.

— Je sais que votre fils a été condamné à vingt ans de réclusion criminelle et qu'à l'issue de ce procès, à la faveur d'un banal accident de la circulation, il a disparu.

Je le fixai lorsque je prononçai ces mots: « un banal accident de la circulation », mais il ne tiqua pas. Je me demandai si cet accident providentiel était aussi banal qu'il y paraissait. Probablement habitué au bluff dans ses affaires, le père Pinchard devait être un formidable joueur de poker.

C'était aussi un homme puissant habitué à ce que choses et gens plient devant sa volonté. Il pouvait fort bien avoir fomenté cette évasion. La presse de l'époque - pour ce que j'en avais lu en survolant le dossier - ne s'était pas privée d'évoquer cette hypothèse car Pinchard, à ses débuts, entretenait une sorte de garde prétorienne de gros bras sélectionnés dans ses chantiers ou dans ses entrepôts, qu'il n'hésitait pas à lancer contre les opposants à ses implantations commerciales.

— Mon fils vient d'être arrêté, dit-il sans me lâcher des yeux.

Je le fixai, interloquée:

— Votre fils? Je croyais qu'il avait disparu...

Dans le dossier, on en était resté là.

— Oui, mais il a refait surface et la police a mis le grappin dessus.

— Quand ça?

— Avant-hier.

Je devais faire une drôle de tête, et il y avait de quoi. Ce sacré Lucien (j'appelle mon patron par son prénom - jamais en sa présence, rassurez-vous - quand j'estime qu'il agit un peu cavalièrement avec moi)! Là, il dépassait les bornes: avoir omis de m'avertir que Matthieu Pinchard avait été retrouvé! C'était le meilleur moyen de me faire passer pour une imbécile. Oh, mais, il me le paierait!

Négligeant ma surprise, Pinchard ajouta:

— Il a été arrêté par erreur.

Je répétai, incrédule:

— Par erreur?

— Disons plutôt par un concours de circonstances malheureux.

— Où se cachait-il? demandai-je.

— Il ne se cachait pas, on pouvait le voir tous les jours.

— Où ça?

— Ici.

— À Landévennec?

— Oui.

Je regardai autour de moi:

— Dans cette maison?

Il secoua la tête négativement:

— Non.

Et, après un temps de silence, il ajouta:

— Au monastère.

Je tombai des nues:

— Vous voulez dire que votre fils...

Il termina ma phrase en articulant chaque mot pour que je m'en pénètre bien:

— Je veux vous dire que mon fils s'est fait moine, voilà ce que je veux dire!

Ce fut à mon tour de laisser filer le temps.

— Vous le saviez?

— Non, fit-il rageusement. Mon fils était à deux encablures de la maison et je ne le savais pas!

Son dépit était trop visible pour que je puisse douter de sa sincérité.

— Mais comment...

— Comment il s'est fait arrêter?

— Oui, enfin non...

Je ne savais plus ce que je disais. Je finis par demander:

— Comment a-t-il fait pour se cacher chez les moines?

— Humph! fit Pinchard, dès qu'il s'est évadé, juste après le procès, pendant son transfert à la prison, les flics ont bouclé les aéroports, visité les gares, les ports. Ils s'imaginaient que le fils Pinchard, comme on disait, chercherait à gagner quelque pays chaud où il vivrait peinard avec le fric de papa. Jamais ils n'auraient pensé à le chercher dans un monastère.

Il secoua la tête et marmonna :

— Et moi non plus !

Puis il me regarda, la bouche pincée, et précisa :

— Il faut dire qu'à cette époque, Matthieu était un fichu petit con !

Il cracha :

— Un gosse de riche ! Il lui fallait toujours la dernière voiture de sport - qu'il cassait régulièrement - et il amenait ici des petits bourges de son acabit pour des parties où l'alcool coulait à flot, et si ça n'avait été que l'alcool…

Il eut un geste évasif.

— Il y avait aussi de la drogue, je suppose, dis-je.

— Si j'en juge par les prélèvements que sa mère faisait pour les caprices de son petit chéri, j'ai tout lieu de le croire.

Il me regarda d'un air de défi :

— Ça vous étonne ?

— Ces histoires de drogue ? Pas du tout. Ce qui m'étonne, en revanche, c'est que vous ayez cautionné ces comportements.

Il s'emporta :

— J'ai cautionné… J'ai cautionné… Je n'ai rien cautionné, ma petite dame ! Seulement je n'étais pas là. Les affaires… Vous ne savez pas ce que c'est !

— Je me doute, dis-je, que diriger un empire comme le vôtre doit laisser peu de place à une vie familiale.

— C'est exactement ça. L'absence du père et une mère faible…

Il leva les bras, fataliste.

— Au bout du compte, tout est de ma faute, ne cherchez pas d'autre coupable que moi, je ne lui ai pas assez botté le cul!

Il n'était plus temps de lui faire remarquer que sa présence attentive et affectueuse aurait probablement rendu ce châtiment vexatoire tout à fait inutile.

— Où s'est passé l'accident qui a permis à votre fils de s'échapper?

— À Brest, près du port de commerce.

Je m'étonnai:

— Il est nécessaire de passer par là pour gagner la maison d'arrêt?

— Non, plus maintenant. Mais à l'époque, il y avait des travaux et la circulation était détournée. Un camion de travaux publics a heurté le fourgon cellulaire et l'a immobilisé. Le chauffeur du camion avait coupé la priorité aux flics et ceux-ci ont voulu le faire souffler dans le ballon. Des dockers qui passaient par là ont pris fait et cause pour le chauffeur et tout est parti en vrille. Les dockers avaient beaucoup bu, ils ont balancé des pavés sur les flics qui ont dû battre en retraite. Du coup, les dockers ont libéré les quatre détenus; lorsque les renforts de police sont arrivés, il ne restait plus que l'épave du fourgon, vide. Matthieu avait disparu et les flics ne devaient plus le revoir, jusqu'à avant-hier...

J'avais lu le rapport des gendarmes sur cette rocambolesque évasion et je me promis de le relire en détail.

Il émit un petit rire amer:

— Rassurez-vous, il n'a pas commis d'autre délit. Un accident de la circulation en allant à Brest...

Je m'exclamai:

— Encore?

— Oui, dit Pinchard, c'est à n'y pas croire, hein ? Ce que c'est que la vie, tout de même ! Un accident l'a libéré, un accident le remet en prison. Enfin, quand je dis libéré, je m'entends. Chez les moines aussi on dort en cellule !

— Vous ignoriez donc que votre fils était dans la communauté religieuse ?

— Je vous l'ai dit, il me semble !

— Je ne vous repose la question que parce que ça paraît incroyable.

Il ricana sinistrement :

— C'est incroyable, je vous l'accorde ! Il faut croire que je ne suis pas plus futé que les flics. Compte tenu de la vie que menait Matthieu avant cet…

Il hésita et finit par dire :

— Cet incident…

Tu parles d'un incident ! Il y avait quand même eu un mort !

— Le monastère est le dernier lieu où j'aurais pensé le trouver !

— Vous auriez pu le voir…

— Comment ça ?

— Je ne sais pas… En allant assister à la messe, par exemple.

— Pour tout vous dire, maugréa-t-il, je n'ai jamais été préoccupé par les histoires de religion. Je suis un homme d'action, moi. Alors penser que des types s'enferment pour la vie pour réciter des patenôtres, ça me dépasse.

À propos de patenôtres, il aurait dû lire dans la Bible l'épisode du veau d'or et il aurait alors compris qu'il avait joué le mauvais cheval, pour rester dans les évocations agricolo-bibliques.

— Et votre femme ?

— Marguerite ? Elle avait de la religion et elle assistait régulièrement aux offices.

— Et elle n'a pas reconnu son fils ?

— Pour tout vous dire, elle n'allait pas jusqu'au monastère. L'église paroissiale lui suffisait.

— Votre fille n'y allait pas non plus ?

— Ma fille est comme moi. Physiquement, elle ressemble à sa mère, mais pour le reste c'est mon portrait tout craché.

— Tandis que votre fils…

— À l'inverse, mon fils me ressemble physiquement, mais il avait le caractère faible de Marguerite.

Pinchard prononçait ce prénom avec une nostalgie certaine. Assurément, la mort de son épouse l'avait sérieusement affecté. Il haussa les épaules :

— Ceci explique peut-être qu'il se soit si bien accommodé de la vie monacale.

— Aurait-elle été heureuse de le savoir chez les moines ?

Le visage du vieil homme se rassombrit.

— Je ne sais pas. Peut-être. Cette histoire a tellement secoué Marguerite que lorsque Matthieu a été inculpé dans cette triste affaire, elle a eu une commotion cérébrale. Elle est morte quelques mois plus tard.

— Votre fils n'a donc pas assisté aux obsèques de sa mère…

— Évidemment non !

Il réfléchit et ajouta :

— En tout cas, je ne l'ai pas vu. Il faut dire qu'il y avait tant de monde ! L'église était trop petite, la plupart des gens sont restés dehors. Une délégation de moines a chanté le requiem. Maintenant que j'y pense, peut-être Matthieu était-il parmi eux, mais comme ils se tenaient sous leur capuche, je ne l'ai pas reconnu.

Bien entendu, personne n'aurait eu l'idée de chercher un repris de justice parmi ces saints hommes.

— Votre fils a eu un accident en voiture, il lui arrivait donc de sortir du monastère?

— Oui, je l'ai appris depuis. Il avait la responsabilité de la boutique. Vous savez, les moines ont une sorte de magasin où ils vendent divers articles. Matthieu se rendait fréquemment à Brest avec la camionnette de la communauté pour effectuer certains achats. À l'entrée de Brest, une voiture volée poursuivie par la police est venue s'écraser contre la camionnette. Il y a eu des blessés, Matthieu fort heureusement n'a été que contusionné et a pu regagner le monastère après être resté en observation à l'hôpital pendant vingt-quatre heures. Je ne sais comment ça s'est fait, peut-être est-ce la procédure normale, toujours est-il que les flics ont relevé les identités de tous les gens impliqués dans cet accident.

— Pourtant votre fils n'y était pour rien! fis-je remarquer.

— Non, dit Pinchard d'une voix froide, mais l'un des voyous se faisait appeler Grégory.

Il me fixa de son regard froid et articula:

— Mon fils, en religion, est Frère Grégoire.

Il ricana sinistrement et répéta:

— Grégory, Frère Grégoire! Amusant, non?

Il n'avait pourtant pas l'air de trouver la coïncidence amusante. Sans attendre mon approbation, il poursuivit:

— Vous savez mieux que moi comment ça se passe, un de vos collègues a introduit toutes ces données dans l'un de ces ordinateurs perfectionnés et puis…

Il eut un geste de la main montrant que la situation s'était alors emballée.

— Et il s'est aperçu, poursuivis-je, que Frère Grégoire n'était autre que Matthieu Pinchard, un condamné de droit commun en cavale depuis quinze ans.

L'industriel hocha la tête affirmativement :

— Voilà. Ils sont venus l'arrêter au monastère voici deux jours.

— Où est-il actuellement ?

— À la maison d'arrêt de Brest.

— Vous l'avez vu ?

— Non, pas encore.

— Vous irez le voir ?

— Certainement.

Je restai silencieuse. Que voulait-il que je fasse ? Son fils avait été condamné par une cour d'assises, il s'était enfui et n'avait plus jamais fait parler de lui. Cependant, sa dette à la société, comme on dit, demeurait et s'il pensait que la machine judiciaire allait l'oublier, il était bien naïf.

Je regardai le vieillard toujours droit sur son siège, les mains serrées sur le pommeau de sa canne.

— Je suppose que vous avez fait appel à un avocat ? demandai-je.

— Ouais, grommela Pinchard.

— Que vous a-t-il conseillé ?

Le vieil homme ricana lugubrement une nouvelle fois :

— Il réfléchit à la question… Comme il y a un fait nouveau, il espère que le procès pourra être repris.

Le fait nouveau était évidemment l'arrestation de Matthieu Pinchard, Frère Grégoire en religion. Inconfortablement posée sur l'extrême bord de ce fauteuil trop grand, trop haut, trop profond, je regardai le vieillard :

— Monsieur Pinchard, qu'attendez-vous exactement de moi ?

Chapitre 3

Pinchard se pencha en avant, comme pour me parler de plus près et, s'il n'y avait pas eu cette table basse de vieux chêne sculpté pour nous séparer, j'aurais pu craindre qu'il s'effondre sur mes genoux.

— Ce que j'attends de vous, gronda-t-il, c'est que vous apportiez la preuve que mon fils est innocent!

J'en restai comme deux ronds de flan:

— Rien que ça?

Ses yeux gris flamboyèrent:

— Si vous ne vous en sentez pas capable...

Une voix calme s'éleva, sa fille était entrée silencieusement par une porte que je n'avais pas vue:

— Voyons, papa, comment veux-tu que le capitaine Lester ait une vue précise de cette affaire? Peut-être faudrait-il lui expliquer...

— Lui expliquer quoi? demanda le vieil homme en se tournant vers sa fille avec la difficulté d'un homme qui a le dos raide. Lui expliquer que ton frère n'a tué personne? Nous le savons, non?

Il était temps que j'intervienne, on dérapait dans l'irrationnel:

— Avoir une intime conviction est une chose, monsieur Pinchard, mais dans un état de droit, ça ne suffit pas. Il faut aussi apporter des preuves.

— Eh bien, trouvez-les ! fit-il avec humeur. C'est votre métier, non ?

— Vous souhaitez que je reprenne l'enquête quinze ans après...

— Quatorze ans, précisa-t-il. Quatorze ans que je n'ai plus de fils.

Il brandit sa canne et balaya l'air au-dessus de ma tête en montrant les tapisseries anciennes pendues aux murs, les tableaux de maître, les statues polychromes blotties dans les recoins, éclairées par des spots savamment dissimulés.

— Nous avons l'opportunité d'innocenter mon fils, je ne la laisserai pas filer !

Il y eut un silence, puis il demanda en me fixant de son regard gris :

— Savez-vous d'où je viens, mademoiselle ?

Si je le savais ! Qui l'ignorait, d'ailleurs ? Les journaux s'étaient complus à conter la « success story » de Gaston Pinchard, qui, parti de rien, était devenu une des plus grosses fortunes de France sinon d'Europe. Visiblement, il allait me la resservir une fois encore.

— Je viens de l'Assistance publique, mademoiselle, je n'ai connu ni mon père, ni ma mère, ils sont morts dans le naufrage du *Saint-Philibert* en 1932. Évidemment ça ne vous dit rien, le naufrage du *Saint-Philibert* !

— Si, monsieur, dis-je, pas fâchée de lui en boucher un coin. C'est ce bateau d'excursion qui a coulé dans l'embouchure de la Loire. Cinq cents passagers, vingt-huit rescapés, je crois.

Gaston Pinchard en resta silencieux un instant, puis il demanda :

— Comment savez-vous cela ?

Je répondis, un peu fière de moi :

— Dans la police on sait beaucoup de choses, monsieur.

Il fronça les sourcils, semblant se demander si je me moquais de lui. Je n'allais pas lui expliquer que, lors d'une enquête dans le Morbihan*, j'avais eu à connaître cette tragique histoire, qu'elle m'avait marquée et que je m'en souvenais parfaitement.

— J'avais quelques semaines, dit Pinchard d'une voix sourde, on a retrouvé mon berceau flottant sur la mer démontée parmi les débris du naufrage. J'étais l'un des vingt-huit rescapés. Un miraculé. Mais un miraculé de deux mois qui n'avait plus personne au monde.

J'ai grandi à l'Assistance publique où, rebelle, j'ai été puni, battu. Je n'ai jamais cédé, même aux châtiments les plus sévères ; alors j'ai été placé en maison de redressement où le régime était plus dur encore. J'étais voué aux bataillons d'Afrique lorsque je me suis enfui pour me réfugier à Paris où je ne connaissais personne. À quatorze ans, j'en paraissais dix-huit et j'étais porteur aux halles. À dix-huit ans, j'étais fort à ces mêmes halles. À vingt ans, je me suis mis en ménage avec la veuve d'un boucher qui avait deux fois mon âge…

Il avait jeté cette dernière information d'un air de défi, comme si elle avait été de nature à troubler ma pudeur. C'était mal me connaître. Il en faut plus pour me choquer.

Je connaissais la suite. L'après-guerre venue, tout était à reconstruire. Ayant appris le métier, Gaston Pinchard avait plaqué sa bouchère et créé son premier commerce. En 1954, il possédait une vingtaine de points de vente dans la capitale.

* *Voir :* La régate du Saint-Philibert.

En 1960, après un voyage aux États-Unis, il ouvrait sa première grande surface. Dix ans plus tard, ses enseignes couvraient la France entière.

Pinchard avait réussi, sa fortune était faite, il avait acheté cette grande maison - baptisée manoir - au pays de sa femme, il avait deux enfants, une fille qu'il avait mariée avec le directeur d'un de ses magasins et un fils qu'il destinait aux hautes études. Un fils qui prendrait sa succession et qui ferait flotter le nom de Pinchard sur la terre entière...

C'est beau de rêver, mais ce n'était pas devant le jury de Sciences Po ou de HEC que Matthieu Pinchard s'était retrouvé, mais bien devant celui des assises du Finistère avec une inculpation de meurtre sur la personne de son ami Jacques Courtois.

Vingt ans, il en avait pris pour vingt ans!

— Vous ne croyez pas votre fils coupable de la mort de son ami? demandai-je.

— Il ne l'a pas tué! rugit le vieil homme. Matthieu tuer quelqu'un? Mais même pour sauver sa vie il en aurait été incapable!

— Pourtant il a avoué, dis-je. J'ai lu les minutes du procès, il a plaidé coupable, si je me souviens bien.

— Il a plaidé coupable! Il a plaidé coupable! C'est vrai, mais sur les conseils de son avocat! Un pauvre type qui n'y connaissait rien!

Là, il attigeait un peu, pépère, aurait dit Fortin.

J'objectai:

— Permettez, monsieur, je veux bien croire que vos débuts dans la vie ont été difficiles, mais il y a vingt ans vous étiez tout de même en mesure de payer un maître du barreau à votre fils!

Il gronda :

— C'est ce que j'aurais fait si j'avais été sur place ! Mais j'étais en voyage d'affaires en Extrême-Orient.

— On ne vous en a pas averti ?

— Si, Philippe Rosay, mon gendre, m'a prévenu que Matthieu avait eu un problème avec la justice, mais il m'a assuré qu'il s'occupait de tout.

— Et vous lui avez fait confiance ?

— Oui, concéda-t-il à regret. Je lui ai fait confiance. C'était trop énorme pour que ce ne soit pas un malentendu, et puis Philippe était mon meilleur directeur de magasin, je l'avais toujours vu faire face à toutes les difficultés avec sang-froid et détermination. Il avait toujours su trouver la bonne solution. Alors...

Il avait levé les bras au ciel, il les laissa tomber avec accablement.

— Et puis, il ne se passait pas de mois sans que Matthieu, pour une raison ou pour une autre, ait des démêlés avec les gendarmes : excès de vitesse, tapage nocturne, conduite en état d'ivresse, insulte à agents... J'en passe et des meilleures ! Alors, vous comprenez, je me suis dit : « Ce n'est qu'une connerie de plus ! Qu'il aille un peu en taule, ça lui donnera peut-être à réfléchir. » Philippe Rosay, qui était mon bras droit, avait l'habitude de résoudre les problèmes causés par Matthieu.

— Ce monsieur Rosay n'est plus votre gendre, à l'heure actuelle.

— Non, ma fille et lui se sont séparés.

— Mais il est toujours votre homme de confiance.

— Absolument. Comme je me retire peu à peu des affaires, Philippe est devenu directeur général de la holding Pinchard. C'est un travailleur, un type que j'estime. Ses différends avec ma fille sont d'ordre privé. Il ne faut jamais mélanger les affaires et les sentiments.

— Pensez-vous que cette malheureuse affaire ait été pour quelque chose dans le divorce des époux Rosay?

Il haussa ses épaules:

— Je ne le pense pas, mais il faudrait demander à Cathy.

À l'annonce de son nom, Cathy surgit de l'ombre. J'étais sûre que pas une syllabe de notre conversation ne lui avait échappé.

— Ça n'a rien à voir, dit-elle d'une voix froide.

Comme son père, elle se tenait droite, ne perdant pas un pouce de sa courte taille. Elle ne s'exprimait pas souvent, mais lorsqu'elle le faisait, c'était pour parler haut et clair.

Cependant je n'osai pas demander les raisons de la rupture avec son époux. Telle que je la voyais, elle m'aurait envoyée baller, et elle aurait eu raison. Après tout, leurs histoires de famille ne m'intéressaient pas.

Leurs histoires de famille ne m'intéressaient pas, et pourtant monsieur Pinchard venait de me prier de fouiller dans le passé pour innocenter son fils…

Pff! Dans quelle histoire de corne cul m'étais-je encore embringuée?

La voix rauque de Gaston Pinchard vint interrompre ma réflexion:

— Mon ami Mervent m'a assuré que vous étiez une enquêtrice très efficace et qui savait aussi être discrète.

J'inclinai le chef:

— C'est très aimable à lui, dis-je en pensant: « On use de la flatterie, à présent? »

Mais le bonhomme ne resta pas longtemps sur ce registre :

— Parlons chiffres, jeta-t-il avec une brutalité d'homme habitué à mener ses affaires à la hussarde. Pour cette enquête, l'argent ne vous sera pas mesuré et si vous réussissez à prouver l'innocence de Matthieu, vous n'aurez pas affaire à un ingrat. La prime sera en conséquence.

— Je crois que vous vous méprenez, monsieur Pinchard, répondis-je de ma voix la plus douce.

Je vis son sourcil droit se relever.

— Je suis ici en tant que fonctionnaire de police, j'ai un patron, le commissaire divisionnaire Fabien. Entendons-nous bien, c'est à lui que je rends compte. Par la suite, si vous souhaitez attribuer une prime, je vous demanderai d'établir le chèque au profit des orphelins de la police.

— Mais vous ? bredouilla-t-il.

— Moi ? Je me contente de mon salaire de capitaine.

Il me regarda comme si j'étais un animal bizarre, et secoua la tête :

— Je ne comprends pas, mais si c'est votre choix...

Il ne comprenait pas qu'on puisse faire fi du fric, mais si, à terme, c'était pour devenir ce qu'il était devenu, merci !

Je confirmai :

— C'est mon choix, en effet.

— Bien, soupira-t-il. Comment allez-vous procéder ?

J'éludai :

— Il faut d'abord que j'en réfère à mon patron, le commissaire Fabien. Rien ne sera entrepris sans son aval. Mais dans l'immédiat, ce qui me serait utile, ce sont les coordonnées de votre avocat.

— Maître Brézal, du barreau de Brest, répondit-il sans hésiter. Cathy vous donnera son adresse précise.

Sa fille, qui allait et venait comme un fantôme dans la maison, apparut et vint tisonner le feu, faisant monter dans l'âtre obscur une myriade d'étincelles rouges. Puis elle posa deux bûches sur les braises et aussitôt une lueur jaune s'éleva, éclairant la pièce que l'obscurité gagnait.

Monsieur Pinchard regardait les flammes sans les voir, ses mains puissantes toujours jointes sur le pommeau de sa canne.

Peut-être songeait-il à sa dérisoire grandeur, à son insignifiante opulence ? Peut-être…

Je le saluai :

— Au revoir, monsieur Pinchard.

Il ne me tendit pas la main mais fit un signe de tête qui pouvait être un salut ou signifier mon congé, au choix.

Je sortis sur les pas de sa fille par la cuisine. Elle ne disait toujours mot, mais lorsque je fus sur le point de passer la porte, elle me tendit un dossier épais, fermé par une sangle :

— Tenez ! me dit-elle.

Je la regardai avec surprise.

— Qu'est-ce que c'est ?

— Ce sont les coupures de presse qui ont paru au sujet de cette affaire.

— C'est vous qui les avez collectées ?

Elle hocha la tête affirmativement. La dame n'était pas causante.

— Votre père est au courant ?

Cette fois elle secoua la tête de droite à gauche :

— Il n'a jamais vu ce dossier.

— Pourquoi ?

Elle leva les épaules et soupira :

— Ça lui aurait fait trop mal.

Je supposai que les journalistes n'avaient pas manqué de faire leurs choux gras de ce drame chez les gosses de riches.

— Ça pourra peut-être vous éclairer, dit-elle.

Elle ouvrit la porte donnant sur la rue et assura :

— Mon frère n'a pas tué Jacques Courtois.

Je n'eus pas le temps d'ajouter un mot, dans un claquement sec, la porte s'était refermée sur la citadelle Pinchard, me laissant seule sur le terre-plein du port.

Un pâle soleil éclairait faiblement les canots dormant sur leurs corps-morts ; dans le camping-car on regardait la télévision, trois fenêtres étaient éclairées au manoir.

La cloche de l'église égrena trois coups sans se presser, laissant au bronze le temps de vibrer longuement.

Ma chère vieille Twingo démarra au quart de tour.

Chapitre 4

Je mis mon clignotant et j'embouquai la venelle du Pain Cuit. J'use volontiers de ce vocable maritime qui signifie « s'engager dans une passe étroite » car la venelle est si resserrée à sa jonction avec la rue du Chapeau Rouge qu'il reste à peine quelques centimètres entre les rétroviseurs de la Twingo et les murs qui la bordent.

Plus loin elle s'évase en une sorte de placette où je trouve généralement à stationner car peu d'automobilistes, rebutés par l'étroitesse du passage, osent s'y risquer. Ensuite une véritable venelle - deux personnes à pied ne s'y croisent pas sans difficultés - rejoint la rue Saint-Matthieu.

Je montai les escaliers de pierre qui mènent à mon logis et j'ouvris la porte au bleu délavé qui donne sur le jardin.

Amandine Trépon assemblait les feuilles tombées de la glycine à l'aide d'un balai à lames métalliques. Son visage plein s'éclaira lorsqu'elle me vit et elle s'exclama:

— Eh bien, vous voilà de bonne heure pour une fois!

— C'est un reproche? demandai-je en souriant.

Elle protesta:

— Oh non! Ce n'est pas ce que je voulais dire, vous le savez bien!

On se fit la bise. L'air vif du dehors avait rosi ses pommettes ; elle avait ceint un tablier de jardinier en grosse toile bleue et protégé ses mains sous d'épais gants de cuir.

— Le temps de ramasser ça, dit-elle en montrant le tas de feuilles mortes, et je vous fais du thé.

— Non, c'est moi qui fais le thé. Et prenez votre temps pour finir ce que vous avez commencé.

Amandine, ancien clerc de notaire, est ma plus chère voisine. Elle occupe un petit appartement sous les toits dans l'ancienne école qui borde la venelle et que l'on a transformée en HLM depuis quelques années.

En fait, cette jeune retraitée hyperactive s'ennuyait à mourir entre ses quatre murs. Elle avait toujours rêvé d'avoir un jardin et moi, j'en avais un. Pas très grand, je dois dire, une centaine de mètres carrés cernés de murs, que je ne trouvais jamais le temps d'entretenir.

En voyant, de sa fenêtre, mes hortensias mal taillés, mon gazon qui montait en touffe, la glycine arbre qui ne se conduisait pas bien et le chèvrefeuille qui baguenaudait chez le voisin, Amandine m'avait proposé de prendre les choses en main. Aubaine que j'avais acceptée, il va de soi, et je m'en félicite, car désormais mon jardin pourrait concourir avec ceux qu'on voit en photos dans les magazines spécialisés.

À l'usage, Amandine s'est également révélée être une cuisinière hors pair et je bénéficie avec bonheur, et sans bourse délier, de ses talents.

Finalement, elle se comporte avec moi comme une mère avec sa fille, ne manquant pas de me morigéner lorsque je rentre en retard ou un peu cabossée après une enquête difficile, ce qui ne va pas sans m'agacer, mais je dois avouer que je suis sensible à ses attentions.

Depuis peu, elle saisit également mes rapports d'enquête sur l'ordinateur car, outre le fait que de par son métier elle tape en virtuose à la machine, elle a une petite fibre de Miss Marple et elle adore les histoires policières. Avec moi, elle est servie !

Les seuls défauts que je lui connaisse sont de préférer Clayderman à Mozart et de mettre le son trop fort lorsqu'elle regarde le tournoi des Six Nations.

Admettez que ce n'est tout de même pas grand-chose en regard de ses qualités.

J'ajoute, en confidence, qu'Amandine est secrètement amoureuse de papa (elle l'appelle « le commandant » avec déférence) et qu'elle rougit comme une jouvencelle lorsqu'il vient me visiter.

Jean-Marie ne voit rien, ou affecte de ne rien voir ; pour dire les choses crûment, ses copines il les préfère avec vingt ans de moins, même si elles n'ont pas les qualités ménagères d'Amandine (et, ce n'est pas un secret, je crains que les qualités ménagères ne soient pas celles qu'il recherche en premier lieu chez une femme).

Lorsque je rentre à mon domicile, mes premières attentions vont à Mizdu, mon chat noir hérité de la Gwrac'h*, qui règne en maître dans la maison.

Le matou se tenait à sa place de prédilection, sur le canapé de cuir face à la cheminée. Je laissai courir ma main dans sa fourrure soyeuse et il s'étira longuement avant de se mettre à ronronner avec satisfaction.

D'une cocotte en fonte posée sur la cuisinière sourdait une vapeur fort odorante. Je soulevai le couvercle et reçus en pleines narines une merveilleuse odeur que je ne parvins pas à identifier.

* *Voir :* La bougresse.

Je regardai Amandine qui venait d'entrer, interrogative :

— Qu'est-ce que c'est ?

— Une petite blanquette de veau...

Et elle ajouta d'un ton réprobateur :

— J'ai pensé qu'à midi vous aviez encore mangé avec un lance-pierres...

— Mais non, j'ai très bien mangé, protestai-je.

— Pff! fit-elle, au Mac Do, sans doute.

Pour elle (et pour moi aussi), c'est le comble de l'ignominie alimentaire. Je ne répondis pas à la provocation, je me contentai de parler de la blanquette :

— Petite ? Il y en a bien pour quatre !

— Ça ne sera pas perdu, bougonna-t-elle, s'il y a des restes, je les porterai à la vieille Catherine. Elle a du mal à marcher et à faire ses courses.

C'est tout Amandine, ça ! Faire en sorte que sa vieille voisine ait un bon repas chaud chaque jour, et pour ça cuisiner pour quatre quand nous sommes deux.

Elle me repoussa vers le salon :

— Allons, laissez-moi, je vais faire le thé !

Amandine accapare la cuisine comme le jardin avec une belle autorité, et sans que j'y trouve à redire.

Je revins dans ma pièce de séjour et je cassai une cagette de légumes vide pour allumer le feu. Le chat me regardait faire avec intérêt, ses yeux d'émeraude luisant dans la pénombre qui ennoyait la ville.

Le ciel, d'un mauve funèbre, était encombré de nuées d'encre qui crevèrent soudain. Un déluge s'abattit sur le toit de zinc et dévala sur les carreaux de la véranda, troublant la vision du jardin et le plongeant dans un univers glauque.

Je regardai un moment tomber les eaux du ciel, puis je rajoutai quelques billettes sur le petit bois embrasé. J'eus soudain le sentiment aigu de la chance qui était la mienne : j'étais dans ce petit appartement douillet que j'aimais tant, au cœur d'une ville noyée sous une pluie froide.

Il faisait bon chez moi, le feu réchauffait autant par la lueur fantasque de ses flammes que par la chaleur qu'il dégageait. Tout à l'heure, je dînerais en tête-à-tête avec mon amie et j'étais sûre que sa blanquette serait délicieuse, fondante à souhait.

À cette heure, des sans-logis cherchaient une encoignure pour passer la nuit… C'est bizarre, quand ma félicité est à son zénith, je ne peux jamais m'empêcher de penser aux malheureux et aux déshérités et ça me rend mélancolique.

La lueur des flammes se reflétait sur la laque noire de mon piano. C'est sur cet instrument - un Gaveau de belle qualité - que ma mère, qui était pianiste de concert, faisait ses gammes. J'en ai hérité et j'y tiens comme à la prunelle de mes yeux.

En fouillant dans mes partitions, je tombai sur un morceau que je n'avais pas joué depuis longtemps, et qui me parut tout à fait adapté à l'heure et au temps. J'attaquai donc Rêverie de Schumann, laissant mes doigts voleter sur le clavier, les yeux mi-clos. J'avais tant travaillé ce morceau en mon adolescence qu'il me suffisait de poser un œil de temps en temps sur la partition pour ne point m'égarer.

Lorsque j'eus fini, je vis qu'Amandine me regardait par la porte entrouverte de la cuisine. Elle hocha la tête avec conviction et laissa tomber :

— C'est beau !

Ce qui me surprit car les goûts de ma cuisinière jardinière la portent plutôt vers l'accordéon musette que vers le piano classique.

J'enchaînai avec les Nocturnes de Chopin que j'avais aussi beaucoup travaillés et Amandine demeura immobile, attentive, sous le charme.

Peut-être que, dans le fond, c'est une grande romantique qui s'ignore et cette musique était tombée à point pour couvrir le déluge extérieur et les froissements des feuilles sèches du grand palmier que le vent secouait avec fureur.

Amandine, très sensible à l'art de la table, avait disposé sur une jolie nappe brodée à la main par ma grand-mère des assiettes provenant d'un service que ma mère avait reçu en cadeau de noces, représentant divers mannequins des Années folles dans leur tenue de bal. Six bougies plantées dans un bougeoir d'argent éclairaient cette table princière.

— Ça aussi c'est beau, dis-je à Amandine.

Elle haussa les épaules et ordonna, bourrue :

— C'est bon, asseyez-vous donc !

J'obtempérai en souriant. Je savais, malgré ce ton rude, qu'elle avait été sensible au compliment.

La blanquette, je l'avais deviné, était fondante, le riz cuit à point et je me régalai, car, bien que je sache me contenter de peu lorsque le besoin s'en fait sentir, je ne suis pas ennemie d'un bon petit plat de cuisine bourgeoise mijoté avec amour.

Et dans cette blanquette, croyez-moi, il y en avait, de l'amour ! Comme je sais qu'Amandine est gourmande, j'avais débouché un vin de Touraine, au joli nom de *Jardin des Anges,* qu'elle trouve tout à fait à son goût.

Mizdu s'était installé sur une chaise libre près de moi, et je lui donnais des petits morceaux de viande qu'il cueillait d'une griffe délicate et dégustait, lui aussi, en gourmet.

Lorsque je fais ça, Amandine proteste:

— Vous lui donnez de mauvaises habitudes!

Le chat la contemple alors sans aménité de ses yeux verts, paraissant dire:

— De quoi elle se mêle, celle-là?

Et elle le comprend, car Mizdu sait parfaitement se faire comprendre au point que, par moments, il terrorise ma bonne Amandine.

— Cette bête me fait peur! dit-elle parfois. On dirait qu'elle pense!

Elle ne manqua pas de le répéter une fois de plus. J'enfonçai le clou:

— Évidemment qu'elle pense!

Je grattai délicatement le crâne du chat du bout de l'index - il adore ça - en lui disant:

— Hein, mon Mizdu, que tu penses. Malheureusement, tu ne peux pas nous raconter tes pensées.

Amandine frissonna:

— Ça vaut mieux! Ah, j'aime pas ça! Les bêtes, c'est pas fait pour penser. Manquerait plus qu'il cause!

— Vous ne devriez pas dire ça! fis-je d'un ton de reproche. C'est qu'il vous entend! Et je suis sûre qu'il lit même dans vos pensées.

— Pff! fit Amandine furieuse mais pas plus rassurée que ça.

Je tempérai mon propos:

— Enfin, tant que vous ne me voudrez pas de mal, il ne vous fera rien.

Elle fut soulagée :

— Alors je suis tranquille !

Mais la méfiance demeurait. Entre ces deux-là, c'était une cohabitation de raison.

Amandine lava la vaisselle et je l'essuyai. J'ai bien une machine pour ce faire, mais cette chère voisine proteste toujours que ce n'est pas la peine de la mettre en marche pour quatre assiettes et deux casseroles. N'étant pas du genre à recevoir dix personnes, je ne vois pas pourquoi je me suis fendue de cet achat qui va bien finir par se détériorer à force de ne pas fonctionner.

Tout étant rangé, après un coup d'œil circulaire pour voir si rien ne traînait, Amandine me fit la bise et, l'averse ayant cessé, elle regagna son gourbi ; ainsi appelle-t-elle son petit appartement niché sous les toits dans l'immeuble HLM d'en face.

Je remis deux morceaux de bois dans l'âtre puis j'ouvris le dossier que j'avais dissimulé aux yeux inquisiteurs de ma chère voisine et qui contenait des éléments de ce qui avait désormais pour nom « l'affaire Pinchard ».

Le dossier que m'avait confié Cathy Pinchard - elle avait repris son nom de jeune fille après le divorce - était plein d'articles découpés dans la presse locale et même nationale.

Ces coupures de journaux étaient classées chronologiquement et protégées sous des intercalaires de plastique transparent.

Chapitre 5

En son temps, l'affaire avait fait grand bruit dans ce paisible village qui, déjà, n'était plus guère habité que par des retraités et des estivants.

Sur la photo un peu jaunie du journal, je reconnus la petite digue qui s'avançait sur la vasière, là où le cadavre de Jacques Courtois avait été découvert un matin de septembre par un pêcheur qui regagnait son canot.

La courte vie d'un jeune homme s'était arrêtée là, brutalement, injustement, comme s'il y avait des morts justes à cet âge…

À la page suivante on voyait la demeure des Pinchard, exactement telle qu'elle était encore aujourd'hui. Peut-être les palmiers avaient-ils gagné en hauteur, mais c'était la seule différence notable.

Les gendarmes avaient tout d'abord retenu la thèse de l'accident, car ce n'était pas le premier corps que l'on avait retrouvé au bout de cette avancée de pierre et de ciment.

Dans tous les ports les noyades sont fréquentes, bien plus qu'en haute mer. La plupart des accidents de plaisance se passent entre le quai et le bateau. Une annexe trop chargée qui chavire, ça se voit tous les jours et le marin empêtré dans ses bottes et son ciré, saisi par le froid, par l'angoisse aussi, qui boit la tasse, définitivement…

Seulement, Jacques Courtois n'avait pas de bateau à rejoindre, pas de ciré, pas de bottes. Il était venu pour une fête chez son ami Matthieu Pinchard, avec quelques autres jeunes gens de ce qu'il était convenu d'appeler « La Bonne Société » : des fils de notables, que les journalistes désignent parfois sous le vocable de blousons dorés par opposition aux blousons noirs supposés, eux, appartenir aux bas quartiers.

La party* s'était terminée en beuverie tard dans la nuit, on avait tiré des feux d'artifice du bout de la digue et puis chacun était rentré chez soi en état d'ébriété avancée, ce qui expliquait que personne ne se soit aperçu de la disparition de Jacques Courtois.

Au matin, lorsque les gendarmes avaient sonné au manoir pour annoncer qu'on venait de découvrir le corps sans vie de Courtois, ils avaient trouvé madame Pinchard en larmes et Matthieu, son fils, dans un état semi-comateux. Le garçon avait des ecchymoses et des écorchures aux mains et, questionné, il avait reconnu s'être disputé avec la victime et affirmé qu'il ne se souvenait de rien d'autre.

Il était notoire que Matthieu Pinchard et son ami Jacques Courtois courtisaient la même jeune fille, Clémentine Rabier, et que leur vieille amitié s'était depuis peu gâtée du fait de cette rivalité.

Du coup, les gendarmes avaient transmis leurs éléments d'enquête au parquet et Matthieu Pinchard s'était retrouvé avec une inculpation de meurtre sur la personne de son ami.

L'enquête de voisinage avait été très défavorable au prévenu. Les habitants du village reprochaient au fils

**La fête, en anglais.*

Pinchard et à sa bande, ainsi les nommaient-ils, de semer le trouble dans le bourg avec leurs voitures bruyantes, leurs fêtes tonitruantes et leur insolence permanente envers le reste de la population.

Ces fâcheux renseignements avaient produit une impression catastrophique sur le jury. Et comme le défenseur du prévenu, maître Bertheaume, n'était pas un ténor du barreau mais un vieil avocat d'affaires plus porté sur la bonne chère que sur le code pénal, Matthieu Pinchard - qui avait plaidé coupable sur ses conseils - avait écopé de la peine maximum, vingt ans de prison.

Au rendu de cette condamnation jugée extrêmement sévère, les avis des chroniqueurs judiciaires étaient que cette peine serait considérablement réduite en appel.

Malheureusement il n'y avait pas eu d'appel puisque l'accusé avait joué la fille de l'air.

Visiblement, ce Matthieu Pinchard semblait avoir un don tout particulier pour se coller dans des situations impossibles.

Il y avait d'autres photos, d'autres articles, d'autres commentaires allant tous dans le même sens.

Matthieu Pinchard sortant du palais de justice entre deux gendarmes après sa condamnation semblait complètement hagard. Il ne cherchait pas, comme le font certains condamnés, à se dissimuler derrière une veste tirée sur sa tête, non, il regardait autour de lui semblant se demander ce qui lui arrivait.

C'était pourtant un bel homme et je retrouvais une forte ressemblance avec son père. Jacques Courtois, la victime, n'était pas mal non plus. On le voyait en buste, souriant de toutes ses dents qu'il avait fort blanches et très bien rangées. Ses cheveux noirs étaient sagement coiffés et je supposai que ce portrait avait été extrait d'une photo de groupe, probablement prise lors de la rentrée à l'université.

Les autres documents m'apprirent que les habitants de la petite commune avaient été soulagés lorsque Matthieu Pinchard avait été mis sous les verrous.

Ils le tenaient pour le meneur de la petite bande, « la horde sauvage » comme les avait baptisés un chroniqueur en référence à un film célèbre, horde qui semait le trouble et la perturbation partout où elle passait. Et, de fait, depuis que le fils Pinchard avait été retiré de la circulation, la horde avait disparu et le bourg de Landévennec avait retrouvé toute sa sérénité.

Je refermai le porte-documents songeuse : quelque chose ne collait pas. Si j'en croyais la relation des journaux, sitôt la sentence du tribunal tombée, Matthieu Pinchard avait été transféré à la prison de Brest dans un fourgon de la gendarmerie.

Une heure après le départ du fourgon, il s'évadait. Or, pour réussir une évasion dans ces conditions, il faut, outre des complicités extérieures, une détermination sans faille. Sur la photo prise à la sortie du tribunal, rien dans la personne de Matthieu Pinchard ne laissait deviner cette détermination. Je n'avais vu qu'un pauvre type hébété, assommé par l'avalanche d'avatars lui tombant dessus, et il ne semblait pas comprendre ce qui lui arrivait.

Se pouvait-il que le père Pinchard ait commandité cette évasion ?

Non ! Je n'y croyais pas. D'abord, il n'était pas là puisqu'il voyageait en Extrême-Orient. Vous me direz que, depuis l'Extrême-Orient, un type comme

Pinchard pouvait donner des ordres. Certes, mais il ne l'aurait pas fait, car la sanction qui frappait Matthieu pouvait être singulièrement réduite en appel.

Si cette évasion avait eu lieu après le jugement en appel qui confirmait ou aggravait la sentence, j'aurais revu ma position, mais ce n'était pas le cas.

Bizarre…

Je caressai le chat :

— Qu'est-ce que tu en penses, Mizdu ?

— Merouin… fit-il en s'étirant.

— Avec ça, je suis avancée ! dis-je.

Je rentrai dans la salle de bains pour faire ma toilette avant d'aller me coucher.

— Qu'est-ce que vous en pensez ? me demanda le commissaire Fabien le lendemain matin.

À peu près la question que j'avais posée à mon chat. Seulement, je ne pouvais pas répondre « merouin » au patron alors je dis : « Bizarre… »

— Mais encore ? fit Fabien.

— Tout est bizarre dans cette affaire, patron…

Je restai un instant silencieuse, et j'ajoutai :

— Tout d'abord, une bande de jeunes gens « friqués » comme on dit, et turbulents. Fêtes à répétition, sonos tonitruantes, voitures de sport bruyantes, tout ça sur fond d'alcool et probablement de drogue.

Le commissaire leva les sourcils et laissa tomber, désabusé :

— Rien d'original, en somme.

— Comme vous dites. Là-dessus, décès d'un des membres de la bande, après une fête particulièrement agitée. Vu les circonstances de la mort de ce Jacques Courtois - trouvé noyé sur la grève en plein bourg - on pourrait penser à un accident. Cependant, les gendarmes découvrent des éléments laissant à penser qu'on a peut-être aidé Courtois à tomber à l'eau. Il se trouve que ce garçon et Matthieu Pinchard, depuis des années les meilleurs amis du monde, rivalisent pour conquérir le cœur d'une certaine Clémentine Rabier.

Du coup, Matthieu Pinchard devient le suspect numéro un. Et, surprise, il avoue avoir poussé son ami à l'eau.

— Comme ça? fit le commissaire surpris.

— Comme ça. D'après son père, ce serait son avocat qui lui aurait conseillé de plaider coupable.

— Dans quel but?

— Je ne sais pas. Peut-être pensait-il obtenir une peine légère? Reconnaître avoir poussé son ami, qui sait, par jeu un soir de libations... Plaider la passion, ça marche généralement avec les jurys populaires. Manque de chance, le jury retient la préméditation et le passé du prévenu ne plaide guère en sa faveur: gosse de riche, drogué, frimeur, arrogant, il a tout pour déplaire. Je rajouterais volontiers que son avocat n'était pas une épée.

— Qui était cet avocat?

— Même pas un pénaliste. L'avocat d'affaires des Ets Pinchard.

— Peut-être pourriez-vous le voir?

— Oh, il y a des tas de gens que je pourrais voir! Mais pas maître Bertheaume, il est mort. Et ce ne sont pas les choses troublantes qui manquent dans ce dossier!

— Ah... fit Fabien.

Avant d'ajouter :

— Et monsieur Pinchard, quel effet vous a-t-il fait ?

— Un sacré bonhomme, dis-je, un sacré bonhomme qui se rend compte qu'il a amassé une fortune monstrueuse pour pas grand chose. Il vit dans son beau manoir, un peu perclus, avec sa fille, un peu rassie, qui lui sert de gouvernante.

— Mais il en veut toujours, dit le commissaire.

— Ça, pour en vouloir… Il est persuadé que son fils est innocent et il entend le prouver, à tout prix.

— À tout prix ?

— Je ne vous cacherai pas qu'il m'a promis une petite fortune si j'y parvenais.

Fabien me regarda sévèrement :

— C'est de la corruption de fonctionnaire, ça ! Vous avez accepté ?

— Oui.

— Pardon ? dit Fabien d'une voix dangereusement douce.

— J'ai accepté de reprendre l'enquête. Pour le reste, je lui ai dit que s'il souhaitait faire un chèque, il faudrait qu'il soit établi au profit de l'œuvre des orphelins de la police.

Le visage du commissaire s'éclaira :

— Vous m'avez fait peur !

— Voyons patron, lui dis-je, vous pensiez vraiment…

Il secoua la tête :

— Non, Mary, je n'y pensais pas.

Il soupira :

— Qu'importe…

Il me considéra alors avec rancune et ajouta :

— C'est bien de vous…

— Quoi ? lui demandai-je, de vous taquiner ? Mais c'est bien de vous aussi de m'envoyer au casse-pipe sans me donner tous les éléments en votre possession. Vous saviez que le fils Pinchard avait été retrouvé !

Il fit l'innocent :

— Ah, j'ai oublié de vous le dire ? C'est le commissaire Balanec, de Brest, qui m'a prévenu. C'est d'ailleurs pour ça que l'enquête est reprise. Fait nouveau…

Je n'en croyais pas un mot. Le patron n'oubliait jamais rien. Ou alors, son opération l'avait affecté plus que je ne le pensais.

Il posa la question de confiance :

— Souhaitez-vous continuer l'enquête ?

— Avec votre permission, patron.

— Je vais en aviser le contrôleur général Mervent, fit-il avec onction. Je suis sûr qu'il vous manifestera personnellement sa satisfaction.

— Voilà qui est réconfortant, ironisai-je. Quels seront mes moyens ?

— Vous avez besoin de moyens particuliers ? s'étonna Fabien.

— Je n'en sais encore rien. Cependant, je vais probablement devoir interroger les gendarmes, voire la police, aller fourrer mon nez chez des gens riches qui n'aimeront pas forcément ça.

— Là encore, je vais avoir recours au contrôleur général Mervent, dit Fabien avec une petite flamme que je connaissais bien dans son regard bleu, je suis sûr qu'il aura à cœur de vous faciliter la tâche.

— Par ailleurs, Fortin pourra-t-il faire équipe avec moi ?

— Sans problème, Mary.

Je le remerciai d'un mouvement de tête et sortis.

Chapitre 6

Le nouveau pont de l'Iroise, qui enjambe l'Élorn là où cette rivière se jette dans la rade de Brest, est un superbe ouvrage d'art du type dit « à haubans ». Deux immenses mâts de béton plantés dans l'estuaire supportent les rangées d'épais câbles d'acier qui soutiennent le tablier. Tel qu'on l'aperçoit jaillissant de la brume en venant de Quimper, il ressemble à quelque gigantesque vaisseau à sec de toile, sorti de nulle part.

En parallèle, le vieux pont Albert Louppe datant d'avant-guerre a été désaffecté mais ses arches de béton gris affrontent sereinement le temps. N'étant plus livré à la circulation, il est devenu le domaine des promeneurs, joggeurs et patineurs à roulettes.

À neuf heures du matin, la circulation est intense autour des grandes villes. J'eus quand même le temps d'admirer la rade qui luisait sous un soleil gris, le bâtiment d'Océanopolis qui ressemble à un gros crabe tapi derrière le port de plaisance et au loin, voilé dans la brume, le goulet qui est la porte de Brest sur l'océan.

Je trouvai une place de stationnement rue Colbert, ce qui m'arrangeait bien car j'allais au commissariat pour y rencontrer le commissaire Balanec.

Le commissariat était composé de quadrilatères de granit et une sorte de mini-péristyle planté sur des piliers soutenant un toit plat protégeait l'entrée de la pluie, laissant au visiteur le temps d'ouvrir ou de fermer son parapluie selon qu'il y entrait ou qu'il en sortait. La bâtisse était austère, et, comme il se doit, les fenêtres du rez-de-chaussée étaient défendues par des barreaux de fer peints en blanc.

Un planton m'indiqua aimablement la direction du bureau du commissaire Balanec en me regardant d'un air curieux. Cependant, il ne posa pas de question.

Balanec était un grand type sec d'une cinquantaine d'années qui fumait la pipe comme un commissaire de roman.

Il me serra la main et entra dans le vif du sujet :

— Vous venez pour ce Matthieu Pinchard, si je ne m'abuse.

— En effet. Ce sont les gars de votre équipe qui l'ont arrêté ?

Il hocha la tête, me fit signe de m'asseoir et s'assit à son tour.

— Ouais. Un drôle de concours de circonstances…

— Suite à un accident, je crois ?

— En effet. Nous avons reçu un appel à propos d'une voiture qui se livrait à un rodéo en pleine ville. Le numéro qu'on nous a donné correspondait à celui d'une voiture volée. La voiture de patrouille l'a suivie d'assez loin car les types à bord paraissaient plutôt allumés. Ils ont brûlé un feu et percuté une camionnette qui passait au vert. Le type qui conduisait la camionnette était sonné, les types de la voiture volée aussi. Tout le monde est allé à l'hôpital plus ou moins amoché et le chef de patrouille qui avait procédé au constat a relevé les identités des gens impliqués, dont celle du chauffeur de la fourgonnette qui n'était pour rien dans l'accident. Il avait simplement eu le tort d'être au mauvais endroit au mauvais moment. Le chef de patrouille a entré ces données dans la bécane à son retour au poste - la routine -, et là, jackpot! Un des protagonistes de l'affaire...

— Matthieu Pinchard...

Il leva les yeux sur moi et approuva:

— Exact! Matthieu Pinchard était recherché pour s'être évadé après avoir été condamné à vingt ans de réclusion pour meurtre. Que faisait ce Pinchard au volant d'une camionnette appartenant à la communauté des moines de Landévennec? Il nous a dit qu'il était moine... Dès lors - il montra le plafond du doigt pour indiquer où siégeaient les instances supérieures - j'ai transmis là-haut et le patron m'a demandé de m'assurer de l'identité de Matthieu Pinchard, ce que j'ai fait. Mais entre-temps il était sorti de l'hôpital et avait regagné sa communauté. C'est donc à Landévennec que je suis allé l'arrêter.

— Il n'a pas fait d'opposition?

— Pensez-vous, ce type est la gentillesse incarnée. Je me demande comment il a pu être condamné pour meurtre!

Il haussa les épaules:

— Mais voilà, il est en prison pour un bout de temps. Quant aux voyous qui ont provoqué l'accident, dit-il désabusé, ils sont sortis libres du tribunal en nous faisant des bras d'honneur.

Il eut un sourire triste:

— On vit dans un drôle de pays, capitaine. Les agneaux sont enfermés, les fauves restent en liberté.

Encore un qui devait se demander ce qu'il fichait dans la police et qui attendait probablement une retraite prochaine avec impatience.

— Vous pensez donc que ce Matthieu Pinchard est un agneau ?

Il répondit avec ce même sourire désabusé :

— Je ne sais pas ! Je doute de tout. Ce que je sais, c'est qu'il n'a pas affaire à nos services toutes les semaines comme les jeunes qu'on a dû remettre en liberté.

— Vous savez qui est Pinchard ?

— Évidemment ! Je sais aussi que son père voudrait faire réviser le procès. Il a comme conseil le meilleur avocat de la ville et il y a fort à parier qu'on va repartir de zéro.

« On », en l'occurrence, c'était moi et il le savait.

— Je ne voudrais pas être à votre place, ajouta-t-il. Reprendre une enquête après quinze ans, avec Gaston Pinchard sur le dos et le bâtonnier Brézal…

Il secoua de nouveau la tête :

— Non, je ne voudrais pas être à votre place !

— J'espère tout de même pouvoir compter sur votre aide, commissaire ?

— Bien entendu, elle vous est acquise, dit-il sans enthousiasme excessif. Que désirez-vous ?

— D'abord, je voudrais rencontrer Matthieu Pinchard.

— Rien de plus facile.

Il serra sa pipe éteinte entre ses incisives jaunies et sortit un formulaire de son tiroir. Il y griffonna quelques mots d'une écriture anguleuse, y apposa un cachet et, satisfait de sa tâche, me tendit le document :

— Voilà. Vous savez où est la maison d'arrêt ?

— Je trouverai, assurai-je.

Il me raccompagna jusqu'à la porte en m'expliquant le meilleur chemin à prendre.

Même moderne, une prison reste une prison. La maison d'arrêt de l'Hermitage, qui a remplacé la sinistre centrale de Pontaniou où les détenus croupissaient dans des conditions moyenâgeuses, est de construction récente.

Les bâtiments d'accueil ressemblent à tous les immeubles administratifs mais ils sont eux aussi cernés de hauts murs de béton gris surmontés de frises de barbelés. Les cours sont quadrillées de filins pour prévenir les évasions par hélicoptère et, aux angles, des miradors sont peuplés de silhouettes armées et vigilantes.

La misère sourd de ces murs comme une eau perfidement délétère.

Lorsque je franchis la porte, après avoir présenté mon sésame au gardien, je ressentis ce pincement au cœur auquel je n'échappe jamais quand je dois m'aventurer dans ces établissements.

Il y avait là-dedans des hommes, jeunes pour la plupart, enfermés pour de longues années dans des cellules minuscules et surpeuplées. Rien que cette idée me faisait frémir et si j'avais été parfois tentée par une action délictueuse, la seule idée que je pourrais être bouclée entre ces murs me collait des angoisses incoercibles.

Parfois j'entends des gens qui ne savent pas de quoi ils parlent évoquer des prisons trois étoiles. Je voudrais bien les y voir! Qu'ils longent seulement les murs d'une maison d'arrêt. S'ils ont quelque sensibilité, ils comprendront quels drames terribles se jouent là-dedans, et ils réviseront leur vocabulaire.

J'obtins sans la moindre difficulté le droit de voir Matthieu Pinchard dans un parloir particulier, une pièce aux murs laqués, éclairée par une fenêtre haut placée et munie de barreaux, meublée d'une table et de deux chaises.

Un dénuement des plus parfaits, le moine ne devait pas être dépaysé.

Il entra et je me levai pour l'accueillir.

— Bonjour, Frère Grégoire.

Visiblement, il ne s'était pas attendu à voir une femme.

— Bonjour, fit-il timidement.

Comme son père, il était de haute taille, large d'épaules, derrière une courte barbe soigneusement taillée, son visage creusé par l'ascèse était illuminé par son regard clair. Les mêmes yeux que son père aussi, mais la lueur qui y brillait n'était que le reflet d'une âme pure, une âme qui discernait des choses que le commun des mortels ne verrait jamais.

Un bien beau mec, en vérité.

Comme il me regardait intrigué, je sortis ma carte :

— Capitaine Lester.

Il hocha la tête d'un air entendu. Il ne portait pas la bure, mais un jean et un pull-over de laine écrue à grosses torsades.

Je lui fis signe de s'asseoir en face de moi et il obtempéra docilement.

— Quel âge avez-vous, Frère Grégoire ?

Ma question parut le surprendre mais il répondit d'une voix de basse :

— Quarante ans, capitaine.

Bien entendu je le savais, mais il me fallait le mettre en confiance. Je répétai :

— Quarante ans… Et vous êtes au monastère depuis ?

— Depuis 1991.

Je répétai de nouveau :

— 1991, ce qui nous fait quatorze ans. Pouvez-vous me raconter les circonstances qui vous y ont mené ?

— Je suppose que vous les connaissez, dit-il.

— En effet, j'ai travaillé sur votre dossier, mais j'aimerais les entendre de votre bouche.

Il eut un mince sourire :

— Ça risque d'être long !

Je le rassurai :

— J'ai tout mon temps.

Je lui souris à mon tour :

— Et vous aussi, à ce qu'il me semble.

— En effet.

Il inspira et expira, joignit ses doigts et les repoussa devant lui en faisant craquer les articulations. Comme son père il avait des mains puissantes, le bout de ses doigts aux ongles bien taillés était spatulé. Je fis remarquer :

— Vous avez des mains de pianiste.

Il sourit :

— Au monastère on joue surtout de l'orgue.

— Ah, vous êtes organiste ?

— J'accompagne la liturgie.

Il sourit de nouveau, je trouvais qu'il avait un sourire d'ange.

— Ainsi les leçons de piano de mon enfance n'auront pas été perdues.

Il réfléchit et se lança :
— Vous savez que j'ai été condamné pour avoir tué un homme.
Je hochai la tête affirmativement.
— Je le sais.
Et j'ajoutai :
— Mais ce que je ne sais pas, c'est si vous l'avez véritablement tué.
Je lus une surprise immense dans son regard trop clair, puis il dit d'une voix sourde :
— Non. Non je n'ai pas tué Jacques.
— Pourtant vous avez avoué ce crime.
Même voix :
— Oui, j'ai avoué...
Et, après un temps de silence :
— Ce qui a été la cause de mon malheur et de mon bonheur.
— Je ne comprends pas, dis-je.
Il concéda :
— Pour quelqu'un du siècle*, c'est difficile à comprendre, en effet.
Il hocha la tête, comme s'il cherchait ses mots :
— Si je n'avais pas été condamné, j'aurais continué à mener une vie dissolue. J'aurais continué à offenser Dieu et mes frères, j'aurais continué à être arrogant, peut-être aurais-je tué quelqu'un en conduisant ma voiture de sport en état d'ivresse. J'aurais probablement chaussé les bottes de mon père et je serais devenu un homme d'affaires impitoyable. Dieu ne l'a pas voulu, et que Sa volonté soit faite.
— Si je comprends bien, vous êtes heureux ainsi.
— Parfaitement heureux, capitaine.

* *Les religieux se divisent en deux groupes principaux : les séculiers - qui vivent dans le siècle - et les réguliers qui suivent la règle du monastère. Par extension, quelqu'un qui vit hors du monastère vit dans le siècle.*

Personnellement, j'ai du mal à comprendre cette réclusion volontaire, mais bon… Il ne s'agissait pas de moi.

— Comment avez-vous fait pour vous évader?

Il haussa ses larges épaules:

— Je ne saurais vous le dire.

Il fit une pause, parut réfléchir et ajouta:

— À l'issue du procès qui a eu lieu au palais de justice de Quimper, j'ai été embarqué dans un fourgon avec deux gardiens et trois autres hommes qui avaient, comme moi, les menottes aux poignets. On nous a transférés à la prison de Brest. Pendant le trajet, il y a eu un grand choc et le fourgon a basculé. Ensuite la porte s'est ouverte et on m'a tiré dehors.

— On vous a tiré dehors?

— Je crois bien, oui.

— Vous n'en êtes pas sûr?

— À vrai dire, j'étais dans un état second: d'abord je venais d'être condamné à vingt ans de réclusion pour le meurtre de mon meilleur ami, ensuite le choc de l'accident m'avait à moitié assommé.

Il se tut de nouveau quelques instants, et reprit d'une voix lente:

— Je me souviens d'un hangar immense où je suis resté caché jusqu'à la nuit sur des piles de sacs qui contenaient je ne sais quoi. À la nuit tombée, on m'a fait descendre dans un canot à moteur qui m'a emporté. J'étais complètement hébété. Il y avait deux hommes à bord et, à un moment, ils se sont disputés violemment. Je crois même qu'ils en sont venus aux mains. Il y a eu un bruit d'éclaboussures et une voix angoissée qui appelait: « Pierrot! Pierrot! » Ça a duré un moment, le canot faisait des ronds dans l'eau. À la fin l'homme a juré et puis il m'a ôté mes menottes et m'a fait me lever. Puis il a dit en me poussant à l'eau: « Essaye de te sauver, mon pauvre gars! »

Je m'étonnai:

— Vous n'avez pas tenté de résister?

— Non, j'étais tellement surpris que j'ai basculé par-dessus bord sans réaliser ce qui m'arrivait. Le canot s'est éloigné, je suis resté seul au milieu de l'eau. Il faisait noir, j'ai ressenti une peur atroce, c'était sûr, j'allais me noyer comme un rat! L'eau glacée me paralysait, alors j'ai prié. Toutes les prières de mon enfance me sont venues aux lèvres et le miracle s'est produit: un fort courant m'a poussé, j'ai nagé vers des lumières que j'entrevoyais sur la rive. J'ai fini par aborder complètement à bout de forces. Quand j'ai repris mes esprits, je me suis aperçu que je n'étais pas loin de chez moi, près du monastère. C'est Dieu qui m'avait conduit là! J'ai frappé à la porte et un moine est venu m'ouvrir. Quand il a vu dans quel état pitoyable j'étais, il a appelé de l'aide. On m'a donné une douche chaude, on m'a couché...

— On ne vous a pas demandé d'explications?

— Si, mais j'ai dit que j'étais tombé d'un bateau et que je n'habitais pas loin. Ils ont proposé de prévenir ma famille, mais j'ai dit que j'étais seul à la maison.

Il eut un sourire timide.

— Alors ils m'ont laissé dormir. Lorsque je me suis réveillé, un moine était à mon chevet. J'ai voulu me lever, mais il m'a forcé à me recoucher en me disant: « Vous avez de la fièvre, mon fils. Reposez-vous, nous parlerons après, quand vous serez rétabli. » Je me suis rendormi et j'ai dormi longtemps, en délirant paraît-il.

Au bout de trois jours, la fièvre est tombée, j'ai raconté au moine qui me soignait comment j'avais été mené vers ce monastère par la main de Dieu. Le prieur est venu, je lui ai raconté toute mon histoire...

— Je suppose qu'il vous a conseillé de vous rendre à la justice, dis-je.

— Oui, mais compte tenu du danger auquel je n'avais échappé que par miracle, j'ai demandé à rester, le temps que les choses se décantent. J'ai invoqué le droit d'asile, alors il a accepté, mais pour un temps limité. Au début je ne pensais pas m'éterniser au monastère, mais après quarante-huit heures, je sus que j'avais trouvé ma voie : je voulais demeurer chez les moines. J'ai demandé à être reçu comme novice. Le prieur a longuement réfléchi. Il m'a aussi prévenu que si je m'enfuyais, il devrait prévenir les autorités.

Il sourit de nouveau :

— Mais je n'avais aucune envie de m'enfuir. J'ai d'abord été convers*, puis le frère chargé de l'orgue ayant été rappelé à Dieu, je me suis proposé pour lui succéder. Maintenant, comme j'ai reçu une formation commerciale, j'ai également la responsabilité de la boutique.

Il eut un nouveau sourire :

— Raison pour laquelle je suis ici.

Je demandai doucement :

— Que pensez-vous qu'il va vous arriver maintenant, Frère Grégoire ?

Il me regarda avec son sourire lumineux.

— Que voulez-vous qu'il m'arrive ? J'ai été condamné à vingt ans de prison, je suppose que je vais les faire.

** Religieux qui, dans une communauté, est chargé des tâches subalternes et domestiques.*

— Ça ne semble pas vous affecter.

Il eut de nouveau ce sourire séraphique :

— Si c'est la volonté de Dieu, que Sa volonté soit faite.

Ce type avait une âme de martyr !

— Votre père veut vous tirer de là.

Il me regarda d'un air inquiet :

— Mon père ? Vous l'avez vu ?

— Oui, il est persuadé de votre innocence.

Frère Grégoire inspira longuement :

— Dieu soit loué !

Puis il s'inquiéta de nouveau :

— Il va venir me voir ici ?

— C'est son intention, en effet.

Frère Grégoire se prit le visage dans les mains et parut s'abîmer en méditation.

Chapitre 7

Je respectai quelques instants cette méditation, mais moi je ne suis pas une contemplative: je n'allais tout de même pas passer la journée à regarder Frère Grégoire en prières!

— Humm! fis-je.

Il releva la tête.

— Vous redoutez la visite de votre père?

Il éluda:

— Nous avons beaucoup de torts l'un envers l'autre.

C'était assez bien résumé, en effet.

Il demanda d'une voix timide:

— Comment va-t-il?

— Il est encore gaillard pour son âge, dis-je, un peu raide du dos peut-être, mais - je posai mon index sur ma tempe -, côté méninges, ça paraît tourner rond.

Il hocha la tête d'un air de dire: « Ça ne m'étonne pas ». Puis il s'enquit:

— Et ma sœur?

— Votre sœur est auprès de lui, elle lui sert de gouvernante.

— Ah…

— Quant à votre mère…

— Je sais, dit-il dans un souffle.

Il se prit de nouveau la tête dans les mains mais je troublai la méditation dans laquelle il semblait vouloir se plonger en demandant :

— Vous avez assisté à ses obsèques ?

Il me regarda, surpris : il avait pris la question pour une affirmation.

— Comment le savez-vous ?

— J'ai su que des moines de l'abbaye avaient chanté le requiem. Je suppose que vous étiez parmi eux.

— En effet, dit-il d'une voix sourde.

— Vous avez pris un gros risque...

Il leva les épaules :

— Je ne pouvais laisser ma mère s'en aller sans venir l'accompagner.

Il leva sur moi son regard candide. Ses yeux clairs étaient noyés de larmes. Je hochai la tête pour lui signifier que je le comprenais.

— Maintenant...

Il me coupa :

— Maintenant, je vais accomplir ma peine.

Il regarda les murs nus, joignit les mains et murmura :

— Ici ou ailleurs...

— À moins que vous ne soyez innocenté, dis-je.

Il eut un sourire contrit :

— Je ne me fais pas d'illusions.

Je lui souris plus largement :

— La foi vous ferait-elle défaut, Frère Grégoire ?

La réponse fusa :

— La foi en Dieu ? Oh non !

— Si je vous annonce que je vais tout faire pour découvrir la vérité...

Ses lèvres se pincèrent :

— Quinze ans après ?

Il n'y croyait pas du tout.

— On ne m'a pas appelée avant, fis-je d'un ton un peu trop sec.

Il parut s'excuser :

— Je ne voulais pas vous offenser !

Je radoucis ma voix :

— Je ne le prends pas comme une offense. Mon métier c'est d'enquêter, Frère Grégoire. Jusqu'à ce jour, sans me vanter, je l'ai fait avec quelque succès. Il faudrait que vous essayiez de vous remémorer tous les instants depuis cette fâcheuse histoire. Depuis l'organisation de la fête qui fut fatale à votre ami Courtois, jusqu'au jour de votre évasion.

— Comment pourrais-je me souvenir de tout ça ? demanda-t-il, c'est si loin.

— Réfléchissez bien, je suis sûre que d'autres éléments vous reviendront.

Je me levai :

— Dites-moi, Frère Grégoire, je voudrais maintenant vous poser une question : si je parviens à vous innocenter, vous serez libre…

Il hocha la tête affirmativement.

— Dans un tel cas de figure, qui redeviendrez-vous : Frère Grégoire ou le fils Pinchard ?

Il parut sincèrement indigné :

— Mais je rejoindrai la communauté bien sûr !

Il baissa la tête et dit d'une voix plus basse :

— S'ils veulent toujours de moi, bien entendu. Pourquoi cette question ?

— Pour rien, Frère Grégoire, je crois bien que je connaissais la réponse.

☆

Je retrouvai l'air du dehors avec une vive satisfaction. Je ne sais pourquoi, lorsque je suis dans ces murs, j'ai toujours peur qu'on ne me laisse pas sortir.

J'avais maintenant un fil sur lequel tirer: je savais qu'à la veille de la Toussaint 1991, Matthieu Pinchard avait été jeté à l'eau d'un bateau où se trouvaient deux hommes dont l'un se prénommait Pierrot.

Ce n'était pas grand chose, je vous l'accorde, mais c'était toujours mieux que rien.

Je savais aussi que ces deux hommes s'étaient violemment disputés et que l'un d'entre eux avait poussé l'autre par-dessus bord.

Il semblait, d'après ce qu'avait dit Matthieu Pinchard, que celui qui était resté dans le bateau, bien qu'il eût essayé de le retrouver, n'avait pas réussi à repêcher son compagnon.

Ce Pierrot s'était-il noyé? Si tel était le cas, son corps avait dû être rejeté par la mer. La rade de Brest est un plan d'eau relativement fermé. À moins que les courants n'aient emporté le corps vers la haute mer, on avait dû le retrouver, la rade est aussi très fréquentée par les pêcheurs à pied, et les promeneurs. Un cadavre ne pouvait y passer inaperçu.

Je téléphonai au journal *Le Télégramme* pour demander où l'on pouvait consulter la collection. Quand la standardiste apprit que je voulais revenir quinze ans en arrière, elle me dit que les journaux de cette époque avaient été confiés à la bibliothèque municipale.

Je me présentai à la bibliothèque, rue Traverse, où une aimable jeune femme me conduisit vers une table où un aimable jeune homme m'apporta la liasse reliée des journaux du quatrième trimestre 1991.

Tout ce monde était bien serviable, ce que j'appréciai car j'avais connu, en d'autres lieux mais pour les mêmes raisons, des accueils moins favorables.

J'entamai donc mes recherches à partir de la veille de la Toussaint et je n'eus pas à aller bien loin: le 3 novembre, un corps avait été découvert dans l'anse de l'Auberlac'h en Plougastel-Daoulas. J'eus encore à éplucher deux numéros pour trouver l'entrefilet où il était mentionné que le noyé avait été identifié. Il s'agissait d'un Brestois nommé Pierre Lannuzel qui avait succombé à une hydrocution.

Bon! Je remerciai chaleureusement la bibliothécaire et lui demandai si elle avait un annuaire téléphonique à me prêter. L'obligeante personne, tout de même un peu intriguée, me tendit le bottin et je retournai à la table. J'eus un mouvement d'impatience en constatant qu'il y avait bien deux douzaines de Lannuzel, mais je me consolai vite en constatant qu'il n'y avait qu'un seul Pierre.

Après tout, j'aurais pu tomber sur un Le Berre, un Le Braz ou un Le Bihan et là, j'aurais eu deux colonnes d'abonnés à éplucher. À tout prendre, je m'en tirais plutôt bien. Je notai le numéro de téléphone et rendis l'annuaire à la bibliothécaire avec moult remerciements.

Retournée à ma voiture, j'appelai le numéro. Une voix dolente me répondit. Oui, j'étais bien chez madame veuve Lannuzel.

— Pardonnez-moi, je vais vous rappeler de mauvais souvenirs, madame Lannuzel, mais est-ce bien votre mari qui s'est noyé dans la rade de Brest aux alentours de la Toussaint 1991?

— Oui, me dit-elle. C'est pour quoi?

— Je suis étudiante, mentis-je, je fais une enquête sur les morts par noyade dans la rade. C'est pour mon mémoire. Je peux passer vous voir ?

— Maintenant ? demanda-t-elle.

— Si ça ne vous dérange pas, ça ne prendra que quelques minutes…

Elle hésita un instant avant de me dire :

— Vous n'avez qu'à venir.

— Je suis chez vous dans dix minutes, déclarai-je.

En réalité, le pont de Recouvrance étant embouteillé, et je mis près d'une demi-heure pour rejoindre Saint-Pierre-Quilbignon où habitait la veuve de Pierre Lannuzel.

Elle demeurait au second étage d'un vieil immeuble qui avait échappé aux bombardements de 1944. Dans le couloir d'entrée, de grosses dalles de pierre suintaient et l'escalier de bois branlait sous le pas. Les ampoules de la minuterie avaient déclaré forfait depuis belle lurette et personne ne s'était soucié de les remplacer. Une lueur blafarde tombait d'une tabatière ouverte dans le toit au-dessus de la cage d'escalier.

Ça sentait le chou pourri et d'autres odeurs difficilement identifiables guère plus ragoûtantes. Je braquai le minuscule faisceau lumineux de mon porte-clés vers une porte marronnasse sur laquelle était punaisée une carte de visite : *Monsieur et Madame Lannuzel.*

Je frappai et la porte s'entrouvrit. Une septuagénaire au regard inquisiteur m'examina avant de m'inviter à entrer dans un vestibule minuscule. Puis elle me précéda dans ce qui devait être sa pièce de réception, une sorte de salon trop petit pour les meubles qu'elle contenait : un buffet et une table avec six chaises du plus pur style Henri II.

Elle en tira une et m'invita à m'asseoir, ce que je fis. Elle-même hésita avant de se poser à son tour, mais finalement elle prit place en face de moi.

Au-dessus d'une cheminée riquiqui dont le marbre imitait à merveille des tranches de pâté de campagne couvertes de gélatine, une photo encadrée était pendue. On y voyait le buste d'un matelot à pompon rouge à l'air bravache. Sur la vareuse bleue (la photo colorisée avait des teintes mièvres), une fourragère et deux barrettes indiquaient que celui qui les portait avait déjà fait campagne.

Madame Lannuzel avait suivi mon regard :

— C'est Pierre, dit-elle, quand il était dans les fusiliers marins.

Je hochai la tête sans faire de réflexion. Tout à fait la tronche du type qu'on n'aimerait pas rencontrer au détour d'une rizière.

Madame Lannuzel ajouta :

— Il revenait d'Indochine, à l'époque.

Je hochai de nouveau la tête silencieusement.

— Merci de me recevoir, dis-je. Comme je vous l'ai expliqué, je fais une étude sur les personnes qui se sont noyées dans la rade de Brest.

Elle déclara :

— La rade est grande, il doit y en avoir pas mal !

— En effet, dis-je, entre ceux qui se balancent du pont de Plougastel, ceux qui, un soir d'ivresse, tombent dans le bassin du port de commerce…

Et je n'évoquai pas le plus célèbre d'entre ces noyés, l'illustre Jean Quéméneur* *noyé en larguant l'amarre du piti pont à Recouvrance…*

* *Héros d'une complainte célèbre à Brest.*

— Votre mari s'est noyé, je crois, en rejoignant son bateau, dis-je.

Elle hocha la tête :

— Voui… En plus ce n'était pas son bateau, c'était celui de son copain.

— Le copain avec qui il allait en mer ?

— Voui.

— Comment s'appelait-il ?

— L'homme ou le bateau ?

Je retins un sourire. L'accent brestois, l'accent ti Zef, était là, à l'état pur.

— Les deux. L'homme d'abord.

— Bourgeon, qu'il s'appelle, René Bourgeon. Et le bateau c'était le *Digadao**.

— Il vit toujours, ce Bourgeon ?

— René ? Bien sûr ! Il était beaucoup plus jeune que mon mari mais ils travaillaient ensemble à la Direction du Port. C'est là qu'ils se sont connus.

— Ils étaient très liés ?

Madame Lannuzel leva les bras :

— Ho là ! Les inséparab', qu'on les appelait.

— Vous voyez toujours Bourgeon ?

— Oui, il vient souvent m'apporter des crabes, du poisson.

— Un ami fidèle, en quelque sorte.

— Ça voui ! Je suis vieille, mais il ne m'a jamais laissée tomber.

— Il a dû être très affecté par la mort de votre mari.

— Ça, on peut dire ! fit-elle avec conviction. Du chagrin il a eu, ma foi !

— Je suppose qu'il est en retraite lui aussi maintenant.

* *En breton :* éméché.

— Oui, il est en retraite de la Direction du Port, mais il a trouvé un aut' emploi. C'est un digourdi, çui-là!

Le ton était carrément admiratif.

— Que fait-il?

— Responsab' de la sicurité au supermarché Pinchard. Vous savez, y'a des gardiens pour veiller, si le mond' vole. C'est René qui est leur chef.

Tiens donc! On revenait chez Pinchard!

— Comment l'accident s'est-il produit?

— Censément Pierrot serait allé vider le *Digadao* car il était tombé d'l'eau dans la s'maine. L'annesque aurait fait chanch tu et il serait passé à la baille.

Traduit du brestois, ça devait vouloir dire que l'annexe se serait renversée et qu'il serait tombé à l'eau.

Elle haussa les épaules:

— C'est la police qui m'a dit.

Nouveau haussement d'épaules fataliste:

— Probab' qu'il était bu!

Je demandai prudemment:

— Il avait tendance à boire?

— Pas plusse qu'un aut', dit madame Lannuzel, mais quand il allait en mer, y mettait dedans, c'est sûr*.

Visiblement elle n'avait pas été chercher plus loin.

— On a retrouvé l'annexe?

Elle plissa le front:

— La quoi?

Je traduisis:

— Le petit canot!

— Ah, l'annesque! Elle a échoué sur la grève à Sainte-Anne-du-Portzic.

** Il abusait de la boisson.*

À l'époque les enquêteurs ne s'étaient pas cassé la tête. Je trouvais tout de même bizarre que l'annexe ait dérivé dans un sens et le corps dans l'autre sens. Car ces deux endroits étaient diamétralement opposés.

J'avais pris quelques notes sur un bloc de papier, histoire de faire étudiante sérieuse.

— Bon, dis-je, je crois que ce sera tout. Je vous remercie de m'avoir reçue, madame Lannuzel.

La vieille dame se leva à regret. Elle semblait déçue que ça se termine si tôt.

— C'est pourquoi déjà que vous écrivez tout ça ? demanda-t-elle.

— Pour mon mémoire de fin d'études.

— Un mémoire ? répéta-t-elle. J'ai jamais eu de mémoire, moi !

Ce en quoi elle se trompait, car elle m'avait livré pas mal de détails tout à fait intéressants.

Chapitre 8

Le centre commercial où œuvrait le sieur Bourgeon René se trouvait à l'autre bout de la ville. Il me fallut retraverser le pont de Recouvrance, toujours encombré par une circulation intense, pour arriver devant l'hypermarché Pinchard.

Celui-ci se trouvait dans une zone commerciale comme il y en a tant au pourtour des villes. Les hangars métalliques succédaient aux hangars métalliques, les néons annonçaient des promotions et des prix moins chers que moins chers.

L'hypermarché lui-même était cerné par une allée large comme une route qui en faisait le tour. Il y avait une batterie d'une vingtaine de caisses mais trois seulement étaient ouvertes si bien que les clients devaient faire la queue pour pouvoir payer leurs achats.

Deux jeunes hommes athlétiques tout vêtus de noir passèrent lentement en jetant des regards inquisiteurs autour d'eux. Ils avaient une oreillette d'où pendait un fil afin qu'on puisse les appeler en cas de besoin.

Je m'approchai d'eux:

— Messieurs, un renseignement s'il vous plaît.

Ils s'arrêtèrent et me considérèrent comme si je fomentais un mauvais coup.

— Où pourrais-je trouver monsieur Bourgeon ?

L'un d'entre eux me désigna une construction surélevée près des caisses :

— À la caisse centrale. Il y était tout à l'heure.

Je les remerciai et me dirigeai vers la caisse centrale. Il y avait là une petite dame qui faisait les paquets cadeaux, une standardiste et une forte femme en blouse bleue qui ne faisait rien, sinon bavarder avec un costaud tout de noir vêtu, lui aussi.

Je m'approchai :

— Monsieur Bourgeon ?

Il se retourna, me considérant par en dessous.

— Lui-même.

Il continua de me considérer d'un air de dire : « Mais qu'est-ce que tu viens m'emm...er, tu ne vois pas que je suis occupé ? »

— Je voudrais vous parler en particulier, monsieur Bourgeon.

Sa bouche se tordit :

— C'est à quel sujet ?

— Strictement personnel, répondis-je en regardant son interlocutrice pour lui signifier qu'elle était de trop.

Bourgeon se redressa :

— Je ne vous connais pas, dit-il.

Je souris :

— Pas encore !

Il jeta alors un coup d'œil complice à la dame qui semblait avoir deux ballons de foot sous sa blouse bleue. Je lus sur un badge reposant sur cette poitrine imposante qu'elle se nommait Simone Cogant et je compris que j'avais interrompu une conversation intime.

J'ajoutai :
— Ça ne sera pas long !
— Je termine à vingt heures trente, dit-il, d'ici là je n'ai pas le droit d'avoir des conversations privées.
— Comme celle que vous avez en ce moment avec madame, ne pus-je m'empêcher de rétorquer.
Il se pencha vers moi :
— Madame fait partie du personnel, articula-t-il, nous avons une conversation strictement professionnelle.
— Je vois, ricanai-je. Tant pis, j'étais venue vous parler du passager de la Toussaint.
Je le vis soudain blêmir, il m'attrapa par le coude et serra avec tant de force que j'eus l'impression d'avoir le bras pris dans un étau.
— Lâchez-moi, lui dis-je, vous me faites mal !
Il serra encore plus fort et me gronda au visage :
— Tu vas me foutre le camp, espèce de petite salope.
Il me repoussa en lâchant mon bras.
— Allez, dégage !
J'aurais pu sortir ma carte de police et l'obliger à me suivre, mais je ne voulais pas dévoiler trop tôt mes batteries.
Je voulus sauver la face. Je pris un crayon et notai mon numéro de portable sur un morceau de papier qui traînait sur le comptoir :
— Vous auriez peut-être intérêt à m'entendre, monsieur Bourgeon, dis-je en poussant le papier vers lui. C'est mon numéro personnel.
— Qu'est-ce que j'en ai à foutre ! gronda-t-il.
Néanmoins, il prit le papier, le regarda et le fourra dans sa poche.

Je m'éloignai aussi dignement que je pus, sous les regards goguenards du vigile en chef et de son égérie à la poitrine Mandsfieldienne, en massant mon bras douloureux. La réaction de Bourgeon était surprenante. C'était à partir de l'évocation du passager de la Toussaint qu'il s'était troublé. Mais quelle conduite tenir maintenant ? Le convoquer au commissariat ? Il fallait que j'en parle au commissaire Balanec.

Comme j'allais prendre la porte à tourniquet qui menait au parking, les deux costauds qui m'avaient indiqué où se trouvait Bourgeon m'encadrèrent :

— Pas si vite, mademoiselle !

Ils me saisirent chacun sous un bras et m'entraînèrent sans que je puisse résister.

— Lâchez-moi ! criai-je, mais lâchez-moi donc !

Ils ne firent que resserrer leur prise et accélérèrent leur pas. Mes pieds ne touchaient pratiquement plus terre.

Autour de nous, les gens s'arrêtaient et me regardaient d'un air réprobateur. Ils devaient me prendre pour une voleuse surprise en flagrant délit.

Enfin ils me poussèrent vers une porte dérobée dissimulée entre deux boutiques et marquée d'un panneau rouge : *Entrée interdite.*

C'était l'envers du décor. Soudain on passait du monde clinquant d'un pseudo-luxe à quatre sous au béton gris brut de décoffrage d'un couloir étroit réservé au service et qui puait la poussière. On me fit monter un escalier et on me propulsa dans un petit local où, derrière un bureau, trônait le sieur Bourgeon, un sourire sinistre aux lèvres.

Sur des consoles s'étalaient des batteries de petits téléviseurs qui retransmettaient en direct ce qui se passait aux divers coins du magasin.

Je me dressai comme une furie :

— Non mais dites donc, c'est quoi ces manières ?

Une lourde poigne me colla à mon siège.

— Vide tes poches ! ordonna Bourgeon.

Bouillante de fureur, je plongeai mes mains dans les poches de mon duffle-coat et je sentis deux boîtiers de plastique. Je les sortis, regardai autour de moi et demandai :

— Qu'est-ce que c'est que ça ?

Il me fixait, triomphant, jouissant de sa supériorité.

— Ça, ma petite, ce sont les disques que tu as volés dans le magasin.

Ma fureur se dissipa en un instant. Ah les enflures ! C'était donc comme ça qu'on jouait ?

— Ça ne seraient pas plutôt les disques que ces messieurs ont glissés dans mes poches lorsqu'ils m'ont empoignée ?

Le ton glacial de ma voix aurait dû les mettre en garde, mais ils ricanèrent niaisement, en se forçant.

— C'est marrant, dit Bourgeon en s'adressant à ses sbires, elles disent toutes la même chose !

Il se tourna vers moi :

— Ça ne va même pas amuser le juge. Il en a marre, le juge, des petites salopes comme toi qui passent leur temps à voler !

Il montra les deux étuis de plastique :

— Il y a tes empreintes là-dessus !

Je m'étais bien fait avoir. Je crachai entre mes dents :

— Salauds !

— Pff ! fit Bourgeon méprisant.

Il revint à ses hommes de main.

— C'est bon les gars, retournez en bas, moi j'attends la police avec mademoiselle… Mademoiselle comment déjà?

Je lui souris insolemment, sans répondre. La porte s'était refermée sur les deux costauds. J'étais seule avec Bourgeon. Est-ce que ce sale type allait s'essayer à quelques privautés? Je décidai que non. Mes petites mandarines ne faisaient pas le poids auprès des melons de Simone Cogant.

En effet, il ne s'engagea pas dans cette voie, et pour tout vous dire, j'en fus fort soulagée.

— On verra si tu feras la fière quand tu partiras dans le panier à salade, dit-il. Tu ferais mieux de me donner tes papiers, ça nous fera gagner du temps.

— Non, monsieur Bourgeon, articulai-je, je ne vous donnerai pas mes papiers!

Il tapa des deux poings sur la table, furieux.

— Tu préfères que j'aille les prendre?

— Je vous en dissuade, dis-je, glaciale.

Il se leva et marcha sur moi:

— Tu m'en dissuades? Tu m'en dissuades? Tu n'as rien à dire, connasse, tu es ici dans mon domaine, et dans mon domaine, c'est moi le patron!

— Bravo! dis-je. Ça, c'est envoyé!

Ayant retrouvé mon calme et mon sang-froid, je ne me gênais pas pour me moquer de lui à bout portant.

— À propos, êtes-vous officier de police judiciaire, monsieur Bourgeon?

Il m'épiait, méfiant:

— Qu'est-ce que ça peut te foutre?

— Beaucoup. Si vous n'êtes pas officier de police judiciaire, vous n'avez pas qualité pour me fouiller. Et quand bien même vous le seriez, vous n'auriez tout de même pas le droit de le faire!

— Et pourquoi?

— Parce que vous êtes un homme, et parce que je suis une femme. Le code de procédure prévoit qu'une fouille ne peut être faite que par un officier de police judiciaire du même sexe que la personne fouillée!

Il retourna s'asseoir, plus méfiant que jamais. Ses petits yeux durs ne me lâchaient pas:

— Tu es qui, toi?

Je ne répondis pas. Il ricana:

— Étudiante en droit, c'est ça, hein? Pour connaître le droit comme ça... On commence bien dans la carrière, Maître, en volant dans les magasins!

— Vous savez bien que je n'ai rien volé, dis-je.

Je regardai les étuis plastiques d'un air dégoûté:

— Pouah! Du rap! Vous me voyez voler des disques de rap, vous?

— C'est ce qu'on nous vole le plus! fit-il d'un air pincé.

— Ça prouve que les goûts de la jeunesse se dévoient. On me payerait que je ne les prendrais pas!

Il me regardait maintenant d'un autre œil.

— Qu'est-ce que tu es venue me raconter avec tes histoires de Toussaint?

C'était donc ça qui le turlupinait!

— Je voulais vous parler du passager de la Toussaint en effet. Vous savez, ce type que vous avez embarqué sur votre canot, le *Digadao,* au port de commerce...

Je le fixai:

— Ça ne vous dit rien? C'est vrai que ça remonte à loin, hein? Quinze ans, ça commence à dater!

Je levai l'index, comme si je donnais une conférence :

— Mais il n'y a pas prescription, pour les crimes, la prescription c'est trente ans. Vous saviez ça, Bourgeon ?

Je voyais la sueur perler sur son visage. Il bougonna :

— Si tu comptes t'en tirer en racontant n'importe quoi…

— Ce passager n'était pas n'importe qui, Bourgeon ! Je vais vous rappeler quelque chose, il avait des menottes aux poignets, ce passager si particulier. Comme vous êtes un type sympathique et plein d'humanité, vous les lui avez enlevées avant de le pousser à l'eau.

Je pointai mon index sur lui :

— Vous êtes partis à trois, vous êtes rentré tout seul. Deux de chute !

Je pointai à nouveau l'index vers son sternum en demandant :

— Où est passé votre ami Pierrot Lannuzel ?

Il s'épongea le front, se leva, puis mal à l'aise sur ses fémurs, comme aurait dit Brassens, il se laissa retomber dans son fauteuil de skaï.

— Lannuzel s'est noyé, dit-il d'une voix mal assurée.

— Il s'est noyé ou « on » l'a noyé ?

Il gronda :

— Tu racontes n'importe quoi !

Je répétai, sans le lâcher du regard :

— N'importe quoi, hein ?

Il me montra la porte et dit d'un ton las :

— Bon, ça va, pour cette fois je veux bien fermer les yeux, allez, dégage !

— Je savais bien, ironisai-je, que vous étiez une âme compatissante et pleine d'humanité!

Il grinça:

— Tu me fatigues…

Sa voix monta crescendo:

— Je ne le redirai pas, dégage et n'y reviens pas!

— Je n'aurai pas besoin de revenir, puisque je ne pars pas, dis-je.

— Et moi je te dis de foutre le camp! gronda-t-il.

— Eh, je croyais qu'on attendait les flics!

— Je t'ai dit que ça va pour cette fois!

— Pas du tout, protestai-je, je veux porter plainte!

— C'est la meilleure, fit Bourgeon comme s'il n'en croyait pas ses oreilles. Tu veux porter plainte pour quoi?

— Séquestration arbitraire, coups et blessures ayant entraîné un arrêt de travail de…

Je retroussai ma manche sur mon avant-bras marbré de traces rouges qui viraient peu à peu au bleu.

— Allez, disons quinze jours. Ça va vous coûter cher, cette petite plaisanterie, monsieur Bourgeon!

À ce moment, on entendit frapper à la porte. Avant qu'il n'ait eu le temps de réagir, je criai:

— Entrez!

La porte s'ouvrit et deux agents en tenue apparurent. Le plus âgé serra la main de Bourgeon en disant:

— Salut René, qu'est-ce qui se passe?

— Trois fois rien, dit Bourgeon embarrassé, mes gars ont mal compris. D'ailleurs, mademoiselle s'en allait.

— Pas du tout, dis-je, je veux porter plainte pour séquestration arbitraire et coups et blessures.

— Qu'est-ce que c'est que cette salade ? demanda le plus vieux des flics en se grattant l'arrière de la tête.

Il se retourna vers son jeune collègue qui attendait près de la porte :

— Robert, attends-moi dehors !

— Oui, brigadier, dit le nommé Robert.

Il sortit et ferma la porte doucement.

Le brigadier me demanda alors :

— Vous voulez porter plainte ?

— Oui monsieur.

— Contre qui ?

Du doigt je montrai Bourgeon qui tentait vainement de faire bonne figure :

— Contre ce vilain monsieur-là !

— Qu'est-ce qu'il vous a fait ?

Je retroussai alors ma manche et montrai mon avant-bras meurtri :

— Voilà ce dont cette brute est capable !

— C'est pas moi, protesta Bourgeon, elle... elle est tombée en essayant de s'enfuir !

— Pff! fis-je en secouant la tête, il raconte n'importe quoi. Si j'avais essayé de m'enfuir, ça aurait été parce qu'il essayait de me retenir.

Je regardai le flic qui cherchait à comprendre.

— Nous sommes d'accord ?

— Euh... Oui, fit-il.

Son regard courait de Bourgeon à moi et de moi à Bourgeon.

— Alors, s'il essayait de me retenir, pourquoi me laisserait-il partir maintenant, surtout après vous avoir fait venir? Demandez-lui donc pourquoi il me laisse partir!

C'était décidément trop compliqué pour le vieux brigadier.

— Et si j'avais essayé de m'enfuir, pourquoi voudrais-je rester maintenant?

— Pour m'emmerder! rugit Bourgeon. C'est une tordue, elle raconte n'importe quoi!

Il s'adressa au flic:

— J'ai voulu lui faire peur. Tu penses bien qu'on ne va pas faire un rata pour ces deux disques. Allez, qu'elle foute le camp!

Je crois que cette solution aurait bien plu au flic, mais j'en rajoutai en m'amusant comme une petite folle:

— Et moi je veux porter plainte!

Le regard du brigadier naviguait toujours entre Bourgeon et moi. Visiblement, il ne savait quel parti prendre. Il plissa le front, comme sous le coup d'une réflexion intense à l'issue de laquelle il se réfugia dans ses fondamentaux de flic:

— Vos papiers s'il vous plaît.

Je sortis mon porte-cartes et l'ouvris:

— Capitaine Lester, police nationale.

Ah, je lui en donnais des émotions au vigile chef Bourgeon! Je crus qu'il allait s'effondrer, puis il se reprit et son visage passa d'une pâleur due à la surprise au rouge brique d'une incoercible colère.

Le brigadier saluait gauchement, ne sachant quelle contenance prendre, en bredouillant:

— Faites excuse capitaine, je ne savais pas...

Je lui tapai familièrement sur l'épaule:

— Ne vous inquiétez pas, mon vieux! Vous êtes tombé à pic. Veuillez embarquer ce monsieur. J'étais venue lui demander gentiment quelques renseignements, mais puisqu'il fait la forte tête, au bloc! Là-bas, il causera!

Je n'avais pas fini ma phrase que Bourgeon se ruait sur moi comme un taureau furieux.

— Salope! hurla-t-il en m'allongeant une baffe à m'arracher la tête.

Là, je ne faisais pas le poids. Je voltigeai littéralement contre une armoire métallique et je ne vis plus rien. Lorsque je rouvris les yeux, le paysage était en double, noyé dans une sorte de tempête de neige. Des points blancs passaient devant mes yeux. Je me redressai avec peine en m'appuyant sur quelque chose de mou que j'identifiai péniblement comme étant une jambe d'homme. Plus exactement celle du brigadier qui, lui aussi, s'était pris un marron de gros calibre au menton.

Puis j'entendis des cris venant du bas de l'escalier.

— Bon Dieu! s'exclama le flic en se tenant la mâchoire, Robert!

Il tituba jusqu'à la porte et appela:

— Robert, Robert...

Une voix d'outre-tombe répondit:

— Le con! Ouah! J'ai mal! Je crois bien qu'il m'a pété une canne!

Petit à petit mon cerveau se stabilisait. Je pris mon portable et j'appelai le commissariat, réclamant le commissaire Balanec.

— Allô, Balanec, c'est Mary Lester. J'ai besoin de vos services. Il y a lieu de rechercher le dénommé René Bourgeon, chef du service de sécurité au centre commercial Gaston Pinchard. Âge environ cinquante ans, taille 1 m 80, poids 90 kg.

— Qu'est-ce qu'il a fait? demanda Balanec de sa voix froide.

— Presque rien. Il m'a proprement assommée, il a également assommé un de vos chefs de patrouille et a probablement cassé une jambe à flic stagiaire.

— Probablement? demanda Balanec.

— Oui, ça demande à être confirmé, mais à ce propos, faites venir une ambulance d'urgence au centre commercial.

— J'arrive! dit brièvement Balanec.

Je descendis lentement l'escalier. Le blessé allongé gémissait doucement, le chef de patrouille avait retiré son blouson pour lui soutenir la tête.

— Ma patte! geignait le jeune homme, je devais jouer dimanche en première!

— Il joue au foot? demandai-je à son collègue.

— Ouais, fit-il soucieux. Dimanche, pour la première fois, il devait jouer avec les pros.

— Je crains que ça ne soit reporté, dis-je.

Chapitre 9

Deux hommes arrivèrent, empressés. Le plus petit, vêtu d'une veste de cuir, se présenta :

— Philippe Rosay, je suis le directeur de l'établissement.

L'autre, de taille moyenne, avait le crâne rasé, des Ray-Ban noires et l'air pas commode. Sous le costume ajusté, on le sentait cuirassé de muscles, comme s'il avait oublié un gilet de sauvetage sous sa veste. Il se tenait en retrait, afin, le cas échéant, de protéger son directeur.

— Qu'est-ce qui se passe ? demanda Rosay.

Je me massai la joue :

— Il semble que votre chef de la sécurité ait pété les plombs.

— Bourgeon ? fit Rosay surpris.

— Bourgeon, oui.

— Que s'est-il passé ?

Je sortis ma carte.

— Je suis capitaine de police, j'avais quelques renseignements à lui demander et il m'a tendu un traquenard.

— Un traquenard ?

— Oui, il m'a fait arrêter par deux vigiles qui m'ont fourré des disques dans les poches et m'ont ensuite accusée de les avoir volés. Ils m'ont entraînée dans le bureau là-haut et ils ont appelé ces messieurs.

Du pouce, je montrai le brigadier qui, lui, se massait le menton.

— Devant la tournure que prenaient les événements, j'ai décidé de le transférer au commissariat pour interrogatoire. C'est alors qu'il s'est précipité sur moi, qu'il m'a assommée, qu'il a assommé le brigadier dans la foulée et qu'il a projeté le gardien qui était derrière la porte au bas de l'escalier. Dans sa chute celui-ci s'est cassé une jambe.

Rosay se tourna vers le tondu:

— Renaud, va me chercher ces deux couillons!

Ça, c'était un homme qui savait commander!

Le tondu sortit quelques minutes et revint accompagné des deux couillons en question qui, en apprenant que le grand patron les mandait, avaient perdu de leur superbe.

— Qu'est-ce que c'est que cette histoire? demanda Rosay d'une voix sèche, le capitaine Lester vous accuse d'avoir placé des disques dans ses poches et de l'avoir transférée sans ménagements dans le bureau de Bourgeon?

Les deux hommes regardaient leurs pieds sans répondre.

— C'est vrai ou c'est pas vrai? demanda Rosay.

L'un d'entre eux se décida à parler, mais visiblement, ce n'était pas un orateur, ça bredouillait dur, ça se répétait... Pénible!

— C'est-à-dire que monsieur Bourgeon nous a dit que...

Rosay le coupa:

— C'est donc Bourgeon qui vous a ordonné de placer ces disques dans sa poche?

Ils hochèrent la tête en cadence. Ils me faisaient presque pitié, on eût dit deux gamins d'1 m 90 en train de se faire engueuler par l'instit dans la cour de récréation.

— Et vous êtes assez cons pour vous être rendus complices de cette ignominie? fulmina Rosay.

Et comme les deux vigiles ne répondaient rien, il s'adressa au tondu:

— Emmène-les à la comptabilité. Qu'ils disparaissent, ils ne font plus partie du personnel.

Et comme les deux gars passaient devant lui, il en prit un par le revers et cracha:

— Et essayez un peu de m'entraîner aux prud'hommes!

Il se radoucit pour m'adresser ses excuses:

— Capitaine, je ne sais comment… Ce sont des imbéciles!

Et il ajouta, en une constatation désabusée:

— Pour ce genre d'emplois, on trouve rarement des bacs plus cinq!

Pendant ce temps, les secours étaient sur place. Ils embarquèrent le blessé et, sur l'insistance de Balanec qui venait d'arriver, l'autre flic et moi fîmes partie de la même fournée. Je me retrouvai donc dans l'ambulance, la tête bourdonnante, avec des douleurs aux vertèbres.

À l'hôpital de la Cavale Blanche, on me fit des radios de la nuque qui ne révélèrent, Dieu merci, aucune lésion, on passa une pommade sur ma joue qui prenait des drôles de teintes et, lorsque ces examens furent terminés, on me plaça en observation pour la nuit.

Comme les infirmières m'avaient donné un sédatif, je dormis comme un bébé. Je quittai l'hôpital vers dix heures, munie d'une minerve pour soutenir mes vertèbres malmenées.

Une voiture de police m'attendait et je fus conduite directement au bureau du commissaire Balanec.

Il se leva pour m'accueillir et s'enquit gentiment de ma santé. Je le remerciai. En dehors du préjudice esthétique et d'une raideur dans le cou, je m'en tirais plutôt bien. Cependant, sous mon profil gauche, j'avais une tête à faire peur.

Balanec m'apprit que le flic footballeur avait réellement une fracture du tibia; quant au chef de patrouille, à part un gros hématome au menton, tout allait bien pour lui.

— Est-ce qu'on a retrouvé Bourgeon? demandai-je.

— Non, dit Balanec. Il n'est pas retourné chez lui, j'ai une bagnole avec deux hommes devant son domicile au cas où... Mais sa femme prétend ne pas l'avoir vu et je ne sais vraiment pas où il aurait pu aller se cacher.

— Ce ne sont pas les planques qui manquent, Bourgeon a travaillé à la Direction du Port, il connaît la zone portuaire mieux que personne. Sans compter qu'il doit avoir conservé de nombreuses amitiés dans le milieu des ouvriers du port, des dockers.

— Qu'est-ce qu'il espère? demanda Balanec. Cette réaction ne s'explique pas! Après tout, ce qu'il a fait n'est pas bien grave.

— Merci, dis-je vexée. Agresser des policiers, c'est grave, monsieur. Il aurait très bien pu tuer quelqu'un.

— Bien sûr, fit Balanec, je comprends votre indignation, mais considérons la réalité des choses: compte tenu de la mansuétude des tribunaux et de la surcharge des prisons, le fait de vous avoir séquestrée et molestée ne lui aurait même pas valu vingt-quatre heures d'incarcération.

— Soit, dis-je, mais il n'y a pas que ça. Bourgeon en a bien plus lourd sur les cornes.

Balanec me regarda attentivement:

— Allez-y…

— Il est probablement responsable de la mort d'un nommé Pierre Lannuzel qui a été retrouvé noyé dans l'anse de l'Auberlac'h en 1991, début novembre.

— 1991! s'exclama Balanec, dites-donc, ça remonte à loin!

— Exactement à l'évasion de Matthieu Pinchard, dis-je.

— Ah oui, fit Balanec songeur. Vous pensez qu'il y a une relation?

Catastrophée, je le regardai sans répondre. Il faisait exprès ou quoi?

— Qui était ce Lannuzel? demanda-t-il.

— Le meilleur copain de Bourgeon. Un ancien fusilier marin reclassé à la Direction du Port.

Balanec ne me quittait pas des yeux.

— Je suis allée voir Matthieu Pinchard à la prison hier en vous quittant.

— Et alors, demanda Balanec, vous le croyez vraiment capable d'avoir tué ce Courtois?

— Le détenu que j'ai vu hier, assurément pas. Cependant, je ne connais pas l'homme qu'il était voici quinze ans. Autrement dit, Frère Grégoire en est incapable, Matthieu Pinchard, je n'en sais rien. Son père m'a confié, je le cite, que son fils était « un foutu petit con ». N'oublions pas non plus qu'il buvait beaucoup, qu'il se droguait… C'est pour ça que je ne me prononce pas.

— Il y a du vrai dans ce que vous dites, concéda Balanec. Vous en avez tiré quelque chose ?

— Et comment ! C'est lui qui m'a menée à Bourgeon. Vous savez, commissaire, Frère Grégoire n'a toujours pas compris comment Matthieu Pinchard s'était évadé. Après le choc, et profitant de son hébétude et de la violente confrontation avec les dockers, on l'a tiré du fourgon de police. Puis on l'a caché dans un hangar, et enfin, à la nuit, on l'a embarqué dans un bateau…

— Qui ça, « on » ? fit Balanec agacé.

— Eh bien, René Bourgeon et Pierre Lannuzel !

Il me regarda en fronçant les sourcils, comme si j'étais une sorcière qui tirait ses renseignements de forces invisibles.

— Comment êtes-vous parvenue à ces individus ?

— C'est tout simple : Frère Grégoire se souvient d'avoir entendu une altercation sur le bateau. Deux hommes, qu'il n'a pas vus - il faisait nuit -, se sont battus. L'un d'entre eux est tombé par-dessus bord et, pendant un bon moment, celui qui l'avait poussé est resté faire des cercles sur l'eau en appelant « Pierrot, Pierrot… » Puis, comme il ne retrouvait pas le Pierrot en question qui avait probablement coulé à pic, il a enlevé les menottes au fugitif et l'a balancé à la mer à son tour en lui souhaitant bonne chance.

— C'était de l'humour noir ? demanda Balanec.

— Pas du tout, c'était sincère. Il devait en avoir gros sur le cœur à ce moment-là. D'ailleurs, Matthieu Pinchard, qui est un bon nageur, a réussi à atteindre la rive, poussé par un courant providentiel. C'est là qu'il a demandé asile chez les moines.

— Je n'y comprends rien, grommela Balanec. Pourquoi en aurait-il eu gros sur le cœur?

— Parce que Pierrot était son copain!

— Alors, pourquoi l'a-t-il fichu à l'eau?

— Parce qu'ils se sont engueulés, comme deux copains peuvent s'engueuler quelquefois, et que ça a tourné au drame.

Balanec secoua de nouveau la tête:

— Décidément, c'est bien embrouillé, je n'y comprends rien!

— Vous n'y comprenez rien parce que vous n'avez pas vu la photo de ce Pierre Lannuzel.

Cette fois le commissaire Balanec me regarda comme si j'étais folle.

— Vous l'avez vue, vous?

— Oui.

— Où ça?

— Chez sa veuve.

Cette fois il était incrédule.

— Vous avez demandé à sa veuve de vous montrer la photo de son mari?

— Non, le portrait de Pierre Lannuzel est suspendu au-dessus de la cheminée! Je ne pouvais pas le manquer.

— Soit, mais comment êtes-vous arrivée chez la veuve?

— Reprenons, dis-je avec la patience que manifestent parfois certains instituteurs envers les élèves particulièrement bouchés. Matthieu Pinchard s'évade à la veille de la Toussaint 91. Or, pendant son évasion, un de ses ravisseurs tombe à l'eau et, apparemment, se noie. J'ai donc recherché dans les journaux de l'époque si on avait retrouvé un corps dans la rade à cette date. Or un pêcheur à pied a trouvé le 3 novembre 1991 un corps dans l'anse de l'Auberlac'h. Ce corps a été identifié comme étant celui de Pierre Lannuzel, domicilié à Saint-Pierre-Quilbignon. J'ai recherché dans l'annuaire téléphonique s'il y avait toujours un Lannuzel à Saint-Pierre-Quilbignon. La chance m'a servie : il y en avait un, et c'était le bon. Je suis donc allée voir la dame, puisque c'était une dame, et elle m'a confirmé que son mari, Pierre Lannuzel, s'était bien noyé à cette date.

Le commissaire Balanec m'écoutait attentivement, les mains jointes sur le menton.

— C'est de la chance, notez bien, dis-je, madame Lannuzel aurait pu être morte, ou encore partie habiter ailleurs, et là la piste aurait été complètement froide. Mais elle est là, et elle me confie que son mari allait souvent en mer avec un copain de la Direction du Port, un nommé René Bourgeon. En plus, elle m'indique qu'elle voit toujours ce Bourgeon « qui lui apporte régulièrement crabes et poissons » et qui est maintenant responsable de la sécurité à l'hypermarché Pinchard.

— Ah, dit Balanec, comme si la lumière venait de s'allumer tout soudain, j'y suis !

Je pensai en moi-même : « C'est pas trop tôt ! »

— Vous êtes allée à l'hypermarché pour questionner Bourgeon.

— C'est ça !

— Et il l'a mal pris.

— C'est le moins qu'on puisse dire. Remarquez, c'est un peu ma faute.

— Comment ça ?

— J'ai voulu faire dans la discrétion, je n'ai pas d'emblée sorti ma carte de police au milieu du magasin. Peut-être que j'ai eu tort.

Balanec dit en écho:

— Peut-être.

— En attendant, il s'avère que ce Bourgeon est un témoin de tout premier ordre dans l'affaire dont je m'occupe. Il est urgent de le retrouver.

— Croyez bien qu'on s'y emploie, dit Balanec. J'ai appris que vous aviez obtenu dix jours d'arrêt de travail. D'ici là, j'espère qu'on aura mis le grappin dessus.

On m'avait certes octroyé dix jours d'arrêt de travail pour le traumatisme subi, mais je ne les avais pas obtenus. Entendez par là que je ne les avais pas sollicités.

— J'y compte, dis-je en me levant. Je retourne à ma base. Arrêt de travail ou pas, si vous serrez Bourgeon, faites-le moi savoir. Je suis impatiente de le cuisiner, ce coco-là.

Balanec promit tout ce que je voulais. Il n'avait visiblement pas envie de plonger dans une affaire qui avait des ramifications - via Gaston Pinchard - avec le contrôleur général Mervent.

Une voiture de police me ramena à l'hypermarché où je récupérai mon véhicule avant de rentrer à Quimper.

Chapitre 10

Le commissaire Fabien se leva, interdit, lorsque j'entrai dans son bureau.

— Mon Dieu, que vous est-il arrivé, Mary?

Je portais toujours la minerve qu'on m'avait posée à l'hôpital, mon œil gauche avait pris des couleurs qui allaient du noir au vert en passant par la gamme des jaunâtres et j'avais toujours des bourdonnements d'oreille.

— J'ai reçu la baffe la plus magistrale de toute ma carrière, patron.

Fabien m'examina avec inquiétude:

— Qui vous a fait ça? Il n'y est pas allé avec le dos de la cuillère!

— Un nommé Bourgeon, René Bourgeon, responsable de la sécurité à l'hypermarché Pinchard, à Brest.

— Mais pourquoi?

— Parce que je fais partie de la police.

Fabien fulmina:

— On ne respecte plus rien! Où est-il, ce Bourgeon?

Je soupirai:

— Si je le savais! En revanche, je sais qu'il a été très impliqué dans l'évasion de Matthieu Pinchard en 1991.

— Ah ah! fit Fabien en se rasseyant.

Il me montra la chaise devant son bureau et je me posai à mon tour.

J'entrepris alors de lui raconter par le menu le cheminement de mon enquête, ainsi que je l'avais fait pour le commissaire Balanec. J'en arrivai à l'histoire de la photo pendue au mur, chez la veuve de Pierre Lannuzel ; j'avais dit au commissaire Balanec que cette photo était pour moi extrêmement révélatrice mais il ne devait pas être très intéressé par mes recherches car il ne m'avait pas demandé pourquoi.

Le commissaire Fabien, lui, ne manqua pas de le faire.

— Cette photo, lui dis-je en revoyant la pose de matamore du fusilier marin, me laisse à penser que ce Lannuzel n'était pas un type commode.

— Bourgeon non plus, apparemment, constata Fabien.

— Bourgeon non plus, d'accord. Ils n'étaient pas non plus de la même génération. Je pense que Lannuzel était un type formé à l'ancienne mode : je suis militaire, on me donne un ordre, et un ordre ça ne se discute pas, ça s'exécute.

— Et Bourgeon ? demanda Fabien.

— Bourgeon n'a jamais appartenu aux troupes de choc. Lannuzel a fait l'Indochine, puis l'Algérie dans les commandos de marine. Reclassé à Direction du Port à Brest, il a pu être tenté par des à-côtés où l'on pouvait - contre espèces sonnantes et trébuchantes - se donner de l'action. Si je me souviens bien, l'implantation des supermarchés de Pinchard ne s'est pas toujours faite dans la sérénité. Il y a eu des manifestations, de violentes bagarres où les hommes de Pinchard se sont distingués. Qui étaient ces hommes, patron? Des employés de magasin comme l'a toujours soutenu Pinchard ou des mercenaires payés pour casser de l'épicier indépendant?

— Bonne question, dit Fabien en soupirant. Cependant ces mœurs n'ont plus cours depuis une bonne trentaine d'années. La grande distribution a gagné son match contre le petit commerce non pas par KO, mais d'une façon plus radicale encore, par mort de l'adversaire.

— Et les nervis qui faisaient le coup de poing, complétai-je, ont été recyclés en agents de sécurité.

— Vous pensez que Bourgeon en faisait partie?

— Oui, il était jeune alors, et il avait dû être recruté par son copain de la Direction du Port, pour des actions pas très catholiques. Cependant, une fois, on a dû l'entraîner trop loin et il a renâclé.

Le commissaire me regardait avec une attention soutenue, ses doigts jouaient nerveusement sur le sous-main de buvard vert, cherchant une cigarette à triturer.

— Et cette fois?

— Ce fut l'agression contre un fourgon transportant des condamnés à la prison de Brest.

— Vous ne croyez pas à l'accident?

Je secouai la tête négativement:

— De moins en moins. À mon avis le coup a été monté de main de maître.

— Par le père Pinchard?

— Non.

— Par qui alors? s'impatienta Fabien.

— Aucune certitude, dis-je, mais, primo Gaston Pinchard n'avait aucun intérêt à faire évader son fils puisque, selon tous les observateurs, sa peine aurait été réduite en appel.

— En la matière, les observateurs se trompent souvent, dit le commissaire.

— C'est vrai, mais le faire s'évader c'était lui enlever toute possibilité d'appel, et c'était aussi le condamner à une vie de paria.

— Une vie de paria, avec la galette du père ? Vous voulez rire, Mary Lester !

— Non, je ne ris pas, patron. Il aurait fallu qu'il s'installe dans un pays n'ayant pas de convention d'extradition avec la France, ce qui réduit considérablement les possibilités de choix. Et puis, devoir vivre perpétuellement en cavale, avouez que ce n'est pas une sinécure. Enfin, si vous voulez mon avis, Gaston Pinchard n'était pas, à l'époque, dans des dispositions telles qu'il aurait entretenu son fils dans l'oisiveté. Ce vieux type est un dur de dur. Je le vois très bien dire à son fils : « Tu as fait une connerie, assume ! »

— C'est pourtant lui qui veut qu'on l'innocente.

— Ah, mais ce n'est pas pareil ! Si on reprend l'enquête et que l'on prouve que Matthieu Pinchard était innocent de ce dont on l'accuse, ça change tout ! Et le père Pinchard est absolument persuadé que son fils n'a pas tué Jacques Courtois.

— Et vous ? me demanda le commissaire.

— Je vous répondrais ce que j'ai déjà répondu à Balanec : Frère Grégoire est actuellement incapable d'un tel acte, mais je ne sais pas si Matthieu Pinchard n'aurait pas pu le faire il y a quinze ans.

— Bon, dit Fabien, il y a quinze ans que cette affaire attend. Elle pourra encore attendre quelques jours.

Je fis remarquer :

— N'oubliez pas qu'il y a un meurtrier dans la nature !

— Bof, fit Fabien, c'est pas l'ennemi public numéro un, votre meurtrier. À ce que vous m'avez dit, c'était un accident. Et ce gazier n'a jamais fait parler de lui depuis quinze ans.

Il me regarda et braqua son index sur moi :

— Ça peut attendre quelques jours, Mary. Vous allez me faire le plaisir de rentrer chez vous et de vous reposer comme on vous l'a prescrit.

Je protestai :

— Ça va, patron, je ne suis pas malade !

— Non, vous avez même tout à fait bonne mine, ironisa-t-il. En sortant, passez donc par les toilettes et regardez votre tête !

Je haussai les épaules :

— Je ne vais pas à un concours de beauté !

— Heureusement ! dit Fabien en rigolant, vous donneriez assurément une bien mauvaise image de la police.

— Je peux tout de même passer par mon bureau ? demandai-je.

— Bien sûr, mais ensuite, je ne veux plus vous voir ici avant dix jours !

— Bien patron, dis-je docile en prenant la porte.

Fortin eut la même réaction que le commissaire lorsque j'entrai dans le bureau que je partage avec lui :

— Putaing, Mary, qu'est-ce qu'il t'est arrivé ?

Je regardai *l'Équipe* qu'il venait de poser sur le bureau avec le compte rendu du match de boxe de la veille et je le montrai du doigt :

— Tu vois, si Brahim Asloum avait reçu une patate comme celle que je me suis prise, il n'aurait pas terminé le match.

— Tu t'es fait cogner? demanda-t-il l'air méchant.

— Non, ironisai-je, c'est un coup de chapeau!

Il insista:

— Sans déconner, qui t'as fait ça?

— Un dénommé René Bourgeon, chef de la sécurité chez Pinchard à Brest.

— Il est où, ce mec? demanda-t-il vindicatif.

Fortin me considère comme sa petite sœur. Qui pose la main sur moi a du souci à se faire. Si la route de Bourgeon croisait celle de Fortin, le chef de la sécurité risquait la correction de sa vie.

J'adore titiller mon équipier:

— Méfie-toi quand même, c'est un drôle de costaud, ce Bourgeon!

— Tant mieux, dit-il d'un air sombre, je manque un peu d'entraînement ces temps-ci.

À la salle de gym où il entretient son imposante musculature, Fortin servait aussi de sparring-partner à quelques jeunes boxeurs professionnels qui venaient de partir disputer une série de combats aux États-Unis.

— C'est pas une vendetta personnelle Jipi, dis-je pour le calmer. Si tu veux tout savoir, il a également assommé un chef de patrouille et cassé la jambe à un flic stagiaire, un footeux qui, manque de chance, devait jouer avec les professionnels de Brest pour la prochaine journée de championnat. Alors, tu vois, je m'en tire plutôt à bon compte.

— Putaing, s'exclama Fortin, c'est pas Chalamont?

— Si, dis-je, c'est un nom comme ça. Tu le connais?

Question stupide. Fortin connaît tout ce qui tape dans un ballon rond ou ovale, qui pédale, qui fait du ski ou qui frappe dans une petite balle avec une raquette. Ce n'est pas pour rien que *l'Équipe* est sa bible.

— Un super, Chalamont, fit-il admiratif, quand il part balle au pied, j'en connais pas beaucoup pour le rattraper.

— Cette fois il ne sera pas difficile à rattraper, il est sur un lit d'hôpital pour un moment.

— Ho là! dit Fortin en tapant de son poing droit dans sa main gauche, attends un peu que je le chope, ce Bourgeon!

— C'est ça, j'attends! Je rentre chez moi et j'attends. Mais dès que Balanec a une piste à Brest, j'y retourne. Tu es prêt à m'accompagner?

— Cette question! fit Fortin. Et cette fois ce fut sa main gauche qui vint tamponner sa main droite et ça fit un drôle de bruit.

Je me demandai ce que ça donnerait sur la tronche de Bourgeon.

*

Décidément, j'étais vouée à susciter des cris d'horreur. Celui que poussa Amandine lorsque je rentrai à mon domicile surpassa en intensité tous ceux que j'avais entendus jusqu'alors.

Même Mizdu vint voir ce qui se passait. Puis, me voyant debout, il retourna à son canapé majestueusement.

— Mais que s'est-il passé, Mary?

Je commençais à en avoir marre de répondre toujours à la même question. Il faudrait que je pense à faire graver la réponse sur disque.

— Un accident du travail, dis-je. Un méchant qui ne voulait pas se laisser arrêter.

— Et il vous a frappée? demanda-t-elle.

— Apparemment!

— Il aurait pu vous tuer!

— Oui, mais je n'aurais rien senti. Je suis partie dans les pommes tout de suite.

Amandine s'indigna:

— Comme vous dites ça! Mais c'est grave.

— Mais non, fis-je agacée, ce n'est pas si grave que ça, j'ai pris une bonne baffe, un point c'est tout!

Amandine joignit ses mains sur sa poitrine:

— Si vous voyiez votre tête!

— Je l'ai vue et revue, ma bonne Amandine. Chaque fois que je passe devant une glace elle est là, ma pauvre tête. Je ne m'en fais pas, dans huit jours on n'en parlera plus.

— Tout de même! dit-elle affligée.

Puis elle s'empressa:

— Je vais vous faire des compresses! L'eau salée froide, il n'y a rien de tel que l'eau salée froide!

Je m'assis dans le canapé et je la laissai opérer. C'était la meilleure façon d'avoir la paix. Et puis c'était très agréable, ces compresses d'eau froide sur ma joue encore brûlante. Ah, il y était allé de bon cœur, le salaud!

— C'est pour ça que vous n'êtes pas rentrée hier soir? demanda-t-elle.

— Oui, j'ai passé la nuit à l'hôpital, à Brest.

— Quand même, vous auriez pu prévenir, j'avais fait des joues de lotte!

— Vous savez bien qu'on n'a pas le droit d'utiliser des portables dans les hôpitaux, dis-je pour me disculper.

Elle avait raison, j'aurais dû téléphoner. Et j'ajoutai :

— Mais ça ne fait rien, je regrette pour les joues de lotte.

— Je les ai gardées au frigo, fit Amandine timidement, vous voulez que je les réchauffe?

— Et comment! m'exclamai-je. Au risque de vous surprendre, j'ai une faim de loup!

Elle s'en fut dans la cuisine en marmonnant d'un air mi-figue mi-raisin :

— Ça, pour surprendre le monde, je n'en connais pas deux comme vous!

Chapitre 11

Amandine partie, je restai un moment rêvasser en caressant le chat devant le feu qui mourait. Je ressentais encore des bourdonnements d'oreille et des douleurs au cou, comme lorsqu'on a un torticolis.

Je m'apprêtais à prendre un somnifère car je craignais de ne pouvoir dormir, mais lorsque je me dirigeai vers l'armoire à pharmacie dans la salle de bains, Mizdu émit un miaulement épouvantable.

Je revins vers lui :

— Qu'est-ce qui t'arrive ? demandai-je en le caressant.

Il continua de feuler plus bas en me fixant de son regard vert tandis que sa queue battait ses flancs comme lorsqu'il se mettait en colère.

— Tu veux me dire quelque chose ?

Je devais avoir l'air malin à discuter ainsi avec ce gros chat qui répondait à chacune de mes paroles.

Y avait-il quelqu'un qui s'était introduit dans le jardin ? Alarmée, je pris mon P.A.* et passai dans la véranda. J'allumai tout d'un coup les lumières du jardin sans voir qui que ce soit. Mon jardin est si petit qu'il serait difficile de s'y dissimuler.

Par acquit de conscience, je sortis dans la nuit froide et humide et, l'arme à la main, je fis le tour de mon carré de verdure en examinant les moindres recoins.

* *Pistolet Automatique.*

Rien.

Je revins bien vite dans la pièce douillette que je venais de quitter et je dis au chat :

— C'est malin, il n'y a personne !

Il se contenta de ronronner.

C'est en regardant ma cheminée que je vis que la baguette de la gwrac'h avait été déplacée. Le gros bout était toujours dirigé vers la cuisine et la pointe vers les toilettes. Là, l'ordre des choses avait été inversé. Était-ce Amandine qui avait fait du rangement ?

Je ne le pensais pas, chaque fois qu'elle s'approche de cette baguette dont j'ai hérité, le chat se hérisse et crache. Comme je vous l'ai dit, Amandine craint Mizdu, avec quelques raisons car, lorsqu'il attaque, c'est un vrai fauve. L'inspecteur Mercadier et quelques autres s'en souvenaient.

Alors ? Ce n'était pourtant pas le fantôme de Catherine Argouach* qui venait me jouer des tours !

Je pris la baguette pour la remettre dans sa bonne position et c'est alors que me vint une idée lumineuse : puisque cette baguette avait le pouvoir de soulager les douleurs de Konrad Speicher, pourquoi ne soulagerait-elle pas les miennes ?

Qu'est-ce que je risquais ? Il y avait, sur mon bureau, une photo de moi que Lilian avait prise l'été précédent à Concarneau.

Je la posai à plat, je plaçai le bout de la baguette sur mon visage et je tournai lentement dans le sens des aiguilles d'une montre (quand je tourne dans l'autre sens, il arrive des désagréments à la personne qui est sur la photo).

Lorsque j'eus accompli un tour complet, le chat fit « merouin », comme lorsqu'il était satisfait. Soudain

* *Voir :* La bougresse.

ma joue me brûla moins et les raideurs de mon cou s'atténuèrent. Ce fut un sentiment de soulagement extraordinaire. Je regardai le matou :

— C'est ça que tu voulais me dire, le chat ?

Ses yeux n'étaient plus que deux traits verts, ses moustaches frémissaient et tout son être paraissait dire : « Tu en as mis du temps à comprendre ! »

Je raccrochai la baguette à sa place, dans le bon sens, et regardai le chat d'un air soupçonneux : était-il capable de l'avoir déplacée ?

Décidément, depuis que j'avais connu la gwrac'h, il s'en passait de drôles de choses dans mon existence !

Je dormis d'un sommeil de plomb et, lorsque je m'éveillai, neuf heures sonnaient à l'église toute proche.

Mes oreilles fonctionnaient normalement, ma joue ne me brûlait plus et je ne ressentais plus aucune douleur dans le cou.

Une bonne odeur de café venait de la cuisine et sur la table étaient posés une ficelle croustillante encore tiède et deux croissants. Ma bonne fée était passée par la boulangerie et le journal se trouvait près de ma tasse.

Il y avait aussi un billet rédigé de la belle écriture ronde d'Amandine : *Je vais au marché, je fais un sauté de veau à midi.*

Connaissant mon amie, je savais qu'elle resterait pipeletter ici ou là et qu'elle ne rentrerait pas de sitôt. Je pris donc ma douche, puis mon café en lisant le journal et je me déclarai en excellente forme.

J'appelai Fortin et je lui demandai :

— Allô, vieux garçon, qu'est-ce que tu fais ?

Je l'entendis soupirer :

— La routine... Tu sais ce que c'est !

Si je savais !

— Alors, laisse tomber. Tu prends ta voiture et tu me rejoins venelle du Pain Cuit.

— Ah! fit-il intéressé. Où va-t-on?

— Brest. Ça te tente?

— Et comment!

Soudain il parut réaliser quelque chose:

— Mais... Le patron nous a dit que tu avais huit jours d'arrêt de travail.

— Il a menti!

— Tu n'es pas en arrêt de travail? s'étonna Fortin.

— Si, mais dix jours, pas huit jours! Il m'a même dit qu'il ne voulait pas me voir avant dix jours au commissariat.

— Ben alors? demanda le grand qui ne comprenait plus rien.

— Ben alors je n'irai pas au commissariat de Quimper avant dix jours. C'est clair, non?

Il y eut un silence, puis j'entendis son rire: le lieutenant Fortin venait de comprendre.

— Il n'a rien dit pour Brest!

— Exactement mon grand. Mais ce n'est pas le tout de rester discutailler au téléphone, tu arrives ou quoi?

— J'arrive! dit Fortin avec empressement.

J'écrivis un mot à l'intention d'Amandine: *Je ne suis pas là à midi. Mais le sauté de veau c'est également très bon réchauffé. À ce soir.*

J'avais le temps de téléphoner à Balanec. La conversation fut brève: personne n'avait revu ni entendu parler de René Bourgeon.

Je pris mon blouson, mon arme, et je sortis après une caresse reconnaissante au chat.

Le temps de parvenir au bout de la venelle, le break de Fortin arrivait.

— Tu as l'air d'aller mieux, me dit le grand après m'avoir fait la bise.

Je lui répondis que je ne m'étais jamais mieux portée, ce qui était vrai. J'avais dormi dix heures et je ne ressentais plus aucune douleur dans le cou.

Par précaution j'avais tout de même pris ma minerve, mais elle était posée sur le siège arrière du break; les marques sur mon visage s'étaient, elles aussi, sensiblement résorbées.

— Où va-t-on? demanda Fortin.

— À Landévennec, dis-je.

Il me regarda:

— Je croyais que c'était à Brest que ça se passait.

— Oui, mais je souhaite revoir monsieur Pinchard.

— Le mec des supermarchés?

— Lui-même.

Le grand fit la moue:

— Tu fais dans le gratin!

— Je n'ai pas choisi, répondis-je laconiquement.

C'était bien agréable de se faire conduire. Fortin est un chauffeur épatant. Il sait quand il faut parler et quand il faut se taire. Aujourd'hui, le mutisme était de rigueur.

Il m'arrêta devant la porte bleue du manoir et plaça sa voiture de manière à faire face à la mer.

— Je vais avec toi? demanda-t-il sur un ton qui espérait un refus.

Je lui donnai satisfaction:

— Non. Reste dans la voiture et attends-moi. Ça ne devrait pas être très long.

Ça l'arrangeait. Il allait tailler une allumette, se la caler entre les dents, mettre la radio en sourdine et déplier *l'Équipe*. Dans ces situations, Fortin était un homme parfaitement heureux.

Je sonnai à la porte du pseudo-manoir et le même cérémonial que lors de ma dernière visite se reproduisit. Je dus me présenter, et Cathy Pinchard vint me chercher.

Je la saluai, et elle me répondit comme la dernière fois, d'un signe de tête, sans trop s'attarder sur les ecchymoses de mon visage.

— Monsieur Pinchard est-il visible? demandai-je.

— Oui, dit-elle.

Je lui emboîtai le pas. Il n'y avait pas plus de feuilles mortes sur le gazon impeccablement tondu que la veille. J'aperçus, le long du mur qui séparait le manoir de l'autre propriété, un homme vêtu de bleu qui procédait à des opérations de taille.

— C'est votre gardien? demandai-je.

Cathy Pinchard qui s'apprêtait à ouvrir la porte s'arrêta et répondit:

— Oui.

— Il y a longtemps qu'il travaille pour votre famille?

— Oui.

— Est-ce que je pourrai lui parler tout à l'heure?

— Oui.

La dame n'était pas loquace, mais pas contrariante non plus. Monsieur Pinchard, toujours vêtu de velours bronze, se tenait dans son salon, face à la fenêtre, les mains croisées dans le dos.

— Bonjour monsieur, dis-je.

Il se retourna et me considéra sans que sa face austère ne s'égaye un seul instant.

— Ah, c'est vous? Bonjour.

Il ne me tendit pas la main, mais se borna à me montrer une chaise devant la longue table de salle à manger.

— Asseyez-vous.

Je le remerciai et me posai. Il tira une autre chaise et s'assit face à moi.

Puis, élevant la voix :

— Cathy, apporte-nous du café !

Il me regarda :

— Vous prendrez bien un café ?

— Avec plaisir, monsieur Pinchard.

Puis, après m'avoir considérée un court moment, il demanda :

— Que vous est-il arrivé ?

— Le service de sécurité de votre magasin de Brest est très efficace, dis-je.

— Vous voulez dire…

— Que c'est arrivé chez vous ? Oui, monsieur Pinchard !

— Qui…

— Qui a osé me faire ça ? Un nommé Bourgeon, René Bourgeon, le responsable, paraît-il, de la sécurité.

— Bourgeon ! gronda le vieil homme.

— Vous le connaissez ?

Il maugréa :

— Oui, il travaille pour nous depuis quelque temps. Comment est-ce arrivé ?

J'hésitais à le mettre au courant de l'avancement de mon enquête alors j'éludai :

— Je suis allée poser quelques questions dans votre établissement de Brest et monsieur Bourgeon l'a très mal pris.

Pinchard fronça ses sourcils broussailleux:

— Des questions à propos de quoi?

— De tout, de rien, mentis-je, c'est comme ça que j'ai l'habitude de procéder: je fouille, je mets le nez un peu partout pour prendre le vent, comme disent les navigateurs.

Gaston Pinchard me considéra avec méfiance:

— Qu'est-ce que vous pourriez trouver dans un de mes magasins à propos de cette malheureuse affaire? La plupart des gens qui y travaillent n'y étaient pas à cette époque.

— La plupart certainement, dis-je, mais certains, dont Bourgeon…

Il me coupa:

— Bourgeon? Certainement pas! Il n'est venu chez nous qu'après avoir pris sa retraite de la Direction du Port, ça fait quatre ou cinq ans, pas plus.

— Vous êtes sûr de ça, monsieur Pinchard?

— Absolument sûr!

— Combien y a-t-il d'employés dans votre magasin de Brest?

La réponse fusa:

— Quatre cent soixante.

Il la tempéra:

— À cinq ou six près, suivant les besoins, les arrêts maladie, ou autres aléas.

— Et vous vous souvenez précisément de tous vos employés comme vous vous souvenez de Bourgeon?

Il eut un geste d'agacement:

— Non, bien sûr que non! Mais le secteur de la sécurité est primordial. Il nous faut des gens de confiance et d'expérience.

— C'est pour ça que vous avez choisi Bourgeon?

— Oui. Il m'avait été recommandé par un de mes vieux compagnons.

— Pierre Lannuzel ?

Il se figea, interdit :

— Comment se fait-il que...

Je lui refis le coup du naufrage du *Saint-Philibert* :

— Dans la police on sait beaucoup de choses, monsieur Pinchard.

Son visage s'éclaira, il entrevoyait une explication :

— C'est parce que Pierrot est mort accidentellement, dit-il. C'est ça ?

Je hochai la tête :

— C'est ça, monsieur Pinchard. Pouvez-vous me parler un peu de ce Pierre Lannuzel ?

Cathy arriva, glissant sur ses chaussons aussi silencieuse qu'à l'accoutumée et posa sur la table un plateau de bois ciré portant des tasses de porcelaine blanche et une cafetière d'argent. Elle fit le service et se retira en silence.

Monsieur Pinchard mit une sucrette dans sa tasse, touilla son café, songeur.

— Ah, Pierrot... fit-il enfin. Savez-vous que ce type était un héros ?

— Un héros, vraiment ? Je savais qu'il était militaire...

— Fusilier marin, exactement. Engagé dans la marine en 1951, il venait d'avoir dix-huit ans, il a servi en Indochine et il a obtenu la Croix de guerre avec palme à vingt ans pour avoir ramené - à travers les rizières - l'équipage de son patrouilleur qui avait heurté une mine sur le Mékong. Ensuite il a été affecté en Algérie dans les commandos de marine et, grièvement blessé lors d'un engagement, il a été réformé en 1958 et a obtenu un emploi réservé à la Direction du Port à Brest.

— C'est alors qu'il est entré à votre service?

— Oui, mes affaires prenaient de l'ampleur, il me fallait un meneur d'hommes pour former les responsables de la sécurité. Pierre Lannuzel avait le profil pour ce travail. Par ailleurs, il avait fini son temps à la Direction du Port, il était donc en retraite.

Et il ajouta:

— Il avait toute ma confiance.

Confiance bien mal placée, pensai-je, il avait le profil jusqu'à ce que quelqu'un le paye un peu plus. C'est ça l'inconvénient avec les mercenaires! On le voit avec les joueurs vedettes dans les milieux du football: plus aucun esprit de clocher, pas d'idéal, trois sous de mieux et ils passent à l'ennemi.

Je ne fis pas de réflexion à ce sujet, l'admiration que vouait Pinchard à son héros ne le permettait pas.

Je pris une gorgée de café, il était excellent. Je reposai ma tasse et demandai:

— C'est Pierre Lannuzel qui vous avait recommandé Bourgeon?

— Oui, ils étaient très copains, Bourgeon avait un canot et ils allaient à la pêche ensemble.

— Donc, vous en êtes certain, Bourgeon n'est entré dans votre société qu'après la mort de Lannuzel?

— Absolument.

— Est-ce que Lannuzel connaissait votre fils?

Il réfléchit un instant:

— Pas que je sache.

— Et Bourgeon?

Il leva les épaules:

— Encore moins.

Il me proposa :
— Encore un peu de café ?
— Je veux bien.
Cathy apparut comme par enchantement et fit le service. La grosse cafetière d'argent avait conservé le liquide bien chaud.
— Dites-moi, fit Pinchard, pourquoi toutes ces questions ?
— Sur Bourgeon ?
— Non, je conçois que vous lui en vouliez pour cette gifle…
— Si ce n'était que ça, monsieur ! Au cours de cette bousculade, Bourgeon a également assommé un officier de police de la patrouille, et cassé la jambe à un gardien.
— Mais il faut l'arrêter ! tonna Pinchard. Ce type est devenu fou !
— Croyez bien qu'on s'y emploie, monsieur. Mais l'agglomération brestoise est grande et Bourgeon la connaît dans tous ses recoins.
— Qu'est-ce qu'il espère ? demanda Pinchard.
— Ne pas répondre à mes questions probablement, dis-je.
— Vous pensez que…
— Je ne pense rien, monsieur, je cherche. J'enquête sur des faits qui ont quinze ans d'âge, ce n'est pas simple !
Il changea de sujet :
— Vous avez vu mon fils ?
— Oui monsieur, je l'ai rencontré hier.
— Comment va-t-il ?
Après un instant d'hésitation, je répondis :
— Tout à fait bien.

— Tiens donc! fit-il sarcastique.

Il semblait penser: « Comment peut-on aller très bien en prison? »

— Vraiment, monsieur, il est serein.

— Serein?

— Je crois que c'est le mot qui convient, monsieur.

Ça n'avait pas l'air de lui faire plaisir, mais qu'y pouvais-je? Je ne peux tout de même pas mentir tout le temps!

— Vous...

Il hésita:

— Vous pensez que je peux aller le voir?

— Mais bien sûr, monsieur, vous devez y aller! Et je crois qu'il serait également heureux de la visite de sa sœur. À propos des gens que je pouvais rencontrer dans votre magasin - et que vous connaissiez déjà à l'époque du drame - il y a également Monsieur Rosay.

— Vous l'avez vu?

— Oui, dès qu'il a eu connaissance de l'incident, il est arrivé.

— Ah... fit Pinchard.

— C'est un type très énergique, dis-je.

— Pour ça... fit Pinchard d'un air entendu.

— Il a immédiatement fait mettre à pied les deux vigiles qui avaient glissé des disques dans ma poche pour pouvoir m'accuser de vol.

— Ils ont fait ça! s'exclama Pinchard atterré.

— Eh oui, dis-je, tous ceux qui me connaissent auraient du mal à concevoir que je puisse voler, et à plus forte raison des disques de rap!

À cette évocation, je le vis faire la grimace.

— Dites-moi, monsieur, Philippe Rosay était flanqué d'un grand gaillard tondu qui ne le quittait pas d'une semelle. Vous le connaissez ?

— Oh, fit Pinchard, Crâne-d'œuf !

— Vous voyez donc de qui je parle ?

— Oui, il s'agit de Renaud Corbel, un ancien légionnaire qui sert de chauffeur à Philippe.

— En somme, il tient auprès de vous le rôle que tenait autrefois Pierre Lannuzel ?

— En quelque sorte, concéda Pinchard, encore que les circonstances ne soient plus tout à fait les mêmes.

— Ah ? Qu'y a-t-il de changé ?

— Vous êtes trop jeune pour avoir connu ça, mais l'implantation de mes magasins ne s'est pas toujours faite dans la sérénité.

Ni dans la légalité, pensai-je.

— Des esprits rétrogrades s'y opposaient parfois violemment…

Je traduisis de nouveau : des gens que le nouveau système allait priver de leur emploi ; des bourgs, des villages qui allaient se retrouver sans commerces, donc sans vie. Mais c'était de nouveau une traduction silencieuse.

— Nous avons été agressés, il a bien fallu se défendre…

Voilà qu'il se posait en victime, à présent. Il ne manquait pas d'air, le père Pinchard. Mais, on le sait de longue date, l'histoire est toujours écrite par les vainqueurs. Ses opposants n'étaient plus, personne ne viendrait le contredire.

L'organisateur de cette défense offensive, si j'ose dire, était donc Pierre Lannuzel, organisateur hors pair, meneur d'hommes et décoré des plus hautes distinctions militaires. Pour muscler son armée, il avait recruté les demi-solde nostalgiques du baroud qui ne manquaient pas dans le grand port militaire. Des gaillards formés aux techniques de combat et habitués à obéir au doigt et à l'œil.

Et, dans ces demi-solde, il y avait Bourgeon, l'indéfectible copain de Lannuzel.

Contre de tels gaillards, les épiciers de campagne ne faisaient pas le poids.

Je me levai sans laisser paraître le fond de ma pensée.

— Merci pour ces précisions, monsieur.

Pinchard se leva à son tour, avec quelques difficultés :

— C'est moi qui vous remercie, capitaine. Revenez quand vous voulez.

Je lui souris :

— Et vous, allez donc rendre visite à Frère Grégoire.

Une ombre de sourire détendit un instant ses lèvres minces, et cette fois il me tendit la main qu'il avait froide et noueuse.

Chapitre 12

Cathy, toujours silencieuse, me reconduisit à la porte. Le temps était doux, le ciel gris et bleu, le vent aux abonnés absents. Le jardinier avait disparu, je le cherchai des yeux et elle s'en aperçut.

— Marcel a dû aller au Magasin Vert faire quelques achats, dit-elle. Elle traduisit : à la jardinerie.

J'avais compris.

Elle ajouta, montrant une petite construction de bois palissée de grillage :

— À moins qu'il ne soit dans la gloriette ?

La gloriette, posée en bordure de propriété, regardait la mer sur laquelle elle s'ouvrait par une vaste porte vitrée. Elle pouvait faire trois mètres sur trois et était couverte d'un toit pointu, en feuilles de zinc, au sommet duquel trônait un coq qui faisait office de girouette.

Simplement meublée d'une table de bois blanc, de deux hauts fauteuils en bois déroulé et d'un poêle de fonte éteint dont le long tuyau noir sortait par le toit, on eût dit une guérite en attente de sa sentinelle.

— Père adore venir ici, dit Cathy. Robert allume le feu et ça se chauffe très vite.

J'imaginai l'homme le plus riche de France dans sa cahute, assis sur ce fauteuil à trois sous, un plaid sur les genoux, face à ce fond de rade où le flot montait et redescendait au gré des marées.

À quoi pouvait-il penser? À la vacuité de sa vie? Peut-être songeait-il, à l'instar de Desportes: « Je suis milliardaire et je meurs… »*

Sans qu'on m'en priât, je pris place sur l'un des fauteuils:

— Un bel endroit pour méditer, dis-je.

Cathy approuva de la tête en regardant autour d'elle. On sentait la maîtresse de maison attentive dont l'œil traque le moindre grain de poussière. Là, il y avait du boulot. La cabane était rustique et ne se prêtait pas à un ménage en règle.

Elle attendait sans doute que je me lève mais je restai assise.

— Nous n'avons pas encore eu l'occasion de nous parler, madame.

— Que pourrais-je vous dire? demanda-t-elle d'une voix calme.

— Vous pourriez par exemple me parler de la bande de votre frère. Vous l'avez bien connue, je crois.

— Oui, soupira-t-elle.

Je lui montrai le fauteuil près du mien:

— Vous ne voulez pas vous asseoir un peu?

Elle obtempéra et posa ses mains jointes sur la table.

— Bien qu'étant l'aînée de Matthieu de douze ans, j'ai en effet connu sa bande, comme vous dites.

Elle parut réfléchir et fit la moue:

— C'était très fluctuant, au gré des vacances, des rencontres dans les boîtes de nuit, des gens arrivaient, repartaient…

** Philippe Desportes: poète du XVIe siècle qui, sa fin venant, s'étonnait:* « J'ai trente mille livres de rente et je meurs! »

— Je suppose qu'il y avait tout de même un noyau dur…

Elle me regarda, surprise :

— Qu'entendez-vous par là ?

— Je veux dire qu'il devait y avoir quelques habitués, des fidèles…

— Ah ! Je vois… Il y avait en effet une demi-douzaine de jeunes gens et jeunes filles, de la région pour la plupart, que Matthieu entraînait dans son sillage. Le fidèle des fidèles, l'inséparable, c'était Jacques Courtois.

— Comment votre frère l'avait-il connu ?

— Tout simplement ici, pendant les vacances d'été. Ils étaient enfants, ça devait être en 1975 ou en 76. Le père de Jacques, monsieur Courtois, était entrepreneur de travaux publics à Châteaulin.

— Vous dites était, il est mort ?

— Pas que je sache. Mais il a vendu son entreprise depuis longtemps. Quand ils avaient cinq ou six ans, Jacques et Matthieu jouaient ensemble sur la grève tandis que ma mère et celle de Jacques les surveillaient en devisant ensemble.

— Vos parents étaient également liés ?

— Nos mères. Monsieur Courtois désapprouvait le dynamisme de mon père.

— Jalousie ?

Elle fit une petite moue :

— Peut-être, je ne sais pas… La façon dont mon père s'y prenait pour monter ses affaires ne lui convenait pas.

— Ils n'ont pas travaillé ensemble ?

— Non.

— Monsieur Courtois aurait pu en concevoir du dépit.

Nouvelle petite moue évasive :

— Je ne sais pas.

— Ils ne se sont jamais disputés ?

— Non, ils s'évitaient. D'ailleurs, Père était toujours absent, courant la France pour y bâtir de nouveaux hypermarchés ou courant le monde pour y trouver des fournisseurs plus avantageux. Pour sa communion, Matthieu a eu un dériveur, un 420, et Jacques est devenu son équipier. Enfin, ils se sont retrouvés en terminale au lycée de Brest.

— Et ils passaient toujours leurs vacances ici ?

— Oui, ils appelaient Landévennec *la terre sacrée.*

— Vous étiez là également ?

— Oui, je me suis mariée très jeune à une sorte de clone de mon père, Philippe Rosay. Il n'avait pas plus de temps à me consacrer que Père n'en avait pour nous.

C'était dit sans amertume, juste comme une simple constatation.

— Pour en revenir à la bande...

— Je n'en faisais pas partie. Je voyais tout ce petit monde aller, venir, s'agiter, mais j'étais tenue à l'écart, j'étais la vieille, celle qui tentait toujours de les modérer. Or, ils ne voulaient pas être modérés, en aucune façon.

— Outre Jacques Courtois, qui encore venait ici ?

— Il y avait les deux Rabier, le frère et la sœur, enfants d'un pharmacien de Brest, Fanfan la Lune - en disant ce nom, je vis ses lèvres esquisser un sourire - et elle me livra immédiatement le code : François Luneau, de Landerneau où son père avait une affaire d'importation de vins, Patrick Barbeau et sa sœur Jeannick, fils et fille d'un mareyeur en gros des halles Saint-Louis à Brest...

Elle réfléchit :

— Il y en a d'autres, bien sûr, mais ça ne me revient pas comme ça sur le coup.

Elle parut se rappeler soudain quelque chose :

— Ah si, les frères Nikowski, Igor et Serge, des terribles, ceux-là ! Leur père était ferrailleur, mais à grande échelle. Il démantelait - entre autres - les bateaux de la Marine nationale. Capables de boire de l'alcool jusqu'à en tomber raide. Et puis Renaud Corbel dont le père possédait plusieurs hôtels sur la côte Nord…

— Renaud Corbel, dites-vous ?

— Oui, un violent, toujours à chercher la bagarre. Ça lui a d'ailleurs coûté cher, il a failli tuer un marin lors d'une rixe dans un bar du port de commerce. Pour échapper à la justice, son père l'a contraint à s'engager dans la légion étrangère. Il en est revenu et je sais que mon ex-mari l'emploie maintenant comme chauffeur.

Elle venait de répondre à la question que je voulais lui poser.

— Avez-vous revu certains de ces amis de Matthieu ?

Elle fit non de la tête.

— Après le drame, la bande s'est effilochée. En fait, c'était Matthieu le moteur. Lorsque Jacques est mort et que Matthieu a mystérieusement disparu, les autres sont rentrés dans le rang.

— Corbel était déjà parti à la légion ?

— Non, ça ne s'est fait que trois ou quatre ans plus tard.

— Et les autres ?

— Ils ont poursuivi leurs études ; plus tard, Alain Rabier a repris la pharmacie de son père, à Brest,

François Luneau, qui avait fait les Beaux-arts à Nantes, a transformé les chais paternels en galerie d'art et de meubles anciens à Landerneau. Patrick Barbeau est dentiste à Quimper et sa sœur s'est mariée avec un chirurgien qui opère à l'hôpital de la Cavale Blanche. Peut-être en avez-vous entendu parler, c'est un grand spécialiste de la chirurgie cardiaque, le docteur Metzeller.

Je secouai la tête négativement, je n'avais jamais entendu parler de ce docteur Metzeller.

— Et les frères Nikowski ?

— Igor s'est tué dans un accident de voiture voici une dizaine d'années, quant à Serge, il dirige l'entreprise familiale, *Niko Fers & Métaux*. Ils ont un immense entrepôt sur le terre-plein à la sortie de Brest.

Je consultai mon carnet :

— Eh bien, je crois qu'on a fait le tour, dis-je.

Puis je me ravisai :

— Ah non, il me manque la sœur du pharmacien, Clémentine Rabier.

J'avais jeté ce nom dans la conversation sans penser que ça pût avoir de l'importance, mais en levant les yeux, je vis le visage de Cathy se fermer.

— Elle a épousé mon ex-mari, fit-elle d'une voix blanche. Ils ont deux enfants.

— Je vous prie de m'excuser, dis-je, je ne voulais pas…

Je ne précisai pas ce que je ne voulais pas, je me sentais un peu idiote, mais Cathy fit un geste de la main qui pouvait vouloir dire : « c'est sans importance » ou « on n'y peut rien », au choix.

Mais je savais bien que ça en avait, de l'importance !

— Qu'en a dit votre père?

Elle eut un sourire amer:

— Selon Père, une femme est faite pour s'occuper de son foyer et de ses enfants. Je n'ai pas eu d'enfants, donc j'ai failli.

J'allais m'insurger contre cette stupidité, elle m'arrêta:

— Ne cherchez pas à me consoler. Père considère que Philippe a eu raison de demander le divorce. Père a plein de qualités extraordinaires, mais c'est un tyran domestique, un homme d'une autre époque. Je me souviens qu'il répétait souvent, lorsque ma mère vivait encore: *les femmes aux fourneaux, les hommes au boulot*.

— Vous en avez souffert?

— Comment ne pas en souffrir?

Elle me regarda avec, aux lèvres, un sourire ambigu.

— Et surtout, ne pensez pas que je jalouse la jeune femme de mon mari... Elle a épousé un homme qui a presque l'âge d'être son père, elle a tout l'argent qu'elle veut, deux beaux enfants, une belle maison... Vous croyez que ça suffit pour être heureuse?

Je faillis lui répliquer que c'était tout de même plus confortable que d'être en HLM avec un chômeur impécunieux et alcoolique, mais c'était hors de propos.

— Avec des hommes comme mon père ou mon ex-mari, aucune femme ne peut être heureuse.

Le mal était profond. Je me levai.

— Je vous remercie, madame, voilà qui va éclairer mon enquête.

Elle me serra la main avec force, ce qui m'étonna, et me dit avec conviction, mais à voix presque basse:

— Rendez Matthieu à son monastère, qu'il y ait au moins un Pinchard d'heureux sur cette terre!

Chapitre 13

Il était temps que j'arrive, Fortin lisait la dernière page de son journal.

— Ça va? demandai-je, ça n'a pas été trop dur?

— Ça va! répondit-il nonchalamment. On se tire déjà? C'est chouette, ici. Et puis c'est calme.

Pour être calme, c'était calme. Le bronze de la cloche vibrait lorsqu'elle sonnait les heures, les demies et les quarts, dans le clocher de pierres jaunes. Puis tout retombait dans une sorte de somnolence. S'il n'y avait eu cette voix grave, on aurait pu croire que le temps s'était arrêté. Mais non, il allait vaillamment son bonhomme de chemin.

Du temps où Matthieu Pinchard et sa bande y venaient en vacances, le village devait être nettement plus animé.

Je montrai à Fortin la petite jetée qui s'avançait dans la mer:

— C'est là qu'on a retrouvé le corps de Jacques Courtois, ce type que Matthieu Pinchard aurait tué un soir de fête particulièrement arrosé.

— Ah ouais? fit Fortin d'un air de désintérêt certain.

— Je vois que ça te passionne, dis-je.

Il étouffa un bâillement et ne me répondit pas.

— Qu'est-ce qu'on fait, maintenant?

Je sortis la liste que j'avais écrite dans la gloriette:

— J'ai le nom des copains de jeunesse de Matthieu Pinchard.

— Tu veux en faire le tour? demanda Fortin.

— Il le faudra peut-être, dis-je.

— Par lequel on commence?

Je posai mon doigt sur la feuille:

— Par celui-ci.

Fortin se pencha et lut:

— François Luneau, galerie d'art à Landerneau.

Il se redressa et me regarda:

— Pourquoi lui?

Je me touchai le nez de l'index et Fortin ironisa:

— Ah ah, le fameux pif de Mary Lester!

— C'est ça, dis-je, allez, roule!

Fanfan la Lune, comme l'appelait affectueusement Cathy Pinchard, avait transformé les chais de son père en un luxueux magasin où tous les arts du monde semblaient représentés.

Idéalement placé sur les quais de l'Élorn, par où arrivaient autrefois les gabares chargées de futailles de vins de Bordeaux, de Nantes ou d'ailleurs, la boutique s'étirait en profondeur.

— Avec ou sans moi? demanda Fortin en posant son index sur sa poitrine.

— Tu n'es pas indispensable, dis-je, mais ça peut être intéressant. Il y a plein de belles choses à voir.

— Pff! fit-il d'un air dédaigneux, des vieilleries...

— Alors, reste garder la bagnole, béotien !

Il fronça les sourcils :

— Quoi ?

Je haussai les épaules :

— Rien !

En jouant les indifférents, il s'en fut regarder les canards qui nageaient en pleine rivière, juste devant le pont de Rohan.

Quant à moi, je poussai la porte et j'entrai dans la boutique de Fanfan la Lune.

Une femme d'une quarantaine d'années vint vers moi un sourire aux lèvres. Elle était d'une élégance discrète, pas vraiment belle, mais distinguée.

— Vous pouvez visiter, dit-elle avant que j'aie demandé quoi que ce soit, si vous souhaitez des renseignements, je suis à votre disposition.

— Je voudrais voir monsieur François Luneau, fis-je.

Elle parut embarrassée :

— Euh... Monsieur Luneau est très occupé... Puis-je savoir à quel sujet ?

— C'est personnel.

Ses lèvres se pincèrent, elle m'examina un instant et dit :

— Je vais voir.

Elle disparut et j'en profitai pour admirer les meubles, les peintures anciennes qui auraient plus été à leur place dans un musée que dans des salons particuliers.

La vendeuse revint, accompagnée d'un petit bonhomme rondouillard vêtu avec recherche, qui me regarda par-dessus ses lunettes avec perplexité :

— Mademoiselle ?

— Lester, dis-je, Mary Lester.

Il me tendit une main molle et moite.

— Bonjour… C'est à quel sujet?

— Puis-je vous voir quelques instants en particulier, monsieur Luneau?

Il regarda sa vendeuse, sa vendeuse le regarda, tout deux semblant se demander: « Que se passe-t-il? ». Il finit par dire:

— Par ici.

Je le suivis dans un large escalier qui menait à l'étage où se trouvait une autre salle d'exposition, consacrée cette fois à la peinture et aux petits meubles.

Le bureau de François Luneau se trouvait au bout de cette salle et ses fenêtres regardaient la rivière et le cœur de la ville. J'aperçus Fortin qui jetait des petits morceaux de pain aux canards.

— Vous avez une vue magnifique, dis-je.

Je voyais le pont de Rohan, le seul pont habité de Bretagne, avec ses somptueux hôtels de granit s'élevant au-dessus des arches de pierre et la ville qui s'étendait de l'autre côté de l'eau.

— En effet, mais…

Je sortis ma carte:

— Police, monsieur Luneau.

Il eut un mouvement de recul et partit se réfugier derrière une table épaisse, se laissa tomber sur son siège comme si ce simple mot de « police » avait eu le pouvoir de lui couper les pattes. Ça lui avait d'ailleurs aussi resserré la glotte car il dit d'une voix étranglée:

— Police? C'est pour…

Décidément, lui non plus ne finissait pas ses phrases. Puis il balbutia:

— Je suis en règle…

Craignait-il que je vienne dans le cadre d'une enquête sur des objets volés ? Je le rassurai :

— Je n'en doute pas, monsieur Luneau, dis-je sans le quitter des yeux. Aussi ce n'est pas François Luneau antiquaire que je suis venue voir, c'est Fanfan la Lune…

Il redit : « Fanfan la Lune… » et son visage s'éclaira, soudainement soulagé. Il y a longtemps qu'on ne m'a pas appelé ainsi.

— Une bonne quinzaine d'années, n'est-ce pas ?

Il hocha la tête :

— Eh oui !

— Ça remonte à la fâcheuse soirée où votre ami Jacques Courtois s'est noyé à Landévennec.

Son visage s'assombrit :

— Pauvre Jacques, dit-il, et pauvre Matthieu !

— Vous formiez une fameuse bande, à ce qu'il paraît.

Il acquiesça :

— Ça, on peut le dire !

Il parut se pencher sur son passé et eut un sourire contrit :

— En a-t-on fait, des conneries ! Quand j'y pense…

Il s'arrêta. Je l'encourageai :

— Oui ?

— Parfois j'ai honte, dit-il, et parfois j'ai encore plus honte car il m'arrive de regretter ces temps d'insouciance. Nous étions jeunes, alors…

Il me regarda, inquisiteur :

— Mais on ne m'envoie pas la police pour revenir sur des frasques vieilles de quinze ans ?

J'essayai d'être rassurante :

— Non, monsieur Luneau, on a bien assez à faire avec les frasques de la jeunesse d'aujourd'hui. Connaissez-vous un certain Frère Grégoire?

Il secoua la tête négativement:

— Non, je devrais?

J'eus un geste de mains, comme pour dire: « Qui sait? »

Alors il demanda:

— Qu'a fait ce Frère Grégoire?

— Il est en prison sous le nom de Matthieu Pinchard.

François Luneau pâlit, se redressa comme s'il voulait se lever et retomba sur son siège. Je lus sur ses lèvres plus que je n'entendis: « Quoi? »

— Ça paraît vous surprendre...

— Matthieu... fit-il dans un souffle, on l'a donc retrouvé?

Je répondis à sa question par une autre question:

— Vous n'avez jamais eu de ses nouvelles?

— Jamais! Il est revenu? Ça alors! Mais où a-t-il passé tout ce temps?

— Chez les moines, à Landévennec, il y est connu sous le nom de Frère Grégoire.

— Matthieu chez les moines!

La nouvelle semblait l'abasourdir.

— Je n'y crois pas! dit-il.

— Pourquoi?

Il hésita:

— Parce que... Parce que... Enfin, s'il y a un homme sur terre que je n'aurais jamais imaginé chez les moines, c'est bien Matthieu!

Il éclata d'un rire nerveux, redit « Matthieu! » et plongea son visage dans ses deux mains ouvertes.

Puis il me regarda et redit encore à deux reprises:

— Matthieu... Matthieu. Il aimait les filles, la vie, il aimait boire et faire la fête, il vivait toujours à cent à l'heure...

— Eh bien, il a levé le pied, lui dis-je.

Je lui racontai rapidement comment, par un concours de circonstances assez peu ordinaire, Matthieu Pinchard s'était retrouvé sous les verrous. Tout ce qu'il trouva à dire, après m'avoir écoutée bouche bée, c'est: « Ça alors! »

— Vous n'aviez aucune idée de l'endroit où il pouvait être?

— Pas la moindre!

— Qu'avez-vous pensé de cette affaire?

— Moi?

— Oui, et les autres. Quand je dis « vous », c'est un terme générique pour désigner votre bande.

— On n'en a pas beaucoup parlé. Après ce qui s'est passé, les parents ont mis le holà. Mon père a même vendu la maison de Landévennec. Alain Rabier est parti faire sa pharmacie à Paris et sa sœur s'est mariée.

— Je le sais, avec Philippe Rosay.

Il hocha la tête affirmativement.

— Ce mariage vous a étonné?

— Un peu. Clémentine s'amusait à dresser Matthieu et Jacques l'un contre l'autre. Mais on savait bien qu'en réalité, elle en pinçait pour Matthieu. Tout le monde était persuadé qu'elle finirait par l'épouser.

— Et Rosay, dans cette affaire, comment était-il considéré?

Il eut un bref éclat de rire, un rire qui n'avait rien de joyeux.

— Rosay? Mais il n'était pas considéré du tout!

Il me regarda et avoua :

— Je peux bien le dire maintenant, nous étions alors une foutue bande de petits cons ! Des gosses de riches à qui on ne refusait rien et qui se permettaient tout. D'abord Rosay était bien plus âgé que nous. Ses parents étaient ouvriers agricoles à Plougastel-Daoulas. Du haut de notre fatuité, nous méprisions Rosay dont les parents n'avaient même pas un bout de terre à eux. Je me souviens d'une phrase de Matthieu : « Rosay, c'est un pue la sueur ! »

Il soupira :

— Ça nous faisait rire. C'est dire si nous étions des petits cons !

Il soupira et poursuivit :

— À quatorze ans, Philippe Rosay était apprenti chez un boucher des halles Saint-Louis à Brest. À dix-huit ans, il entrait comme boucher chez le père Pinchard. À vingt ans, il était chef du rayon viande dans l'hypermarché. À vingt-cinq ans, il devenait directeur de ce même hypermarché et il épousait la fille du patron.

— Belle ascension, dis-je.

— Oui, dit Luneau, mais à quel prix ! Rosay se levait à cinq heures pour tout surveiller, à vingt-deux heures il y était encore.

— C'était probablement le prix à payer pour gagner la confiance de Pinchard.

— Sûrement, mais ça ne lui laissait pas le temps de faire la fête !

— Et en 1992, il divorçait pour épouser Clémentine Rabier.

— Exact, fit laconiquement Luneau.

— Et les autres ?

— Comme je vous l'ai dit, mon père a vendu la maison de Landévennec et je suis allé à Nantes suivre les cours aux Beaux-arts. Patrick Barbeau a fait dentaire à Rennes et sa sœur Jeannick qui était à l'école d'infirmières s'est mariée avec Frank Metzeller qui est chirurgien à la Cavale Blanche. Serge Nikowski vend de la ferraille comme son père, et ça doit rapporter gros si j'en juge par son train de vie, quant à Corbel il a fait tellement de conneries que son père l'a contraint à s'engager dans la légion!

— Avez-vous gardé des relations avec vos anciens amis?

— Avec certains, oui. Patrick Barbeau est mon dentiste, sa sœur Jeannick est une bonne cliente. Je ne vois plus du tout les Rabier, pas plus que Serge Nikowski.

— Et Corbel?

Luneau eut une moue de dégoût:

— Je n'ai jamais eu la moindre amitié pour Corbel. Ce type était un fou dangereux. Il aurait tué quelqu'un pour un mot, pour un regard de travers ou simplement pour rien, pour le simple plaisir de cogner. Je ne sais d'ailleurs pas ce qu'il est devenu.

— Il est actuellement le chauffeur de Philippe Rosay, dis-je.

Luneau siffla entre ses dents. J'ajoutai:

— Son chauffeur et même un peu plus, si vous voyez ce que je veux dire.

Luneau se méprit:

— Vous voulez dire que Rosay et Corbel...

Il imbriqua les doigts de ses deux mains jusqu'à en faire une union parfaite.

— Non, dis-je, je ne les soupçonne pas d'avoir une liaison peu orthodoxe… Je crois surtout que c'est plus un homme de main qu'un chauffeur.

— Vous voulez dire un garde du corps ?

— Voilà !

À nouveau Luneau eut une moue sceptique :

— Pourquoi Rosay aurait-il besoin d'un garde du corps ?

— Les gens riches, monsieur Luneau, les gens riches… Ils ont plus de choses à perdre que les pauvres. Car Rosay est riche, désormais.

— Plus que vous ne le pensez, dit Luneau. Il est devenu le directeur général de la holding Pinchard. En fait, c'est lui le vrai patron, le vieux Pinchard est bien diminué, m'a-t-on dit.

— Ce « on », c'est Cathy Pinchard ?

Il rougit comme un collégien :

— Oui, Cathy a toujours eu beaucoup d'amitié pour moi. J'étais un peu nounouille, toujours à la traîne, et les autres m'appelaient « Nounours ».

Il eut un mouvement des mains pour me faire comprendre qu'à l'époque, il était déjà enrobé.

— Cathy, elle, m'appelait Fanfan la Lune, c'était tout de même plus gentil !

— Il lui arrive de vous rendre visite ?

Il hocha la tête :

— Oui, elle vient là souvent.

— En cliente ?

— Parfois, mais surtout en amie. Nous parlons de notre jeunesse, et parfois elle demande à voir les photos.

Il ouvrit l'album de photos et une galerie de personnages m'apparut. Les clichés étaient tous remarquablement cadrés.

— C'est vous qui les avez prises? demandai-je.

— Oui. À l'époque j'espérais devenir un grand photographe.

Il parut s'excuser:

— Vous savez, quand on est jeune, on se fait des idées…

C'était une idée qui ne me parut pas plus sotte qu'une autre. Ces photos étaient excellentes.

— Ici, c'est Cathy, dit-il en montrant du doigt une jeune femme qui me parut nettement plus primesautière que la femme que je connaissais. Il est vrai qu'à cette époque elle n'avait pas encore trente-cinq ans.

Je demandai en souriant:

— Elle vous appelle toujours Fanfan la Lune?

— Non.

Il me rendit mon sourire:

— Maintenant que je suis devenu un commerçant respectable, elle m'appelle François.

Il revint à son album:

— Là, poursuivit-il en détaillant une photo de groupe prise sur une plage, il y a Matthieu et Clem.

— Clem?

— Oui, on ne disait jamais Clémentine, elle trouvait ce prénom ridicule, alors on l'abrégeait.

Je sifflai entre mes dents: cette fille était superbe. « Un canon » aurait dit Fortin. Grande, blonde aux cheveux coupés court, avec des jambes interminables et des seins qui pointaient comme des ogives nucléaires.

Je me demandai si le moine y pensait encore. Par ailleurs, comme Matthieu était lui-même un beau spécimen d'humanité, ils formaient un couple pour magazine « people ». Beaux, riches et dévoyés. Ça aurait pu être le titre de la photo. Matthieu tenait la fille aux épaules en un geste de possession auquel elle ne se dérobait pas. Le seul qui ne souriait pas sur la photo était Jacques Courtois qui regardait férocement le couple. Alain Rabier, comme sa sœur, était grand et blond et il serrait de près une brunette aux formes épanouies. C'est fou ce que les photos peuvent être révélatrices, parfois.

— Jeannick Barbeau, dit Luneau.

Il y avait un autre petit brun.

— Je suppose que c'est son frère, dis-je.

— Oui, c'est Patrick, mon dentiste.

Enfin, il y avait un gaillard qui paraissait particulièrement fier de sa musculature et qui gonflait la poitrine. Il était plus chevelu que maintenant, mais je reconnus sa petite gueule de brute :

— Renaud Corbel ? demandai-je.

— C'est bien lui, dit Luneau.

Chapitre 14

Nous regardâmes encore quelques photos sur lesquelles je reconnus Gaston Pinchard alors au sommet de sa forme. Il avait le regard arrogant du conquérant qui entre en vainqueur dans la place forte soumise.

Puis madame Pinchard, petite femme effacée, peut-être née pour s'élever jusqu'au rang de petite bourgeoise mais certes pas pour devenir la dame la plus riche de France.

— Maintenant, lui dis-je, je voudrais revenir à cette fameuse soirée de la Toussaint 1991.

Le visage de François Luneau se rassombrit. Il prit un stylo sur son bureau et se mit à griffonner sur son sous-main.

— Que vous raconterais-je que vous ne sachiez déjà?

— Tout!

Il soupira:

— Je l'ai déjà dit aux gendarmes, à l'époque.

— Je m'en doute, mais comme les gendarmes de cette époque sont morts ou en retraite, je me tourne vers vous.

Il s'inquiéta:

— Pourquoi vers moi?

Je le rassurai :

— Ce n'est pas un régime de faveur, tout le monde y aura droit !

Je pris ma liste et je lus :

— Alain Rabier et sa sœur Clémentine, Patrick Barbeau et sa sœur Jeannick, Serge Nikowski, puisque son frère Igor est mort, Renaud Corbel…

Je l'interrogeai du regard :

— J'en ai oublié ?

Il haussa les épaules :

— Que oui ! Il y en a eu beaucoup d'autres, mais ceux-là, j'en suis sûr, étaient de cette triste fête.

— Bien, alors, que s'est-il passé à cette fameuse soirée ?

— Rien de plus ni de moins que d'habitude, dit-il d'un ton morne. On a dansé, on a bu, on a fumé…

— Et pas que des produits de la régie des tabacs, je suppose.

Il haussa les épaules :

— Évidemment !

— Et tout ça dans la maison des Pinchard ?

— Oui.

— Et monsieur Pinchard tolérait ça ?

— Oh non ! Ça se passait toujours en son absence. Mais comme il était toujours par monts et par vaux, on était tranquilles.

— Que disait madame Pinchard ?

— Rien ! En réalité, Matthieu en faisait ce qu'il voulait. Il arrivait avec un bouquet de fleurs et il la prenait par le cou : « Viens, petite mère, on va danser ! » Elle protestait : « Tu es fou, Matthieu ! À mon âge… » Il la secouait gentiment : « La vie est courte, il faut en profiter, petite mère ! » Alors petite mère cédait : « Laisse-moi donc, grand fou ! Je vais dire à Germaine de vous préparer quelque chose ». Il l'embrassait : « Petite mère, tu es adorable ». Elle recommandait : « Surtout, faites moins de bruit que la dernière fois. Les voisins… ». Il la coupait : « Ce sont de vieux grincheux, ils ne se souviennent même plus qu'ils ont été jeunes ! » Matthieu ouvrait toutes les fenêtres du rez-de-chaussée, il mettait la sono à fond et on entendait des voitures arriver d'un peu partout. Certains d'entre nous avaient téléphoné à leurs amis : « Il y a une fête chez Mat Pinchard. » Ça venait de Brest, de Châteaulin, de Landerneau… Toute la fine fleur des fêtards de la région. On savait que chez Matt, l'alcool coulait à flot.

— Est-ce que Cathy était présente ce jour-là ?

— Non, Cathy n'aurait pas laissé faire ! C'est tout le caractère de son père, vous savez.

— Et Philippe Rosay non plus ?

— Évidemment non. Comment aurait-il fait ? Il passait son temps à travailler !

— On m'a parlé d'un feu d'artifice tiré du bout de la digue, dis-je.

— Ah oui ! s'exclama-t-il, Renaud Corbel avait eu cette idée qui avait enthousiasmé Matthieu. À minuit, il a dévoilé son dispositif : les fusées et feux d'artifice avaient été placés à l'extrémité du quai et il nous a tenu un discours fumeux disant que la Fête des Morts était le 14 juillet de la *terre sacrée* - c'est ainsi que nous appelions Landévennec - et qu'il fallait fêter l'événement.

Tout le monde s'est donc précipité vers la digue et le spectacle a commencé. C'était complètement surréaliste de voir le cimetière fleuri de chrysanthèmes illuminé par les fusées multicolores.

Je me souviens qu'il y a eu une altercation, quelques voisins sont venus protester contre ce qu'ils considéraient comme un sacrilège, mais ils n'étaient pas assez nombreux, nous les avons refoulés sous les lazzis et en les bombardant avec des bouteilles vides.

Alors ils ont prévenu les gendarmes. Lorsqu'on a aperçu le bleu des gyrophares dans la nuit, ça a été la débandade. Quand les gendarmes sont arrivés sur la place, il n'y avait plus que des tessons de verre sur le quai et les restes fumants des feux de Bengale sur le bout de la digue.

— Où étiez-vous à ce moment-là?

— Je m'étais réfugié dans une sorte de cabane dans la propriété des Pinchard.

La fameuse gloriette! Tiens donc, elle ne servait donc pas qu'aux méditations du patron?

— Les gendarmes n'ont pas entrepris de recherches?

— Non, vous savez, ils étaient quatre dans deux voitures. Ils se sont bornés à jeter les débris qui brûlaient encore dans l'eau et à regrouper les plus gros morceaux de verre. Et puis, aller fouiller chez Pinchard, jamais ils ne se le seraient permis.

— Vous étiez seul dans cette cabane?

— Non, il y avait les frères Nikowski, ivres morts comme d'habitude, Alain Rabier et Jeannick Barbeau, qui avaient trop fumé et qui planaient.

— Et vous?

Il me regarda, surpris:

— Moi?

— Oui, dans quel état étiez-vous?

— Pas très clair, à vrai dire. J'ai été malade comme un chien et j'ai vomi. Ensuite, j'ai dû sombrer dans une sorte de coma et je me suis réveillé à l'aube, transi de froid. Alors j'ai rejoint ma voiture et je suis rentré chez moi. J'ai dormi toute la journée et toute la nuit, c'est le lundi matin que j'ai appris que Jacques était mort.

Il paraissait réellement affecté d'avoir dû raconter de nouveau cette nuit tragique.

— Personne ne s'est soucié de savoir si quelqu'un manquait ?

— Non, quand on a vu les gyrophares, ça a été du chacun pour soi.

— Vous aussi vous avez été sur la digue ?

— Non, je suis resté sur le terre-plein. Mais il y avait bien cinquante personnes sur la digue.

— Pensez-vous que si quelqu'un avait glissé on s'en serait aperçu ?

— Je ne sais pas, la nuit était noire. On n'y voyait clair que lorsque les fusées partaient et il y avait un tel bordel que même si quelqu'un était tombé dans l'eau, il aurait été possible qu'on ne l'ait pas entendu.

— Où était Matthieu ?

— Tout au bout de la digue avec Renaud. C'étaient eux les artificiers. Enfin, c'était surtout Renaud car Matthieu était tellement défoncé qu'il tenait à peine debout.

— Vous n'avez pas vu Jacques Courtois à ce moment-là ?

François Luneau réfléchit et secoua la tête négativement :

— Je ne m'en souviens pas.

— Comment se fait-il que, si Matthieu était défoncé, comme vous dites, il ait pu rejoindre son domicile ?

— Il n'avait que le terre-plein à traverser, dit Luneau, Corbel a dû l'entraîner.

— Corbel n'était donc pas trop atteint ?

— Non, Corbel buvait peu et il ne fumait pas. Sa religion, c'était le body-building, la boxe, les sports de combat. Il était toujours plein de sang-froid sauf lorsqu'il se battait, alors là, il devenait complètement fou. Il aurait bien tué son adversaire. Je vous ai parlé tout à l'heure de l'histoire qui lui est arrivée au port de commerce à Brest ?

— Oui, dis-je. C'est là qu'il a dû s'engager dans la légion pour échapper à la justice.

— C'est ça.

— Quand vous avez appris que Jacques Courtois était mort et que Matthieu était soupçonné de l'avoir tué, quelle a été votre réaction ?

Il baissa la tête :

— Je n'ai jamais cru à la culpabilité de Matthieu. Tuer Jacques ! C'est inimaginable. On les appelait les inséparables.

— Cependant, ils se disputaient les faveurs de Clémentine Rabier, si je me souviens bien.

— Oui, mais Clem était une allumeuse, très imbue de sa petite personne et qui s'amusait à exciter les gars. Combien de fois n'a-t-elle pas provoqué des bagarres dans les boîtes de nuit ! Je vous l'ai dit, je n'aimais pas Renaud Corbel, mais nous avons été bien souvent contents qu'il soit là pour nous tirer de situations délicates.

— Et Renaud Corbel, il ne tournait pas autour de Clémentine Rabier ?

— Non. Bizarrement, il ne paraissait pas très attiré par les filles.

— C'est pour ça que lorsque je vous ai dit qu'il était un peu plus que chauffeur pour Rosay vous en avez conclu que...

— Ça m'a traversé l'esprit, en effet, dit l'antiquaire.

Je demandai :

— Vous êtes marié, monsieur Luneau ?

Nouveau sourire triste :

— C'est parce que je suis antiquaire que vous me demandez ça ?

— Non, monsieur Luneau.

— Pour tout vous dire, fit-il en montrant la porte, ma vendeuse et moi...

— Ah... fis-je. Mes compliments, elle est charmante. Mais à l'époque, vous deviez vous aussi être amoureux de Clémentine, dis-je.

Luneau me regarda d'un air désabusé.

— Moi ? On m'appelait Nounours...

« On m'appelait Nounours... », tout était dit, il n'y avait pas besoin d'autre explication.

Des mouettes planaient devant les vitrages. Assis sur une bitte d'amarrage au bord de l'eau qui avait monté sous l'effet de la marée, Fortin regardait des enfants qui jetaient du pain aux canards. Je revins à l'antiquaire :

— Savez-vous où je pourrais trouver Clémentine ?

— Au domicile conjugal, probablement.

Je crus percevoir un zeste d'ironie dans la formule employée.

— Mais encore ?

— Philippe Rosay possède une superbe villa près de Sainte-Anne-du-Portzic, à la Pointe du Diable.

Chapitre 15

La pointe du Diable est posée à l'endroit précis où le goulet de Brest se resserre à son maximum. De l'autre côté de l'eau on aperçoit une des branches de la croix que forme la presqu'île de Crozon qui se termine par la pointe des Espagnols, les autres extrémités de cette croix étant la pointe de Pen-Hir, avec les Tas de Pois, et l'autre le Cap de la Chèvre qui garde la baie de Douarnenez.

De cette pointe vouée au Diable on ne sait pourquoi, la vue devait être splendide : d'un côté l'Océan, de l'autre la rade. Un poste de premier choix pour regarder les navires entrer et sortir.

Comme pour s'y rendre il fallait contourner Brest, je décidai de m'arrêter au commissariat pour prendre des nouvelles des recherches entreprises pour retrouver Bourgeon.

Le commissaire Balanec me reçut dès que je fus arrivée. Cette fois, Fortin m'accompagna et je le présentai à Balanec :

— Le lieutenant Fortin.

Les deux hommes se serrèrent la main puis nous nous assîmes. Balanec m'examina et dit :

— Compliments, vous récupérez vite !

J'en profitai pour demander des nouvelles des agents qui avaient été blessés en même temps que moi.

— Le brigadier Lenclume, indépendamment d'un menton tout bleu, souffre des cervicales. Il est à l'arrêt pour huit jours. Pour ce qui est du gardien Chalamont, c'est plus embêtant, il a une fracture du tibia.

Je demandai :

— Et Bourgeon ? Toujours dans la nature ?

— Toujours, dit Balanec sobrement. On planque devant son domicile, on patrouille dans les bars du port de commerce où il a ses habitudes, mais personne ne l'aurait vu.

— Vous y mettez le conditionnel ? remarquai-je.

— Et pour cause, dit Balanec, la faune qui hante ces lieux ne fait pas partie des amis de la police.

— Vous y avez quand même quelques cousins*, je suppose.

Le visage de Balanec ne se dérida pas :

— Rien de ce côté-là non plus.

— Son bateau ?

— Toujours à poste à la Maison Blanche.

— Vous le faites surveiller ?

— On garde un œil dessus.

Puis il me demanda :

— Et vous, où en êtes-vous ?

Je fis la moue.

— Ça n'avance pas bien vite. Il faut vérifier des points qui se sont passés voici quinze ans. Vous vous imaginez le travail ?

— Ouais, soupira Balanec laconique.

— J'essaye de rencontrer les protagonistes de l'affaire, mais ce sont maintenant des bourgeois respectables qui ont tiré un trait sur cette sinistre soirée. Pour les faire parler, je crains que ça ne soit coton.

* *Dans le jargon des flics, des indicateurs.*

— D'autant que, dit Balanec, pour le peu que j'en sache, ils étaient tous bien imbibés ce soir-là.

Il eut une moue pessimiste.

— Je doute que le rappel de ces événements leur fasse plaisir.

— J'aurais voulu entendre madame Rosay, dis-je. Les Rosay habitent la pointe du Diable, je crois.

— Tout à fait, dit Balanec, mais si je peux me permettre un conseil, allez-y sur la pointe des pieds. Rosay est un homme de poids dans toute la région.

— Merci du conseil.

Je me levai :

— Bon, je continue. N'oubliez pas de me prévenir si vous avez des nouvelles de Bourgeon.

Il m'assura que je serais prévenue en toute priorité.

Lorsque nous fûmes sortis du commissariat, Fortin me demanda, comme à son habitude :

— On va toujours à la pointe du Diable ?

— Je ne sais pas, dis-je. Tiens, je te paye un café.

Nous nous installâmes sous l'auvent d'un petit bistrot et, en attendant qu'on nous serve, je dépliai ma carte sur la table.

— Qu'est-ce que tu regardes ? demanda Fortin.

— On passe notre temps à faire le tour de la rade, dis-je. Landévennec, Landerneau, Brest, la pointe du Diable... Pour un peu on aurait plus vite fait d'avoir un bateau !

— Tu as oublié Châteaulin, dit Fortin, et là, à moins de remonter le canal, il n'y a pas besoin de bateau !

— Châteaulin ? Qu'est-ce qu'il y a à Châteaulin ? demandai-je.

— J'ai un peu regardé le dossier, et il y a un truc qui m'a frappé.

— Lequel?

Je regardai le grand, intriguée. Allait-il avoir, comme ça lui arrivait parfois, une intuition lumineuse qui avait échappé à tout le monde?

— Tu te préoccupes bien de tous ces gens, dit-il, mais tu laisses le plus important de côté.

— De qui veux-tu parler?

— Eh bien, de la victime!

Je répétai stupidement:

— La victime?

— Oui, ce Jacques Courtois dont tout le monde se fiche bien maintenant.

— Mais... Il est mort depuis quinze ans! objectai-je.

Fortin me considéra avec un sourire en biais:

— Ouais, mais ses parents ne sont peut-être pas morts.

J'en restai muette.

— Tu comprends, ajouta-t-il, tu veux tirer des renseignements de gens qui n'ont qu'une chose en tête: oublier. S'il y a deux personnes qui n'ont sûrement pas pu oublier, ce sont les parents de ce Jacques Courtois.

— Jipi, m'exclamai-je, tu es génial! Tiens, pour te récompenser d'avoir des idées aussi lumineuses, je te laisse payer le café!

Il protesta en se levant:

— Tu es gonflée!

— C'est surtout que je n'ai pas de monnaie, dis-je. Allez, viens!

— Où?

— À Châteaulin, andouille!

☆

Monsieur et madame Courtois habitaient au bord du canal de Nantes à Brest, cette large voie d'eau placide, bordée de peupliers qui lâchaient leurs dernières feuilles d'or sur une onde noire que parcouraient parfois de mystérieux frissons venus d'on ne sait où.

Un chemin de halage bordait leur propriété construite un peu en hauteur, probablement pour éviter les inondations.

Monsieur Courtois était un septuagénaire aux cheveux blancs que je surpris en train de brûler des mauvaises herbes dans son jardin.

Cette fois, Fortin était resté dans la voiture. Il arrive parfois que son imposante stature impressionne défavorablement les témoins et, pour questionner ces paisibles retraités, il n'était pas besoin de leur faire peur.

Lorsque Courtois me vit m'arrêter devant son portillon, il se redressa et me considéra avec curiosité :

— Monsieur Courtois ?

— Lui-même…

Je le sentais intrigué.

— Pourrais-je vous dire un mot monsieur Courtois ?

Il s'approcha, frottant ses mains l'une contre l'autre pour les débarrasser de la terre qui s'y était collée. Son feu de broussailles qui fumait sans produire de flamme répandait dans le jardin une âcre senteur de végétaux brûlés trop verts.

— Si c'est pour me vendre une encyclopédie, dit-il, ce n'est pas la peine.

— Je ne vends rien, monsieur Courtois. Je suis capitaine de police et je mène une enquête…

Il regarda ma carte attentivement et demanda :

— Une enquête sur quoi ?

— Sur la mort de votre fils, monsieur Courtois.

Il se rembrunit et jeta, bourru :

— Mon fils est mort depuis quinze ans, laissez-le reposer en paix !

— Je ne demande que ça, monsieur Courtois, mais je suis fonctionnaire, j'ai des ordres. L'enquête a été reprise et j'en suis chargée.

— L'enquête a été reprise ? Mais pourquoi ? demanda-t-il soupçonneux.

— Parce qu'il y a eu un fait nouveau, monsieur Courtois.

— Un fait nouveau ? Quel fait nouveau ?

Sa voix s'emballa, montant dans les aigus :

— Le criminel a été jugé et il s'est enfui. Enfin, on l'a fait s'enfuir ! Il doit couler des jours heureux au soleil avec l'argent de papa, tandis que mon fils…

La fin de la phrase se perdit dans un sanglot.

Des joggeurs qui trottaient sur le chemin de halage nous regardèrent curieusement.

— Vous ne pensez pas qu'on pourrait en parler plus discrètement chez vous ? demandai-je.

Il ne répondit pas, mais tira sur le portillon métallique qui s'ouvrit en grinçant. Je remontai l'allée à sa suite. Il s'arrêta sous la marquise de fer forgé qui protégeait sa porte d'entrée et ôta ses sabots de caoutchouc pour mettre des pantoufles. Puis il poussa la porte et je pénétrai dans un vestibule au sol carrelé de tommettes rustiques, garni d'un portemanteau du style bistrot des années trente.

Un caniche gris se précipita en jappant et en faisant mille joies à son maître qui le caressa et lui dit :

— Ça va, ça va Ivan…

Puis une voix féminine demanda:
— C'est toi, Jean-Jacques?
— Oui, dit monsieur Courtois.
— Tu n'es pas seul?
— Non…

Une porte claqua et une femme apparut, la soixantaine soignée, qui sembla fort surprise de me voir.

— Bonjour madame, dis-je, je suis désolée de venir vous déranger, mais comme je l'ai expliqué à votre mari…

Le mari me coupa:

— Madame est de la police et elle mène une nouvelle enquête sur la mort de Jacques!

C'était un peu abrupt comme annonce, mais au moins maintenant tout le monde était au courant.

Madame Courtois parut décontenancée, elle répéta:

— Sur la mort de Jacques, mon Dieu!

Puis elle me regarda, des larmes dans les yeux:

— Rien ne le fera revenir, mademoiselle, est-il bien nécessaire de remuer tout ça?

— Je comprends que cette évocation vous soit douloureuse, madame, mais, comme je le disais à votre mari, il s'est produit un fait nouveau, qui a relancé l'enquête.

— Quel fait nouveau?

— Matthieu Pinchard a été arrêté.

Le temps sembla s'arrêter lui aussi. Monsieur et madame Courtois se regardaient, pétrifiés. Ce fut lui qui rompit le silence.

— Où ça? demanda-t-il.

— Non loin de l'endroit où il s'était évadé, dis-je.

Madame Courtois ouvrit une porte à petits carreaux et me fit entrer dans son salon.

— Installez-vous, dit-elle dans un souffle, on parlera aussi bien assis. Voulez-vous un café?

Je refusai:

— Merci, je viens d'en prendre un.

La pièce était meublée dans le style des années trente, avec de profonds fauteuils de cuir fauve, une petite cheminée de briquettes rouges et une table en fer forgé recouverte d'une dalle de verre épais.

À mon habitude, je m'assis sur le devant d'un fauteuil et je posai mon carnet et mon stylo sur la table basse.

— C'est incroyable! dit madame Courtois dans un souffle. Près de l'endroit où il s'était évadé?

Je confirmai.

— Mais qu'a-t-il fait pendant tout ce temps-là? demanda le mari.

— C'est là que l'affaire devient extraordinaire, dis-je. Rien de tout ceci n'a paru dans la presse jusqu'à présent, mais j'ai pensé qu'il était normal que vous soyez informés. Cependant, je vous demanderai la discrétion la plus absolue sur ce que je vais vous révéler.

Je réfléchis un instant sur la meilleure façon de formuler ma phrase, puis je dis:

— Toute cette affaire est partie d'un lieu bien précis: Landévennec. La bande qui s'était regroupée autour de Matthieu Pinchard, et dont votre fils Jacques faisait partie, avait un point commun: leurs parents possédaient tous une maison à Landévennec. Vrai?

Ils acquiescèrent en silence, attendant la suite.

— Ces quinze ans, dis-je en pesant mes mots, Matthieu Pinchard les a passés au monastère de Landévennec.

Ce fut madame Courtois qui réagit vivement :

— Vous voulez dire…

— Qu'il était moine, oui madame !

Monsieur Courtois se laissa aller en arrière dans son fauteuil en disant :

— C'est incroyable !

— Incroyable mais vrai, répondis-je. En religion, Matthieu Pinchard est désormais connu sous le nom de Frère Grégoire.

— Mais comment s'est-il fait prendre ? demanda madame Courtois, depuis tout ce temps la police devait l'avoir oublié.

— Un extraordinaire concours de circonstances, dis-je, Frère Grégoire qui est responsable de la boutique du monastère s'est rendu à Brest avec la camionnette de la congrégation pour y faire des achats. Il a eu la malchance de se trouver sur la trajectoire d'une voiture volée qui est venue percuter son véhicule de plein fouet, si bien que tout le monde s'est retrouvé à l'hôpital. Le flic de service a pris les empreintes de tous les protagonistes de l'affaire - la routine - et il les a entrées dans l'ordinateur central. Et là, surprise, on s'est aperçu que le moine était un condamné de droit commun en fuite depuis quinze ans. Il a bien sûr été arrêté au monastère où il était retourné après être sorti de l'hôpital.

— Ça alors ! dit madame Courtois en regardant son mari.

Ils en restaient sans voix. J'en profitai pour poser mes questions :

— Le décès de Jacques a dû être un choc terrible, dis-je, je présume qu'on ne se remet jamais d'un pareil coup.

— En effet, dit monsieur Courtois. Jacques était un bon petit gars qui réussissait bien dans ses études. Il devait intégrer l'École des Travaux Publics.

— Pour prendre votre succession ? demandai-je. J'ai lu dans le dossier que vous aviez une entreprise de TP.

— Oui, dit Courtois avec amertume, mon père avait commencé avec un tracto-pelle juste après la guerre, j'ai développé l'entreprise jusqu'à en faire la première boîte du département et mon fils, compte tenu des études qu'il menait brillamment, l'aurait menée plus loin encore. Mais voilà, il a rencontré un Matthieu Pinchard sur son chemin.

— Nous n'avions qu'un enfant, dit madame Courtois, alors, après sa mort, Jean-Jacques a tout vendu et nous nous sommes retirés dans cette maison.

Je demandai :

— Êtes-vous vraiment persuadés que Matthieu Pinchard a tué votre fils ?

Ma question sembla les stupéfier. Ils se regardèrent sans mot dire, puis monsieur Courtois balbutia :

— Mais… Puisqu'il a avoué !

Je concédai :

— C'est vrai, il a avoué, mais dans votre for intérieur, étiez-vous persuadés qu'il disait la vérité ?

À nouveau ils se regardèrent, éperdus.

— Où voulez-vous en venir ? demanda madame Courtois.

— À ceci : j'ai rencontré Frère Grégoire, enfin, Matthieu Pinchard, en prison. Toute mon intime conviction me dit que cet homme est incapable de tuer qui que ce soit.

— Il a peut-être beaucoup changé, dit monsieur Courtois.

— Certainement, dis-je, il n'est plus le jeune chien fou qu'il était voici quinze ans. Mais Jacques et lui étaient les meilleurs amis du monde, si je ne me trompe.

— Jusqu'à ce jour de novembre, oui, dit madame Courtois. Mais Matthieu avait entraîné la bande dans une telle vie de débauche que… que…

Elle ne trouvait plus ses mots, elle fondit en sanglots. Son mari se précipita, posa affectueusement son bras sur ses épaules en lui disant : « Lucie, ma petite Lucie, calme-toi ». En même temps, il me jetait un regard lourd de reproches.

Elle hoqueta :

— Il y avait l'alcool, il y avait la drogue, les courses folles en voiture, les orgies nocturnes qui empêchaient le voisinage de dormir… On n'osait même plus sortir dans le bourg pour faire les courses tellement on avait honte !

— Et en plus, ajouta Courtois en colère, son père qui le fait évader…

— Là vous vous trompez, dis-je.

— Ta ta ta ! fit Jean-Jacques Courtois, ce vieux salopard de Pinchard s'est toujours cru tout permis parce qu'il avait du fric ! Alors, la justice, hein !

Et il fit claquer sa main gauche sur la pliure de son bras droit, en un vigoureux bras d'honneur, pour bien me montrer le peu de cas que faisait - à son avis - Gaston Pinchard de la justice française.

Je dus me faire l'avocat de l'industriel :

— Monsieur Pinchard était absent lors de ce drame. Il voyageait en Extrême-Orient et il a délégué la conduite de cette affaire à son bras droit, qui était également son gendre à l'époque, Philippe Rosay.

— Qu'importe, fit Courtois en levant les yeux au ciel, il a très bien pu donner ses ordres par téléphone.

— C'est vrai, dis-je, il aurait pu, mais, à mon avis, il ne l'a pas fait.

— Qu'est-ce que vous en savez? me jeta Courtois comme un défi.

— Celui qui a tué votre fils a ensuite essayé de tuer Matthieu Pinchard.

Les pauvres, ils allaient d'ahurissement en ahurissement. Ils se tenaient maintenant les mains et se regardaient, éperdus. Je lus sur leurs lèvres:

— Quoi?

Madame Courtois finit par bredouiller:

— Mais pourquoi?

— C'est toute la question, madame. Un vieil adage de police recommande de chercher à qui le crime profite. À qui profite-t-il, à votre avis?

— Pas à nous, en tout cas, s'exclama véhémentement monsieur Courtois.

— Bien évidemment, pas à vous! acquiesçai-je.

Je questionnai:

— Alors?

Ils me regardèrent, perplexes.

Je réfléchis à voix haute:

— Il y a plusieurs réponses. Les résidents de Landévennec...

— Qu'auraient gagné les gens de Landévennec à la mort de mon fils? coupa monsieur Courtois.

— Ne serait-ce que la tranquillité. Depuis cette dramatique soirée, on dort paisiblement autour de l'église.

Cette réponse parut choquer madame Courtois.

— Vous n'y pensez pas! dit-elle vivement.

Je la regardai pensivement :

— Il me faut envisager toutes les hypothèses...

Je n'ajoutai cependant pas que je voyais mal un villageois excédé se glissant dans cette meute déchaînée et poussant Jacques Courtois à l'eau. Il arrive que des drames se produisent pour des histoires de bruit excessif, mais en général ça se traduit par un coup de fusil expédié par un type qui n'en peut plus. Pas par une action de commando perpétrée dans la nuit.

— Cette hypothèse-là me paraît hautement fantaisiste, assura monsieur Courtois.

Je m'adressai à madame Courtois :

— Et à vous madame ?

Elle leva les épaules :

— Je ne sais pas... Je ne sais plus.

— Vous avez gardé des relations à Landévennec ?

— Non, dit monsieur Courtois. Je ne veux plus entendre parler de cet endroit. Après le drame, j'ai vendu la maison.

— Oui, comme les Rabier, les Luneau, ou encore monsieur Barbeau... Tout le monde a fui Landévennec.

Ils me regardaient, interdits.

— C'est pourtant vrai que tout le monde a vendu, constata monsieur Courtois, comme si c'était une révélation.

Je supposai qu'il n'avait jamais remis les pieds à Landévennec depuis le drame qui l'avait endeuillé.

Je glissai :

— Sauf Pinchard !

— Oui... fit-il songeur, mais ça prouve quoi ?

— Rien !

— Si !

Il eut un regain de colère :

— Ça prouve que ce vieux salopard savait que son fils était chez les moines et qu'ainsi il pouvait garder le contact avec lui. Tout ça c'était calculé !

— Et vous supposez que les moines se seraient prêtés à cette mascarade pendant quinze ans ?

— Ils auront été manipulés ! jeta Courtois.

— Mais non ! dis-je agacée, Gaston Pinchard n'a jamais mis les pieds au monastère ! Et surtout ne sous-estimez pas la subtilité de ces religieux. On ne les manipule pas aussi aisément que le bon populo. Ils ont le cerveau bien fait, et ils savent s'en servir.

Courtois s'entêta :

— Mais Matthieu sortait ! Vous venez de me le dire. Il sortait du monastère en camionnette. Il pouvait fort bien passer voir son père.

— Il aurait pu, mais il ne l'a jamais fait.

— C'est vous qui le dites, maugréa-t-il en me regardant comme s'il me soupçonnait d'être à la solde de son ennemi.

Cathy m'avait avertie que le père de Jacques Courtois nourrissait une forte inimitié envers Pinchard, qu'il désapprouvait ses méthodes commerciales. Je m'aperçus que cette inimitié ne s'était pas éteinte, ni même émoussée avec les années. Il me parut même qu'elle couvait comme un feu sous la cendre, et qu'en revenant sur cette affaire, j'avais attisé le brasier de sa haine. Je m'adressai à sa femme pour essayer de détendre l'atmosphère :

— Madame Courtois, il semble que vous ayez bien connu la maman de Matthieu ?

Elle hocha la tête affirmativement :

— Nos enfants avaient le même âge et nous nous retrouvions l'après-midi sur la grève. Ils jouaient ensemble, moi je lisais, je faisais des mots croisés tandis que madame Pinchard tricotait. Nous conversions, nous échangions des banalités...

— Madame Pinchard tricotait? m'étonnai-je.

— Oui, ça peut sembler bizarre quand on connaît leur immense fortune, mais elle tricotait des pulls pour le petit, comme elle disait. Je crois qu'elle adorait ça et que cette manne financière qui lui était tombée dessus l'effrayait un peu. En tout cas, c'était une femme très simple et très gentille qui aurait préféré avoir une vie plus effacée que celle qu'elle menait.

— Elle est morte quelque temps après cette terrible affaire, dis-je.

— Oui, soupira madame Courtois. Je crois que ça lui avait brisé le cœur. En plus, elle adorait Jacques qui était comme un deuxième fils pour elle.

Et elle ajouta dans un sanglot:

— Quel gâchis!

— Et vous madame, vous aimiez Matthieu de la même façon?

— Matthieu était un adorable petit garçon, dit-elle, du moins à l'époque.

Elle fit une drôle de moue et ajouta:

— Après...

— Mais qu'est-ce que vous cherchez exactement? demanda le père Courtois, toujours sur ce ton bourru qui faisait partie de son personnage.

— Je cherche à savoir qui a tué votre fils.

Je n'ajoutai pas « si toutefois il a été tué... », ils ne l'auraient probablement pas supporté.

Ils baissaient la tête tous les deux, madame Courtois regardait ses mains, le père Courtois le bout de ses pantoufles.

— Et si on avait condamné un innocent? dis-je.

Je vis la bouche de Jean-Jacques Courtois se tordre comme si le simple fait de soulever cette hypothèse lui faisait mal. Dire qu'ils étaient troublés me paraissait bien faible. J'avais dû provoquer une drôle de tempête sous leur crâne.

Ils ne me répondirent pas.

Monsieur Courtois me raccompagna sans mot dire jusqu'à la petite porte du canal, mais avant de la refermer il me demanda anxieusement:

— Vous nous tiendrez au courant?

— Je vous le promets, monsieur Courtois.

Nous nous serrâmes la main et il remonta, tête basse, en traînant des pieds, vers son salon où nous avions laissé sa femme en larmes.

Chapitre 16

Le gendarme Claude Sévignon habitait une jolie maison à Plougastel-Daoulas. C'était lui qui avait signé le rapport sur l'enquête qui avait mené à l'arrestation de Matthieu Pinchard et qui, plus tard, accompagnait le fourgon accidenté puis attaqué par les dockers.

Il était en retraite depuis une dizaine d'années et se contentait du bonheur simple qu'il y a à cultiver son jardin et à pêcher dans la rade quand le temps s'y prête.

Nous le trouvâmes en train de bricoler sur son canot de pêche-promenade qu'il avait sorti de l'eau pour l'hiver.

C'était un homme d'une soixantaine d'années, de taille moyenne, mince encore, au visage anguleux et aux cheveux gris acier taillés en brosse.

Je me présentai et il me serra la main tout en considérant la carrure de Fortin avec respect.

— Le lieutenant Fortin m'assiste dans cette enquête, dis-je.

Il tendit la main au lieutenant Fortin et nous entraîna vers la maison. Lorsque nous fûmes installés dans la salle à manger devant un café que madame Sévignon avait tenu à nous servir, je lui exposai les derniers déroulements de l'enquête et surtout l'extraordinaire événement qui venait de se produire, à savoir l'arrestation de Matthieu Pinchard.

— Mince alors! dit-il. Il était au monastère? Qui l'aurait pensé? En tout cas, il n'aura pas fait parler de lui depuis.

— Non, dis-je. Sans ce malencontreux accident, il aurait pu y finir ses jours et sa disparition serait restée une énigme. C'est une chance que je vous aie retrouvé, adjudant-chef, en somme vous avez suivi cette affaire de son début jusqu'à sa fin.

— Tout à fait, dit-il sur ce ton sec et concis qu'affectionnent les militaires.

— Pouvez-vous me raconter comment vous êtes intervenu le fameux soir où Jacques Courtois s'est noyé?

— Affirmatif! répondit l'adjudant-chef Sévignon, continuant avec son style militaire dont il ne s'était décidément pas encore départi. J'étais à cette époque chef de poste au Faou et nous avons été appelés vers minuit par des habitants de Landévennec. Il faut dire qu'il y avait là-bas une belle bande de petits cons - sauf votre respect capitaine - et que, pendant les vacances, nous recevions plainte sur plainte pour tapage nocturne, rodéos en voiture, dégradations, etc. Cependant, compte tenu de l'influence des parents, personne ne voulait s'adresser officiellement à la justice. Or, sans plainte en bonne et due forme, que voulez-vous qu'on fasse?

— Je sais bien, dis-je, c'est tout le problème.

— En cette veille de Toussaint 1991, nous étions de patrouille sur la voie express pour effectuer des contrôles d'alcoolémie lorsqu'on nous a appelés. Pour tout vous dire, j'ai envisagé de ne plus intervenir à Landévennec à ce propos tant que personne ne prendrait ses responsabilités. Cette fois, il y a eu plusieurs appels émanant de différentes sources. Il semblait que les choses avaient dégénéré: bataille à coup de bouteilles, on menaçait d'en venir aux mains. Dans ces cas-là, un coup de fusil de chasse est vite parti. Il fallait intervenir d'urgence. Nous avons donc levé le contrôle d'alcoolémie et nous sommes venus aussi vite que possible à Landévennec. Cependant, les jeunes nous ont vus venir de loin. Alors ça a été le sauve-qui-peut. Nous avons trouvé des habitants choqués et indignés. Il restait des débris fumants d'un feu d'artifice sur le bout de la digue et des tessons de bouteille sur le parking. Nous avons éteint les derniers brandons et ramassé le verre tant bien que mal, assurant les riverains que cette fois on n'en resterait pas là. Les petits salopards étaient allés trop loin et, enfin, les riverains semblaient décidés à traîner les voyous en justice. Je leur conseillai donc de passer à la gendarmerie dès le lendemain et tout le monde rentra se coucher. Mais le lendemain, peu avant huit heures, je fus averti par le maire qu'un de ses administrés avait trouvé un corps échoué sur la grève. Je me rendis immédiatement sur les lieux avec mes hommes et le corps fut reconnu pour être celui de Jacques Courtois, un des membres les plus actifs de la bande qui semait la perturbation dans le village. Comme je savais qu'il était inséparable du fils Pinchard, je me suis présenté au domicile du susdit et j'ai été accueilli par sa mère qui était dans tous ses états. Il y avait de quoi, on aurait dit qu'une tornade avait traversé la maison. Il y avait des bouteilles vides partout, des verres et des assiettes cassés, des meubles renversés, de la nourriture avait été projetée sur les murs, ça sentait le vomi, l'alcool, le tabac, l'urine… Une vraie porcherie. La pauvre femme de ménage contemplait le désastre les bras ballants, ne sachant par quel bout commencer. Madame Pinchard pleurait, de honte, je suppose… Quand nous lui avons annoncé que le corps de Jacques Courtois avait été retrouvé sur la grève, elle s'est effondrée. Nous avons alors demandé à voir son fils Matthieu et la femme de ménage nous a conduits à sa chambre. Nous avons eu mille peines à le réveiller et lorsque nous y sommes parvenus, il s'est mis en colère et nous a insultés, nous a jeté à la tête tout ce qui lui tombait sous la main si bien que nous avons dû lui passer les menottes. Alors, il nous a dit que ça nous coûterait cher, que son père et patati et patata, on connaît la chanson, on est habitués. Nous l'avons ramené au Faou et j'ai voulu l'interroger. Il était toujours surexcité et quand je lui ai annoncé que Jacques Courtois était mort, il a ri d'un rire effrayant en hurlant : « Ce salaud, c'est bien fait pour lui ! » Je lui ai demandé si c'était lui qui l'avait poussé à l'eau, et il a hurlé une nouvelle fois : « Oui, je l'ai tué, je l'ai tué, je l'ai tué ! » Et il a piqué une véritable crise de démence. J'ai dû le placer en chambre de dégrisement et appeler un médecin d'urgence. Devant l'état du prévenu, le médecin nous a demandé de l'aide pour le maintenir pendant qu'il lui faisait une piqûre de calmant et, lorsque ça a été possible, il l'a fait transférer par ambulance à la clinique de Châteaulin.

— Et après ? demandai-je.

— Après j'ai rendu mon rapport et Pinchard a été déféré au parquet.

— Un rapport dans lequel vous mentionniez les aveux de Pinchard.

— Oui, dit l'adjudant-chef, et je n'étais pas le seul à les avoir entendus.

— Dites-moi, adjudant-chef, demandai-je, lorsque vous avez vu le corps de Courtois, à quoi avez-vous pensé?

— À quoi j'ai pensé? répéta l'adjudant-chef en plissant le front, j'ai pensé qu'il était mort, tiens!

— Oui, mais mort de quoi?

— Noyé!

— Vous n'avez pas pensé qu'il s'agissait d'un meurtre?

— Non. Je me suis dit, à force de tirer sur la ficelle et de faire les zouaves, ça devait bien leur arriver. Quand ils étaient ivres, ils « empruntaient » des canots sur la grève pour aller saccager les bateaux à l'ancre. Alors, qu'il y en ait un qui se soit noyé, rien d'étonnant.

— C'est donc l'attitude de Pinchard qui vous a mis la puce à l'oreille et qui vous a orienté sur la piste du meurtre.

L'adjudant-chef hésita un instant:

— Oui, on peut le dire comme ça.

Et il ajouta:

— Et puis, n'oubliez pas les aveux!

Je hochai la tête pensivement, puis je dis:

— Fin du premier épisode. Ensuite il y a eu le procès, auquel vous avez assisté.

— Affirmatif.

— Quel effet vous a fait l'accusé lorsque vous l'avez revu au tribunal?

— Il la ramenait moins.

— Mais encore?

— Il était pâle, amaigri, abattu. Pour un peu, j'en aurais eu pitié. Il a plaidé coupable et son avocat a essayé d'attendrir le jury en évoquant le drame passionnel : Pinchard et sa victime auraient été rivaux en amour. Autant vous dire que ça n'a pas pris.

— Pourquoi ?

— Simplement parce que ces petits salauds avec leur fric, leurs voitures de sport, leurs canots rapides, passaient leur temps à sauter les filles. Alors ils étaient bien mal venus de parler d'amour.

— Il a tout de même été condamné très lourdement, fis-je remarquer.

— Il y a tout de même eu un mort, répliqua l'ex-adjudant-chef du tac au tac.

— Certes, admis-je. Ensuite Pinchard est condamné, vous êtes chargé de le conduire à la prison de l'Hermitage à Brest où il doit purger sa peine.

— Oui, dit Sévignon, il y avait quatre détenus dans le fourgon et quatre gendarmes. Deux à l'arrière avec les condamnés, j'étais à l'avant et c'est le gendarme Pléneuf André, un jeune, qui conduisait. Nous étions escortés par une seconde voiture dans laquelle il y avait également quatre gendarmes. Le trajet jusqu'à Brest s'est passé sans incident…

— Comment était Pinchard ?

— Complètement assommé. Je pense qu'il venait de réaliser qu'il allait passer de nombreuses années en prison.

— Pensiez-vous qu'il allait tenter de s'évader ?

— Que non ! dit l'adjudant-chef. Mes hommes ont dû le soutenir pour sortir de la salle d'assises. Ses jambes ne le portaient plus. Dans la voiture, il s'est affaissé et si le gendarme ne l'avait pas relevé, il serait tombé à terre. Ce n'était plus qu'une loque.

Le gendarme avait prononcé ce mot avec un mépris qui venait des tripes.

— Pensez-vous qu'il ait pu jouer la comédie?

— Si c'était de la comédie, on avait affaire au meilleur acteur du monde! Non, Pinchard était au bout du rouleau.

— À ce moment vous ne craigniez donc pas une évasion?

— Sûrement pas! On peut craindre une évasion quand on a affaire à des braqueurs, des violents, des gens du milieu qui ont des complices prêts à tout. Ici on avait affaire à trois petits voleurs à la roulotte et à un assassin qui appartenait au meilleur monde! Non, je n'avais vraiment aucune raison de redouter ce qui est arrivé.

— Si bien que l'agression vous a pris au dépourvu.

— Tout à fait! La voie habituelle était déviée par le port de commerce, pour cause de travaux. Un camion de travaux publics nous a coupé brutalement la route et a percuté le fourgon par le côté, en le renversant. La deuxième voiture s'est immédiatement portée à notre secours, mais une bande d'énergumènes est sortie d'un hangar et s'est mise à nous bombarder à coups de pierres. Ils étaient une bonne trentaine et nous avons dû battre en retraite et demander du renfort. Lorsque les secours sont arrivés, vingt minutes plus tard, tout le monde était parti. Le fourgon était complètement détruit et la voiture d'accompagnement sur le toit. Plus tard, on a retrouvé les trois petits voleurs qui erraient dans les docks les menottes aux poignets, mais Pinchard avait disparu et on ne l'a jamais revu.

Il me regarda et ajouta:

— Enfin, jusqu'à ce jour.

— Je suppose qu'il y a eu des poursuites contre vos assaillants ?

— Même pas, fit-il amer. À l'époque, il y avait des grèves à la réparation navale, les autorités n'ont pas voulu aggraver la tension en poursuivant des dockers.

— Et le chauffeur du camion ?

— Disparu. Le camion avait été volé sur un chantier voisin pendant la pause du déjeuner.

— Si bien que, pour cette affaire, personne n'a été inquiété ?

— Personne !

Il ajouta, avec un sourire qui en disait long :

— Vous savez, capitaine, ce n'est ni la première ni la dernière fois que les représentants de la loi sont lâchés par les politiques.

— Je le sais bien, dis-je. Néanmoins je suppose que vous avez poursuivi les recherches.

— Le dispositif habituel a été mis en place : surveillance des aéroports, des gares, filtrages de voitures sur les routes. Ça n'a rien donné.

— Au bout du compte, quel est votre sentiment sur cette affaire ?

L'ex-adjudant-chef regarda le fond de sa tasse à café comme s'il y cherchait de l'inspiration et dit :

— Mon sentiment est que cette évasion avait été préparée de main de maître.

Il réfléchit encore et ajouta :

— Quand il y a une agression, un hold-up, une attaque de fourgons, etc., on sait tout de suite quand il s'agit de petits voyous et quand il s'agit de professionnels. Des petits voyous l'auraient joué façon western, style l'attaque de la diligence, avec cagoules, armes à canon scié et coups de feu en l'air pour montrer qu'on a affaire à des hommes qui ne plaisantent pas. Là, ça s'est joué beaucoup plus cool, comme on dit de nos jours : le camion qui percute le fourgon pile poil, les dockers qui nous caillassent… Pas d'armes apparentes, rien qui puisse conduire à un dérapage. On ne nous voulait pas de mal, on voulait juste libérer un homme…

— Matthieu Pinchard.

— C'est ça !

— Et les trois autres ?

— Les trois autres n'étaient là que par accident. D'ailleurs, on les a retrouvés très rapidement.

Il ajouta en connaisseur :

— Un vrai travail de pro !

— Qu'entendez-vous par là ?

— Un travail effectué par des gens qui ont été formés à l'action…

— Formés ?

— Des genres de commandos, si vous voyez ce que je veux dire.

— D'anciens militaires, par exemple ?

— Affirmatif ! fit l'ex-gendarme Sévignon en me regardant dans les yeux. C'est exactement à ça que j'ai pensé.

Chapitre 17

— Et toi, qu'est-ce que tu en penses ? demandai-je à Fortin.

Nous étions revenus à la voiture après avoir remercié le gendarme qui, semblait-il, aurait bien repris du service rien que pour connaître le fin mot de l'affaire.

Visiblement, cette évasion lui était restée en travers de la gorge.

Fortin me répondit :

— La même chose que toi.

— Mais encore ?

— Lannuzel, dit-il laconique.

— Tu connais Lannuzel ?

Je regardai Fortin, intriguée. Ce type reste pour moi une énigme. Il a toujours l'air d'être ailleurs, de ne s'intéresser qu'à la lecture de son journal de sport et soudain il sort un mot, un seul, comme là, et on s'aperçoit, et qu'il connaît le dossier, et qu'il a des idées sur la question.

Il sourit :

— Écoute, Mary Lester, tu me laisses dans la bagnole pour aller faire du blabla ici ou là. Pendant ce temps-là, qu'est-ce que je fais à ton avis ?

— Tu donnes à manger aux canards, dis-je en me souvenant des morceaux de pain qu'il jetait aux palmipèdes près du pont de Landerneau.

— Exact. Ça prend cinq minutes. Et après?

Je ne répondis pas. Il poursuivit:

— Après, je lis le dossier qui est là, sur le siège arrière. Et qu'est-ce que je lis dans ce dossier? Que le vieux Pinchard s'était attaché les services d'un nommé Pierre Lannuzel comme responsable de la sécurité de ses établissements. Qui était Pierre Lannuzel? Un commando de marine, héros de la guerre d'Indochine, vétéran de la campagne d'Algérie. Et que nous dit ce bon gendarme? Que l'agression de la voiture cellulaire a été, à son avis et je le crois volontiers, organisée par un professionnel, vraisemblablement un militaire. Alors moi, je suis très primaire. J'additionne: deux et deux, ça fait toujours quatre et si, dans l'entourage de Pinchard, un type avait l'expérience requise pour organiser ce coup de main, c'était bien Lannuzel.

Il me regarda, quêtant mon approbation. Je l'encourageai:

— Continue!

— Lannuzel ayant travaillé à la Direction du Port, il ne lui était pas difficile de recruter trois douzaines de dockers occasionnels, de marins sur le sable* et autres marginaux qui grenouillent autour du port de commerce pour aller cogner sur les gendarmes. Une poignée de billets à chacun et l'affaire ne pouvait pas manquer.

— Tout ceci est bel et bon, dis-je, il n'y a qu'un hic, et il est de taille: Lannuzel est mort.

Fortin acquiesça:

— Ouais, si on avait pu l'interroger celui-là, je suis sûr qu'il aurait eu des choses à nous dire.

— Certainement. Mais moi je suis sûre qu'il ne nous aurait rien appris.

* *Expression qui désigne des marins sans embarquement.*

Fortin eut un mouvement de tête qui signifiait « à d'autres » :

— Ils finissent toujours par parler…

— Pas Lannuzel, dis-je.

— Comment peux-tu être si catégorique ?

Je le sentais agacé.

— Je l'ai vu dans son regard.

Fortin me considéra, ahuri :

— Son regard ? Il est mort depuis quinze ans et tu l'as vu dans son regard ? Je rêve !

— J'ai vu son regard sur une photo, au-dessus de la cheminée chez sa veuve.

Il ironisa :

— Et, au vu de cette photo, ton petit doigt t'a dit…

— Mon petit doigt m'a dit que ce Lannuzel était de la race de ceux qui se laissent couper en morceaux sans lâcher un mot.

— Un héros, quoi ! ironisa Fortin.

— Ouais, en temps de guerre, c'est comme ça que ça s'appelle.

— Et en temps de paix ?

— En temps de paix ? C'est selon. Il y a ceux qui cultivent leur jardin et qui vont à la pêche, comme l'adjudant-chef Sévignon, et ceux qui restent nostalgiques du baroud et qui évoluent dans des eaux plus troubles.

— Comme Lannuzel.

— Exactement, dis-je. Lannuzel n'aurait pas parlé, mais il y en a un qui parlera si on le retrouve.

— Bourgeon ? demanda Fortin.

— Tu le connais, celui-là aussi ? m'étonnai-je.

— Je connais tout le monde, ricana le grand, et celui-là, rappelle-moi de lui faire payer la baffe qu'il t'a donnée.

— Ton attention me touche beaucoup Jipi, mais je te l'ai déjà dit, ce n'est pas une vendetta!

Il marmonna quelque chose qui me laissa à penser que, quoi que je dise, Bourgeon ne s'en tirerait pas à si bon compte. Je renonçai à le convaincre et je passai un coup de téléphone au commissaire Balanec. Il n'y avait toujours pas trace de Bourgeon mais il m'assura que les recherches se poursuivaient.

— Voilà qui me rassure! bougonnai-je en rangeant mon téléphone portable.

Il était peut-être temps que je rencontre maître Brézal, l'avocat que Gaston Pinchard avait choisi pour défendre son fils.

Le bâtonnier avait ses bureaux à deux pas du palais de justice, sur le célèbre cours d'Ajot, cette promenade plantée d'arbres qui offre une perspective magnifique sur le port, la rade et l'entrée du goulet.

Hors une superbe villa qui avait échappé par miracle aux bombardements, on sentait que les bâtiments qui bordaient la promenade avaient été construits dans l'urgence de l'après-guerre, sans style, sans élégance, mais dans un alignement impeccable, ville militaire oblige!

Je trouvais que c'était dommage, mais il était trop tard pour y remédier. Comme l'a dit un penseur qui savait penser, les erreurs des médecins, on les enterre, mais les erreurs des architectes, on doit vivre avec.

Fortin se gara sous les arbres défeuillés et resta dans la voiture. Quant à moi, j'entrepris de rejoindre les locaux de maître Brézal. L'avocat m'avait prévenue, au téléphone, qu'il n'aurait guère de temps à m'accorder car il devait plaider à seize heures. Ça me laissait une grande heure, et je pensais que ça serait largement suffisant.

Si l'extérieur de l'immeuble ne payait pas de mine, l'intérieur était plutôt cossu : dédaignant l'ascenseur, j'empruntai un large escalier aux marches de marbre avec une rampe de fer forgé peinte en noir et une main courante de cuivre soigneusement astiquée.

Je sonnai puis j'entrai, me conformant aux prescriptions portées sur la porte, et je me trouvai devant une jeune femme assise derrière un écran d'ordinateur. Je me présentai :

— Capitaine Lester, j'ai rendez-vous avec maître Brézal.

— Ah oui capitaine, dit-elle. Si vous voulez bien attendre un instant, maître Brézal est en communication.

Je la remerciai et m'approchai de la baie vitrée qui regardait la mer. J'apercevais le monument de granit rose édifié à la mémoire des soldats américains venus combattre aux côtés des alliés en 1917. De grands pins aux sombres ramures l'entouraient.

En contrebas, le port de commerce, puis à droite les trois escorteurs désarmés qui font office de briselames devant le club nautique de la marine.

Un bateau très haut sur l'eau s'approchait, tous feux allumés bien qu'on fût en plein jour. Il envoya trois coups de sirène qui me parvinrent malgré le double vitrage des fenêtres et entreprit un accostage juste devant la goélette *Recouvrance*.

La secrétaire vint près de moi et dit:

— C'est l'*Abeille Bourbon*, le nouveau remorqueur qui vient de remplacer l'*Abeille Flandre*.

Et elle ajouta:

— C'est curieux d'avoir mis côte à côte le dix-huitième et le vingt-et-unième siècle.

— Oui, dis-je, d'un côté une merveille de technologie, de puissance et d'efficacité, de l'autre une merveille d'élégance...

Elle me sourit:

— C'est très brestois tout ça: d'un côté l'histoire, la tradition, de l'autre les techniques de pointe, l'efficacité.

Presque pas chauvine, la petite dame.

— Vous êtes Brestoise? demandai-je.

— Oui, de Brest même!*

Je lui souris:

— Ça ne m'étonne pas.

On entendit un déclic et la secrétaire me rendit mon sourire:

— C'est à vous.

Maître Brézal pouvait avoir entre quarante-cinq et cinquante ans. C'était un homme de haute taille, de belle prestance, qui se leva pour m'accueillir:

— Capitaine Lester? Charles Brézal. Ravi de faire votre connaissance.

Il me serra chaleureusement la main et m'invita à m'asseoir en précisant:

— Je suis désolé, je n'aurai malheureusement pas beaucoup de temps à vous accorder...

Il consulta sa montre en un geste qui devait être une sorte de tic. Son temps devait être découpé en tranches et il était bien bon de m'en accorder une.

* *Expression typiquement brestoise pour affirmer de manière irréfutable son appartenance au Grand port.*

— Une heure m'avez-vous dit, je pense que ça suffira, Maître. Avez-vous rencontré votre client?

Charles Brézal portait un costume bleu marine mais il avait tombé la veste qui était posée sur le dossier de son fauteuil. Il était donc en bras de chemise bleu clair et il portait une cravate rouge sombre. Sur une chaise près de son bureau, sa robe d'avocat, noire à col blanc, était posée négligemment aux côtés d'une serviette de cuir noir à la panse rebondie. Des piles de dossiers s'entassaient contre les murs.

— Matthieu Pinchard ou son père?

— Matthieu, bien sûr.

— Oui, je l'ai vu à la maison d'arrêt hier. Une curieuse histoire, n'est-ce pas, capitaine?

— C'est le moins qu'on puisse dire. J'ai lu et relu le dossier, je suis étonnée que ce garçon ait été condamné aussi lourdement.

— Moi aussi, dit Brézal.

Il secoua la tête:

— Cette affaire a été menée en dépit du bon sens.

— Par son avocat?

Il réfléchit, appliquant ses mains l'une contre l'autre devant son visage, et déclara:

— Par tout le monde! Je n'aime pas dire du mal d'un confrère, surtout quand il est décédé, mais le bâtonnier Bertheaume qui était un excellent avocat d'affaires n'était pas un pénaliste.

— C'est lui qui a conseillé à Matthieu de plaider coupable.

— Oui. Si vous voulez mon avis, c'était une erreur...

— Pouvait-il faire autrement? Dans la mesure où son client avait fait des aveux...

— Des aveux, dit Brézal, doucement capitaine. Les gendarmes ont arrêté Matthieu Pinchard alors qu'il était dans un état second. Il a eu une crise de démence, comme l'a reconnu le gendarme Sévignon lui-même. Il a fallu plusieurs hommes pour le maîtriser, puis un médecin pour lui administrer un calmant.

— En effet, j'ai lu ça dans le dossier.

— Vous savez bien que dans une crise de démence le malade n'est plus lui-même, il raconte n'importe quoi.

— Donc, vous pensez que Matthieu Pinchard a raconté n'importe quoi ?

— Bien sûr ! On lui aurait demandé qui a assassiné Henri IV, il aurait dit : « C'est moi ! »

— Mais vous, Maître, en présence de pareilles charges, auriez-vous conseillé à votre client de plaider non coupable ?

— Évidemment ! fit l'avocat avec un grand mouvement du bras, comme s'il était au prétoire en train de faire des effets de manche. Personne n'avait vu Pinchard pousser son copain à l'eau. Cinquante personnes étaient en mesure de le faire, on n'a inquiété que Pinchard !

— Parce qu'il a avoué !

— Exactement ! Et ça arrangeait bien les gendarmes, qu'il avoue.

— Vous mettez en doute l'intégrité du rapport de gendarmerie ?

Il répondit à ma question par une autre question :

— Est-ce que les troubles ont cessé, à Landévennec, après l'arrestation de Matthieu Pinchard ?

— Il semble que oui.

— Vous voyez bien, les gendarmes avaient intérêt à ce que Matthieu Pinchard tombe.

— Intérêt, intérêt, dis-je, ce raisonnement me paraît un peu spécieux. Le gendarme Sévignon m'a paru être un parfait honnête homme.

— Je n'ai jamais dit qu'il ne l'était pas! s'exclama maître Brézal avec un nouveau mouvement de bras. Néanmoins...

Ce « néanmoins » laissait entendre pas mal de choses. Je le relevai:

— Néanmoins?

— Néanmoins, c'est encore le gendarme Sévignon qui était dans le fourgon lorsque Matthieu s'est évadé.

— Vous n'allez tout de même pas le soupçonner de complicité avec les agresseurs?

— Je m'en garderai bien, dit Brézal en levant une fois de plus les mains, mais la coïncidence est de taille.

— Je ne crois pas que Pinchard se soit évadé, Maître, dis-je.

L'avocat me dévisagea comme si j'étais folle:

— Pas évadé? Vous avez bien lu le dossier? Il y a bien eu évasion, et avec violence!

Il hocha la tête en grimaçant:

— Et ce n'est pas bon du tout!

Il donna du poing sur la table pour ponctuer cette affirmation.

J'ajoutai d'une voix calme:

— Je dirais plutôt, moi, qu'on l'a évadé.

— Ah, fit-il en écartant les bras théâtralement - toujours la déformation professionnelle -, encore ce fameux « on »!

Et il ajouta, sarcastique :

— Si par hasard vous croisez sa route, ramenez-le moi, ça me simplifiera la tâche.

— Je vous l'amènerai dès que je l'aurai retrouvé.

Il s'immobilisa en me fixant :

— Parce que vous prétendez l'avoir trouvé ?

— Oui, cher Maître.

Ses yeux s'étrécirent, il se pencha sur sa table, demandant d'une voix trop douce :

— Qui est-il ?

— Il s'appelle René Bourgeon, dis-je, et jusqu'à avant-hier, il était encore responsable de la sécurité à l'hypermarché Pinchard.

— Pinchard ! fit l'avocat en écho.

— Vous m'avez bien entendue.

Il se redressa et me regarda d'un air soupçonneux :

— Vous n'allez pas essayer d'impliquer Gaston Pinchard dans cette affaire ? Je vous préviens, capitaine, vous vous attaqueriez à un trop gros morceau...

— Il n'y a pas de trop gros morceau pour moi, Maître, lorsqu'il s'agit d'aller au bout d'une enquête. Cependant, je ne soupçonne aucunement Gaston Pinchard d'être pour quelque chose dans cette sombre affaire.

— Vous me rassurez, persifla-t-il, mais si vous pensez que ce Bourgeon peut apporter des éléments nouveaux, interrogez-le !

— C'est ce que je voulais faire, mais voilà...

— Il a filé ?

— Comme vous dites !

Je lui montrai mon œil encore paré des séquelles du coquard :

— Ça m'aura coûté une nuit à l'hôpital...

Il me regarda, interdit :

— Vous voulez dire…

— Je veux dire qu'il m'a collé la baffe de ma vie, oui, c'est bien ce que je veux dire.

Il me considéra un instant en silence et laissa tomber :

— Eh bien ça ! C'est donc un type dangereux ?

— Plus que vous le pensez, Maître.

Il souffla :

— Mais c'était d'une folle imprudence, aller l'arrêter seule ! Vous n'êtes qu'une femme et…

Je n'aime pas trop ce genre de phrase.

— Oui, je ne suis qu'une femme, comme vous pouvez le constater, mais un homme aurait reçu le même marron avec les mêmes conséquences.

Ce n'était pas tout à fait vrai, si Fortin avait été là, c'est probablement Bourgeon qui aurait bénéficié du coquard et qui serait maintenant en garde à vue. Mais il était aussi probable que Bourgeon n'aurait pas joué la pièce de cette manière et qu'il ne se serait pas découvert de la sorte. L'excès de confiance mène souvent à la faute. En l'occurrence, le chef de la sécurité de l'hypermarché avait cru pouvoir m'intimider et ça avait mal tourné pour lui.

Je dis à l'avocat :

— Je ne voulais pas l'arrêter, simplement lui poser quelques questions. C'est ce qui l'a fâché et qui a déclenché cette réaction violente quand il s'est aperçu que j'étais flic.

— Parce que vous ne le lui aviez pas dit ? demanda l'avocat.

— Pas tout de suite.

— Pourquoi ?

— Je n'avais pas de raison de le faire, je voulais juste lui poser quelques questions anodines, mais qui, visiblement, ne l'étaient pas pour lui.

Et j'ajoutai :

— Et en plus, je n'étais pas seule. Lorsque j'ai voulu le déférer, j'étais accompagnée de deux policiers en tenue.

— Ils ne sont pas intervenus ?

— Si. L'un d'eux, le brigadier Lenclume, a pris au menton le plus formidable marron de sa carrière de flic, l'autre, le gardien Chalamont, est à l'hôpital avec une fracture de la jambe.

— Je n'en reviens pas, dit maître Brézal après un temps de silence. Mais… Ceci voudrait-il dire que quelqu'un de l'entourage de Gaston Pinchard serait impliqué dans cette évasion ?

— C'est possible.

— Alors ?

— Alors ? Dès que j'aurai retrouvé Bourgeon, je lui ferai avouer le nom de son commanditaire.

— Il faut absolument que vous le retrouviez, s'exclama Brézal en s'animant, voilà qui changerait totalement l'axe de la défense ! Je suis de plus en plus persuadé que Matthieu Pinchard n'est pour rien dans la mort de Jacques Courtois.

— Je n'en jurerais pas, dis-je, car s'il n'avait pas organisé ces fêtes stupides, il n'y aurait probablement pas eu mort d'homme.

— Ils étaient jeunes alors, plaida l'avocat. Qui, dans sa jeunesse, n'a pas commis d'erreurs ?

Il me regarda :

— Vous-même…

— Oh, dis-je, j'en ai fait plus que mon compte !

Cependant je dois avouer que je n'arrive pas à la cheville de cette horde sauvage. Savez-vous que c'est ainsi qu'un journaliste, à l'époque, avait surnommé la bande à Pinchard ?

— Bof, fit l'avocat avec indulgence, les journalistes ont toujours tendance à exagérer ! Un titre qui frappe, ça fait vendre du papier.

— C'est possible, mais les gendarmes n'ont rien à vendre, eux.

L'avocat leva la main d'un air de dire que, pour lui, les gendarmes n'étaient pas blanc bleu.

— Je vous le redis, dans cette affaire, l'accusation des gendarmes a pesé lourd. Ce qui est certain, c'est qu'ils en avaient marre de cette bande et que cette noyade a été l'occasion de coller quelque chose de grave sur le dos de celui qu'ils considéraient comme le meneur, Matthieu Pinchard. Alors, ils ne l'ont pas loupé.

Nouveau mouvement de bras, ouais, ça devait être de la déformation professionnelle.

— Après, le bourg a retrouvé sa tranquillité. La bande a disparu.

— Ce qui confirme, dis-je, que Matthieu Pinchard en était bien le meneur.

— Personne n'en a jamais douté, fit l'avocat avec humeur. Quant aux gendarmes…

Il ne semblait pas les porter dans son cœur. Je pris leur défense :

— Ils n'ont fait que leur travail, dis-je. La gendarmerie, comme la police, est là pour maintenir l'ordre et le calme, que je sache ! D'ailleurs, personne ne s'est plaint de l'action des gendarmes dans cette affaire.

— Parce qu'à l'époque, Pinchard était défendu par un avocat d'affaires. Pas un pénaliste n'aurait laissé passer l'occasion de soulever ce point du dossier: le ressentiment des gendarmes envers Matthieu Pinchard.

Je me levai, un peu écœurée: si je le laissais aller dans cette voie, il allait faire le procès des gendarmes. Je n'allais pas polémiquer avec maître Brézal sur ce point. Nous étions censés tirer la charrette dans le même sens et, bien que la mauvaise foi me mette toujours hors de moi, je n'allais pas me mettre le bâtonnier à dos, du moins pas tout de suite.

— Je ne vais pas abuser davantage de votre temps, Maître, il va de soi que s'il y a du nouveau, vous serez averti en priorité.

— J'y compte, dit-il en me serrant la main.

Je regagnai la voiture où Fortin attendait patiemment.

— Alors? demanda le grand.

— Eh bien maître Brézal est convaincu que son client est innocent.

— C'est déjà quelque chose, dit Fortin sarcastique. Et toi?

— Moi aussi. Mais je reste persuadée que quelqu'un a tiré fort habilement les ficelles pour faire plonger Matthieu Pinchard.

— Qui? demanda Fortin.

D'un air mystérieux, je replaçai le vieil axiome:

— Cherche à qui le crime profite!

Chapitre 18

Je voulus ensuite aller interroger Clémentine Rabier, devenue comme on le sait madame Rosay, pour avoir un nouvel éclairage sur la fameuse soirée de la Toussaint 1991.

Sans trop de conviction, je dois le dire, car en cette soirée mémorable, tous ces jeunes gens étaient ou ivres ou drogués, si ce n'était les deux, et je doutais de leur bonne volonté à vouloir s'exprimer à ce sujet.

Pour Clem, comme on l'appelait alors, la question ne se posa même pas: la maison des époux Rosay était défendue comme un château fort. C'était une construction moderne et basse qui semblait incrustée dans la colline. Elle regardait la mer par toutes ses baies vitrées, mais comme elle était construite à une centaine de mètres en retrait de la route et en hauteur, au flanc d'une sorte de colline, on ne discernait aucune activité sur la terrasse en espalier bordée d'arbustes d'ornement.

Un haut grillage cernait un terrain de plusieurs hectares et les Rosay n'étaient certainement pas importunés par leurs voisins.

On était à l'endroit où le goulet se rétrécit et j'apercevais la Pointe des Espagnols de l'autre côté de l'eau.

L'accès à la propriété se faisait par une double porte

de bois massif enchâssée dans un portail monumental en blocs de granit monstrueux, probablement arrachés à quelque manoir des environs.

La porte piétonne qui s'ouvrait sur le côté de cet assemblage d'un autre siècle était pourvue d'un de ces appareillages modernes avec caméra et haut-parleur.

Fortin admira en connaisseur :

— Putaing, rien qu'avec le prix du portail, je me ferais une chouette petite maison à la mer !

— C'est une maison de riches, c'est sûr, dis-je en appuyant sur le bouton de la sonnette.

Une voix d'outre-tombe sortit du haut-parleur :

— Que désirez-vous ?

— Capitaine Lester, police nationale, pour madame Rosay.

Une voix aux intonations métalliques répondit :

— Madame Rosay est souffrante et ne reçoit pas.

— Permettez-moi d'insister, il s'agit d'une enquête de police.

Même voix :

— Madame Rosay est souffrante et ne reçoit pas.

Je me tournai vers Fortin :

— C'est pas possible, il y a un perroquet là-dedans !

— Attends-moi, dit le grand.

Il traversa la route et s'en fut sonner à la porte d'une autre propriété, bien plus modeste que celle de Philippe Rosay. Qu'avait-il encore en tête ?

Je gardai le pouce sur le bouton de la sonnette, mais personne ne répondit. J'insistai, on n'éconduit pas Mary Lester de la sorte quand elle mène une enquête !

La petite porte de côté s'ouvrit alors et je me trouvai nez à nez avec Crâne-d'œuf, comme l'avait justement nommé Gaston Pinchard.

— Vous ne m'avez pas compris? demanda-t-il d'une voix tendue. Madame Rosay est souffrante et ne reçoit pas!

— Je conçois très bien qu'elle ne puisse recevoir ses admirateurs, dis-je, mais j'agis dans le cadre d'une enquête de police!

— Qu'est-ce que ça change, mademoiselle, j'ai des ordres, madame Rosay n'est pas en état de vous recevoir, point barre!

Ah ah! On commençait à s'énerver?

— Bien, dis-je. Je me verrai donc contrainte de la convoquer au commissariat.

Crâne-d'œuf eut un geste de la main accompagné d'un petit sourire ironique qui ne plissa qu'un seul côté de sa bouche. Un air de dire: « Faites donc! »

Puis ajouta:

— Inutile de détraquer la sonnette, et il repoussa la porte.

J'avançai le pied pour l'empêcher de la fermer.

Il la rouvrit en grand et demanda, mauvais:

— À quoi voulez-vous jouer?

— Je ne joue pas, monsieur Corbel.

Cette fois son regard changea:

— On se connaît? demanda-t-il.

Je montrai mon œil encore marqué et demandai:

— Ça ne vous dit rien?

Il ricana méchamment:

— Vous en voulez autant sur l'autre?

— Je vous en dissuade, fis-je glaciale. Mais puisque vous êtes là, monsieur Corbel, je souhaiterais vous entendre, vous aussi.

Il posa son index sur sa poitrine:

— Moi?

— Oui, vous.

— À quel sujet ?

— Au sujet de cette soirée au cours de laquelle votre ami Jacques Courtois a trouvé la mort à Landévennec.

Sa bouche se pinça jusqu'à devenir une ligne à peine perceptible et il aboya :

— Je n'ai rien à vous dire !

Puis il poussa la porte avec une telle violence que si je ne m'étais pas reculée précipitamment, je me serais retrouvée avec un pied en moins.

Je revins vers la voiture, contrariée. Qu'est-ce que cela voulait dire ?

Dans le goulet, deux longs bateaux gris de la Marine nationale rentraient à petite vitesse vers le port, fendant le flux descendant de leurs étraves effilées comme des lames de sabre. Des canots traînaient leurs lignes à bars à quelques encablures de la côte et, malgré les navires de guerre, c'était un paysage paisible que j'avais sous les yeux.

Fortin traversa la route et revint vers moi.

— Monte, dit-il en s'installant dans la voiture.

Je m'assis et je ceignis ma ceinture de sécurité. Le grand n'alla pas bien loin, au premier détour de la route il s'arrêta sur le bas-côté et coupa le moteur.

— Tu t'es fait jeter ? demanda-t-il.

— Et comment ! dis-je. Et par une vieille connaissance en plus.

— Tu connais ce tondu ? s'étonna Fortin.

— Tu l'as vu ?

— Oui, de loin.

— Quand je dis vieille connaissance, c'est un peu abusif, reconnus-je, mais il s'agit de Renaud Corbel, dit Crâne-d'œuf, le chauffeur de Philippe Rosay. Il était à l'hypermarché quand je me suis pris la baffe qui a failli m'emporter la tête.

— Qu'est-ce qu'il t'a raconté ? Je suppose qu'il s'est confondu en excuses pour le comportement de ce Bourgeon.

— Penses-tu! Il m'a proposé de m'en coller une de l'autre côté. Et puis il a refusé de répondre à mes questions.

— Charmant garçon ! fit Fortin. Tu veux que je m'en occupe ?

— Ça viendra en son temps. Et toi, qu'est-ce que tu as appris chez les voisins ?

— Il paraît que d'habitude le portail est toujours ouvert, que les enfants Rosay et les enfants Durand - c'est le nom du voisin - jouent souvent ensemble, les uns chez les autres. J'ai aussi appris que madame Rosay conduit et va chercher ses enfants à l'école dans une Austin mini verte à toit ivoire.

Il consulta sa montre :

— Il est seize heures trente, je pense que madame Rosay ne va pas tarder à partir chercher ses chers petits.

Je regardai Fortin, admirative :

— Tu sais que tu n'es pas bête par moments, Jipi ?

Il ne se troubla pas :

— Je suppose que je dois prendre ça pour un compliment.

— Tu peux, mon grand. Tu es super ! Cependant, je me vois mal interroger cette dame au milieu des autres mamans à la sortie de l'école…

Fortin se mit à rire et dit en minaudant :

— Je ne peux pas vous répondre, capitaine Lester, à cette soirée-là, j'étais complètement bourrée, en plus, j'avais pris de la coke…

Il reprit sa voix normale et ajouta:

— Ça ferait bien dans le paysage!

— Peut-être, mais ça ne m'avance pas.

— Mais si, ça t'avance, dit Fortin. Au moins tu sauras si elle est réellement malade ou si on nous bourre le mou.

— Tu as raison! Dès que l'Austin sort, tu la filoches!

Cependant ce ne fut pas une Austin qui sortit de la propriété, mais une grosse Mercedes noire aux vitres teintées, au volant de laquelle j'eus le temps d'apercevoir la calvitie luisante de Crâne-d'œuf.

— Vas-y! dis-je à Fortin.

Il protesta:

— Mais ce n'est pas l'Austin!

— Roule quand même!

Le break prit discrètement la roue de la Mercedes mais Crâne-d'œuf roulait vite. Un camion nous coupa la route et lorsque nous repartîmes, il n'y avait plus de Mercedes en vue.

J'enrageai:

— C'est trop bête!

Cependant, Fortin continuait sa route avec l'assurance de quelqu'un qui sait parfaitement où il va.

— Où est-ce que tu nous emmènes comme ça? demandai-je, agacée.

— Là où va la Mercedes, dit-il.

— Et tu sais où elle va?

— Oui!

Je lui collai un coup de poing sur l'épaule:

— Arrête de faire le malin!

— Aïe! fit-il en feignant de s'écrouler. Je vais avoir au moins trois semaines d'arrêt de travail!

— Tu parles! dis-je en me frottant la main. J'avais eu l'impression de taper dans un mur. Me diras-tu où on va, à la fin?

— À l'école de Kerbonne.

— C'est quoi, ça?

— Une école privée, Notre-Dame de Kerbonne. C'est là que sont scolarisés les enfants Rosay.

— C'est la voisine qui t'a dit ça?

— Ouais, les siens sont à l'école publique.

— Et tu sais où se trouve cette école Notre-Dame?

— Tu ne devinerais jamais, Mary Lester, dit-il d'un air goguenard.

— Eh bien accouche!

— Près de l'église de Kerbonne, tout simplement.

— Et l'église de Kerbonne…

— C'est très simple, au rond-point du général Koenig il faut prendre la rue du Conquet, puis la rue Anatole France. Ensuite on tourne rue Claude Forbin et on y est.

— Je suis impressionnée, dis-je, c'est la voisine qui t'a dit ça?

— Ouais, fit-il d'un air content de lui, une femme charmante en vérité.

Je le regardai sévèrement:

— Dis donc, si Madeleine savait ça!

— C'est pour les besoins du service, fit-il, vertueux.

En effet, nous retrouvâmes la grosse berline noire garée parmi les autres voitures des mères de famille venues chercher leur progéniture. Crâne-d'œuf, mâchant un chewing-gum, était toujours au volant mais Clémentine Rosay attendait près de la grille. Elle devait être à l'arrière et, à cause des vitres fumées, je ne l'avais pas vue lorsque la Mercedes était passée devant nous. Je la reconnus car elle n'avait guère changé par rapport à la photo prise quinze ans auparavant. Elle était grande, blonde, taillée comme un mannequin.

— Arrête-toi, dis-je à Fortin.

Il se gara en double file à une cinquantaine de mètres du portail de l'école, comme les autres voitures qui bouchaient presque toute la rue. Je sortis pour venir me mêler aux mamans qui attendaient la sortie de leurs enfants et je m'approchai de madame Rosay. Comme me l'avait dit Cathy Pinchard, sa personne ne respirait pas l'allégresse. Sa bouche charnue formait un pli d'amertume, son front était plissé de rides soucieuses, son regard était triste.

— Je suis ravie de voir que vous allez mieux, dis-je.

Elle tressaillit comme si je l'arrachais à des pensées profondes.

— Qui êtes-vous ?

— Capitaine Lester. Je me suis présentée chez vous tout à l'heure, on m'a dit que vous étiez malade. Je suis heureuse de voir que le malaise n'était que passager.

— Qu'est-ce que vous me voulez ? souffla-t-elle comme si je lui infligeais une souffrance intolérable.

— Simplement vous poser quelques questions concernant un accident qui s'est produit à Landévennec voici maintenant quinze ans.

Elle blêmit et je crus qu'elle allait s'effondrer. Son regard paniqué cherchait du secours. Elle dut le trouver car je me sentis empoignée par ce coude qui avait déjà tant souffert de l'étreinte de Bourgeon. Une voix rude gronda à mon oreille :

— Ça suffit !

C'était Crâne-d'œuf qui volait au secours de sa patronne. Il me tenait ferme, le salaud.

— On vous a dit de laisser tomber. Vous ne voulez pas comprendre?

J'essayai en vain de me dégager:

— Je dois entendre madame...

Je ne pus en dire plus, il me tordit le bras et me fit si mal que je faillis perdre connaissance. C'était fait avec une violence mesurée, mais aussi avec une discrétion parfaite. Toutes les mamans avaient les yeux fixés sur leurs chers bambins qui accouraient en braillant. Personne ne prêtait la moindre attention à ce que me faisait Corbel sauf madame Rosay qui, éperdue, s'était appuyée à la grille de l'établissement.

Soudain l'étau qui me serrait le bras se relâcha. Je me retournai et je vis Fortin qui tenait Crâne-d'œuf au-dessus de l'épaule, simplement entre le pouce et l'index.

Le chauffeur semblait paralysé par une intense douleur, il avait la bouche ouverte et paraissait chercher de l'air comme un poisson échoué.

Deux enfants avaient accouru vers madame Rosay qui reprit soudain des couleurs. Elle se pencha pour un rapide baiser, puis elle les prit par la main et se précipita vers la Mercedes. Son chauffeur ne bougeait toujours pas, tétanisé. Fortin s'approcha de l'oreille de celui-ci et gronda:

— La prochaine fois que tu poses la main sur le capitaine, je vais m'occuper de toi, petit con!

Puis il le lâcha en le poussant en avant. Crâne-d'œuf faillit s'affaler, mais il se retint à la grille de l'école, porta la main à son épaule et s'en fut en titubant vers la Mercedes. Il se laissa tomber sur son siège derrière le volant et, au prix d'un effort qui parut surhumain, il mit la voiture en route. Je vis la vitre côté passager se baisser et le tondu braqua l'index vers Fortin au passage. Je n'entendis qu'un mot: « toi... » mais c'était prononcé avec une telle haine que je ne pus m'empêcher de frémir.

Je m'installai dans la voiture en me massant le coude.

— Il t'a fait mal? me demanda Fortin avec sollicitude.

— Pas qu'un peu! C'est toujours le même bras qui attrape! Heureusement que je ne joue pas la finale de Roland Garros demain!

— Lui non plus n'est pas près de jouer au tennis, gronda le grand d'un air féroce.

— Qu'est-ce que tu lui as fait? demandai-je intriguée.

— Simplement pincé le trapèze. Ça n'a l'air de rien, mais ça fait très mal et ça paralyse. Tu veux que je te fasse voir?

— Merci, je sors d'en prendre!

— Je n'appuierai pas, c'est juste pour te montrer.

Il passa sa main derrière mon épaule et pinça légèrement ce muscle long qui commande l'épaule depuis la colonne vertébrale. Je sentis aussitôt une vive douleur et j'ouvris la bouche comme l'avait fait Crâne-d'œuf. Encore le grand n'avait-il pas appuyé son pincement. J'imaginai ce que ça pouvait donner quand il laissait aller toute sa force. Pas étonnant qu'un dur comme Crâne-d'œuf soit parti en pâmoison.

— Je crois que tu t'es fait un copain, dis-je.

— Qui ça? Le tondu? Tu parles, fit-il dédaigneusement, des gugusses comme lui, je les plie en deux avec une main dans le dos.

— C'est un ancien de la légion étrangère.

— Ah ouais, fit Fortin légèrement, on va voir si les légionnaires en ont plus dans la culotte que les gars des commandos de marine*.

— Méfie-toi quand même, paraît que c'est un méchant.

— Moi aussi je sais être méchant, grogna Fortin.

Si ces deux-là s'empoignaient, ça promettait!

* *Allusion au* Renard des Grèves, *dans lequel Fortin se heurta au sinistre maître Charraz, entraîneur des commandos de marine.*

Chapitre 19

— Quoi ? dit le commissaire Balanec, vous voulez interroger madame Rosay dans nos locaux ?

Sous le coup de l'émotion il s'était levé à demi, les poings sur le buvard de son bureau.

— Oui, lui dis-je. Je ne vois pas ce qui peut vous troubler à ce point.

Car il avait l'air troublé, le commissaire Balanec. C'était rien de le dire. Dès qu'on prononçait le nom de Pinchard, il en avait des sueurs. Et visiblement, pour lui, Pinchard et Rosay, c'était bonnet blanc et blanc bonnet.

Voire synonyme d'ennuis.

— Mais… Pourquoi ? balbutia-t-il en se laissant retomber dans son fauteuil.

— Tout simplement parce qu'elle refuse d'être interrogée chez elle. N'est-ce pas conforme à la procédure ?

Il ne répondit pas. Ce n'était d'ailleurs pas la peine, il n'aurait pu que dire « oui » et, visiblement, il ne voulait pas voir cette dame dans ses murs.

Il s'appuya contre le dossier de son fauteuil comme s'il voulait le faire reculer :

— Je ne comprends pas ce qui peut concerner cette dame Rosay dans l'enquête que vous menez.

— C'est justement ce que je veux lui demander. Et à cette fin, je vous prie instamment de faire porter une convocation par une voiture de patrouille à son adresse. Qu'elle se présente dans ces locaux demain matin à dix heures.

J'ironisai :

— Comme il paraît qu'elle est souffrante, je pense qu'elle se fera accompagner par son chauffeur, monsieur Renaud Corbel. Tiens, pendant que j'y pense, faites donc également une convocation à son intention.

— Qu'est-ce qu'il a fait, celui-là ?

— Il était également de la fameuse soirée au cours de laquelle Jacques Courtois est mort.

— Ah... Il faisait partie de la bande ?

— Oui, et c'est un violent, lui aussi. J'aime autant l'interroger dans vos locaux, sinon je ne donnerai pas cher de ma peau.

Balanec me regarda avec inquiétude :

— Vous ne seriez pas un peu parano ?

— Je ne crois pas, non. J'ai de bonnes raisons de penser que ce type est extrêmement dangereux. Enfin, vous êtes équipés pour interroger les gens, n'est-ce pas ?

— Si vous sous-entendez que nous avons une salle spécialement équipée pour la question quelque part au sous-sol, la réponse est non.

Tiens, il retrouvait son humour.

— Un local avec une table et deux chaises devrait suffire dans un premier temps. Pour le chevalet et les brodequins, on verra plus tard.

Il sourit à son tour, mais un peu jaune, me sembla-t-il.

— Dix heures avez-vous dit ?

— Exactement, ça me laisse le temps d'arriver de Quimper, ça laisse le temps à Madame de conduire ses enfants à l'école. Comme ça tout le monde est content.

Balanec me toisa avec reproche, semblant dire: « J'en connais, moi, qui ne seront pas contents ».

Je le regardai attentivement:

— Ça semble vous troubler, monsieur le commissaire.

Il répondit mollement:

— Non, non...

— Je ne comprends pas, lui dis-je, j'interroge François Luneau à Landerneau - un de la bande à Matthieu Pinchard - personne n'y trouve à redire. Je vais visiter les Courtois - dont le fils est mort, je vous le rappelle - pas d'opposition. Je rencontre le gendarme Sévignon, qui est maintenant en retraite, nul ne s'y oppose. Mais quand j'essaye d'interroger Bourgeon à l'hypermarché Pinchard, il manque de me tuer. Et lorsque je veux voir madame Rosay, dont le mari est directeur général de la chaîne d'hypermarchés Pinchard, je me heurte à un mur. Je pose une question au chauffeur de Rosay - directeur de l'hypermarché Pinchard -, il propose, je cite, « de m'en coller une de l'autre côté ». Vous trouvez ça normal, vous?

— Non, bien sûr que non... fit toujours aussi mollement le commissaire.

— Encore heureux, dis-je, car moi je vais finir par aller voir Gaston Pinchard pour lui demander s'il est normal qu'on fasse ainsi barrage à mon enquête!

— Holà! dit Balanec, inquiet, ne montez pas sur vos grands chevaux! Vous voulez voir madame Rosay dans nos locaux?

— C'est ce que je me tue à vous dire! Madame Rosay et son chauffeur, Renaud Corbel.

Balanec respira à fond et parut prendre une décision.

— Parfait! dit-il, et grand bien vous fasse! Vous ne savez pas à qui vous vous attaquez!

Je m'insurgeai:

— Je ne m'attaque à personne, commissaire! Je suis mandatée par mon patron, le divisionnaire Fabien, pour mener une enquête à la demande du contrôleur général Mervent, du ministère! Je ne vois pas ce qu'il y a là de si extraordinaire.

Balanec ne répondit pas. Il arborait un air pincé et il poussa des papiers devant moi d'un air excédé:

— Voici les formulaires, maugréa-t-il. Remplissez-les, signez-les et je les ferai porter à qui de droit.

— Voilà qui est parler! dis-je.

Ce que je comprenais fort bien, c'est que Balanec ne voulait surtout pas que cette convocation soit signée de sa main. S'il n'y avait que ça pour lui faire plaisir...

Je remplis le formulaire, le paraphai et le tendis au commissaire pour qu'il y appose le cachet adéquat. Ce qu'il fit fort consciencieusement.

— Eh bien voilà! dis-je satisfaite. Ce n'était tout de même pas si difficile que ça! À demain, commissaire.

Il me serra la main en soupirant: « Enfin, je vous aurai prévenue! » et je crus voir de la rancune dans ses yeux.

Fortin me ramena à Quimper et me déposa près de la venelle. Je le remerciai et il me demanda à quelle heure il devait passer le lendemain.

— Je prendrai ma voiture, dis-je. L'enquête se passe à Brest, je vais retenir une chambre là-bas pour être sur place.

— Tu n'as pas besoin de moi? demanda-t-il d'un ton peiné.

— Si, dis-je, mais ce n'est pas la peine que tu te lèves aux aurores. Il faut que je sois au commissariat de Brest à dix heures, je partirai vers huit heures trente.

☆

Après une nuit paisible, je repris la voie express pour retourner à Brest. J'arrivai au commissariat à neuf heures trente et je me rendis illico au bureau du commissaire Balanec.

Il me serra la main et je demandai d'emblée:

— Toujours pas de nouvelles de Bourgeon?

Il secoua la tête:

— Non, il s'est totalement volatilisé.

Et il ajouta:

— La surveillance ne se relâche pas. Toutes les voitures de patrouille ont sa photo.

Et il ajouta, d'un ton qui démentait ses propos:

— On finira bien par le retrouver.

— Je le souhaite, dis-je. Où vais-je pouvoir interroger mes clients?

Le commissaire Balanec ne répondit pas tout de suite. Il me regarda longuement et finit par lâcher:

— Ce n'est plus ici que ça se passe.

— Pardon, que voulez-vous dire?

Il brandit un pouce vers le plafond:

— Le patron veut vous voir.

Je sifflai entre mes dents:

— Pff! Les nouvelles vont vite. Rosay?

— Je vous avais prévenue, dit Balanec.

Il ouvrit la porte et m'invita à le suivre:

— Allons-y.

Je demandai :

— Je suppose que c'est au sujet de mon rendez-vous avec madame Rosay ?

— Il vous expliquera, fit Balanec sur le ton dont on dit : « Je m'en lave les mains ».

Nous montâmes un étage. Balanec toqua à une porte vernie et me fit entrer dans le saint des saints, le bureau du divisionnaire Chatellier, big boss de la maison comme aurait dit Fortin.

— Le capitaine Lester, monsieur le divisionnaire, annonça Balanec avec déférence.

— Ah ! fit Chatellier en se levant pour venir vers moi. Le célèbre capitaine Lester ! Ravi de faire votre connaissance, capitaine.

S'il était ravi, ce devait être en surface car je lus dans ses yeux noirs et durs que cet homme était contrarié.

Il congédia Balanec :

— C'est bon, Balanec, merci.

Puis il me présenta une chaise :

— Asseyez-vous donc, capitaine.

J'obtempérai et le divisionnaire Chatellier s'en retourna à son fauteuil, s'y adossa confortablement, les bras sur les accoudoirs, et m'examina.

C'était un homme d'une cinquantaine d'années, court de taille, large d'épaules et pourvu d'une grosse tête couverte de cheveux étonnamment noirs (il devait se les faire teindre) qui descendaient sur un front bas. Son complet gris anthracite était remarquablement taillé, sa chemise blanche impeccable et sa cravate rouge en parfaite harmonie avec la rosette de la légion d'honneur portée à la boutonnière.

— Vous aviez souhaité entendre madame Rosay dans le cadre de votre enquête, je crois ?

— En effet, et je le souhaite toujours, monsieur le divisionnaire. Ça pose problème?

— En effet, madame Rosay se trouve - momentanément - dans l'incapacité de répondre à votre convocation. Son mari nous a communiqué ce matin un certificat médical…

Il brandit un papier et le secoua.

— …Certifiant que sa femme est sous traitement et ne peut en aucun cas se mettre à votre disposition.

— La pauvre femme! dis-je, hier elle m'avait semblé parfaitement valide.

— Ah oui, hier… Vous avez commis un pas de clerc, semble-t-il, capitaine.

— Moi?

— Oui, vous vous êtes présentée au domicile de madame Rosay, et vous avez demandé à être reçue.

— En effet!

— Il vous fut répondu, si mes renseignements sont exacts, que madame Rosay était souffrante et ne pouvait voir personne.

Il avait prononcé cette phrase en relevant son petit menton en galoche d'un air de dire « Essaye un peu de me faire croire que ce n'est pas vrai! »

Je ne lui donnai pas cette joie.

— Tout à fait, monsieur.

— Alors, pourquoi l'avez-vous poursuivie? Pourquoi l'avez-vous harcelée jusqu'à l'école lorsqu'elle est allée chercher ses enfants?

Je protestai:

— Harcelée? Je ne l'ai ni poursuivie, ni harcelée, monsieur. D'un côté on m'annonce que madame Rosay est malade…

— Souffrante, corrigea Chatellier.

— Souffrante, si vous préférez.

— Je préfère.

— Bien... De l'autre côté, madame Rosay sort quelques minutes après, en voiture, pour aller chercher ses enfants à l'école. J'en déduis donc qu'on se moque de moi et, ce qui est plus grave, de la police.

— Ce n'est pas à vous d'en juger, fit Chatellier d'un air las, un air de dire: « Mais pourquoi m'envoie-t-on de telles bourriques? »

Puis il reprit:

— Regardez ce certificat.

Il me tendit le papier à en-tête d'un certain docteur Capelan, neurologue à Brest, lequel certifiait que l'état de madame Rosay nécessitait un calme absolu et qu'il était hors de question qu'elle se soumette à quelque interrogatoire que ce soit.

— Bien, dis-je en lui rendant son papier. J'en prends bonne note.

Le divisionnaire se rengorgea:

— Vous m'en voyez particulièrement satisfait!

De fait, il paraissait soulagé. On avait dû lui annoncer que j'étais une emmerdeuse qui ne lâchait pas si facilement le morceau, et là, j'abandonnais madame Rosay sans faire d'histoire.

— Néanmoins, ajoutai-je, ce certificat ne concerne pas monsieur Renaud Corbel.

Le sourire s'effaça du visage du divisionnaire.

— Corbel? Que lui voulez-vous, à Corbel?

— Vous le connaissez donc?

— Comme ça, éluda Chatellier.

— Il se trouve que Corbel assistait à la fameuse soirée lors de laquelle Jacques Courtois a trouvé la mort une nuit de novembre à Landévennec. Comme l'enquête est rouverte - sur instruction du contrôleur général Mervent - je reprends tous les témoignages des gens ayant participé à cette soirée. Madame Rosay, qui s'appelait alors Clémentine Rabier, en était. Tout comme Renaud Corbel.

À l'évocation du contrôleur général Mervent, j'avais vu passer un voile de contrariété sur le visage de Chatellier. Il leva le bras et dit :

— Vous n'avez pas fini ! Je me suis laissé dire qu'ils étaient bien une centaine à cette soirée.

Décidément, il se laissait dire beaucoup de choses, ce bon commissaire.

— Pour l'instant, je commence par le cercle des intimes de Matthieu Pinchard, soit une demi-douzaine de personnes. Après, s'il le faut, on élargira.

— Quelle connerie ! grommela Chatellier. Quinze ans après ! Et pour une affaire jugée, en plus !

Ce n'est pas lui qui serait allé fouiller les archives pour connaître la vérité. Le moine faisait un coupable parfait à son avis.

— Alors, monsieur, puis-je espérer interroger ce Corbel dans vos locaux ?

— Non ! dit Chatellier en tapant du poing sur la table. Monsieur Rosay m'a fait savoir que son chauffeur est en mission pour le compte de la société.

— Une mission qui l'éloigne de France, je suppose ? ironisai-je.

— Tout à fait. Il est parti pour une durée indéterminée en Afrique ou en Asie, je ne sais plus…

— Et peut-être aux deux…

Je continuais d'ironiser, mais Chatellier ne semblait pas sensible à cette ironie.

— Peut-être, concéda-t-il.

— Dommage, c'était un témoin de toute première importance.

Il s'étonna :

— Vous croyez ?

— Et comment ! Vous n'avez probablement pas lu le dossier, mais ce Corbel a un passé éloquent : en ses jeunes années, il a accumulé tant de violences qu'il est difficile de les dénombrer. En 1986, il a failli tuer un matelot au cours d'une rixe au port de commerce et il a dû s'engager dans la légion étrangère pour échapper à la justice.

— Et vous en déduisez…

— Je n'en déduis rien, sinon que c'est un violent. Or, j'enquête sur une mort violente, et, curieusement, Corbel était dans le périmètre quand Courtois est mort. Mettez-vous à ma place, monsieur, vous ne pensez pas qu'il y a matière à poser quelques petites questions ?

— Bof, dit Chatellier, Corbel n'a pas été inquiété à l'époque et maintenant il est rangé.

— Peut-être, mais il est toujours violent !

— Qu'est-ce que vous me racontez là, Lester ? fit Chatellier agacé.

Je me levai, j'ôtai ma veste de cuir et je retroussai ma manche sous les yeux effarés du commissaire Chatellier.

Puis je lui mis mon coude sous le nez :

— Vous voyez ces hématomes ? D'après vous, qui me les a faits ? C'est Corbel, monsieur. Si mon adjoint n'était pas intervenu, il m'aurait cassé le bras. Alors, ne venez pas me dire que son passage à la légion lui a donné des mœurs d'agneau !

— Tout ceci est regrettable, dit Chatellier, cependant si vous n'étiez pas allée harceler madame Rosay, Corbel n'aurait pas été contraint d'agir de la sorte.

Il remettait ça avec son harcèlement. Ce mot devait lui plaire.

— Tiens, ça va être ma faute!

Je remis ma veste.

— De toute façon, Corbel est loin, dit Chatellier, nous reconsidérerons cette affaire dès son retour, si vous jugez utile de porter plainte, bien entendu.

— Ouais... Je suppose qu'il serait également inopportun que j'aille interroger monsieur Rosay?

Chatellier me regarda effaré:

— Interroger Rosay? Mais pourquoi?

— Tous ces gens étaient à l'époque très proches les uns des autres, monsieur. Rosay pourrait peut-être m'apprendre quelque chose que j'ignore.

— Je vous en dissuade! dit Chatellier. Monsieur Rosay est un homme d'affaires important, on ne le dérange pas pour des riens.

— Des riens comme la mort d'un homme? demandai-je en me levant.

Je le regardai droit dans les yeux:

— Ce sera tout, monsieur?

Il en resta interloqué, puis se leva comme je franchissais son seuil et il beugla:

— Ça sera tout, capitaine, mais vous auriez tort de ne pas tenir compte de mes recommandations.

J'étais au bout du couloir lorsqu'il me jeta:

— Vous faites peut-être la pluie et le beau temps à Quimper, mais on n'est pas à Quimper ici!

Puis j'entendis sa porte claquer violemment.

Une autre porte s'ouvrit et le visage effaré d'un jeune lieutenant apparut:

— Qu'est-ce qui se passe? me demanda-t-il.

— Le tonnerre de Brest! lui répondis-je. (L'expression « Le tonnerre de Brest » vient des coups de canon que l'on tirait autrefois pour annoncer qu'un détenu s'était évadé du bagne de Brest. Note de l'auteur.)

Et j'ajoutai en confidence:

— Jupiter est en colère.

Le pauvre lieutenant parut encore plus effaré par ma désinvolture que par les éclats de voix de son patron. Il ferma la porte doucement, sans faire de commentaire.

Chapitre 20

Je décidai de filer vers des cieux plus sereins, c'est-à-dire à Landévennec. Je repassai le pont de l'Iroise, je quittai la voie express à la sortie du Faou et je suivis la route forestière avec grand plaisir.

Au lieu de poursuivre ma route vers le bourg, je tournai vers l'abbaye et m'arrêtai sur un vaste parking où stationnaient une vingtaine de voitures.

Ensuite on rejoignait le monastère à pied par un chemin bordé d'arbres de haute futaie dont les branches défeuillées laissaient voir un ciel gris et bas.

Sur la droite en arrivant se trouvait la boutique, une bâtisse sans étage où l'on vendait des livres de piété, des bijoux, des images saintes, mais aussi du miel, des bonbons et des petits gâteaux produits par la communauté.

J'étais donc dans le domaine de Frère Grégoire. Un jeune moine le remplaçait derrière le comptoir, il me sourit lorsque je passai devant lui.

Je fis le tour du magasin qui était assez vaste et je m'achetai un pot de miel et des petits gâteaux aux amandes. Je payais ma dépense lorsque j'entendis une cloche tinter au dehors.

Les clients refluèrent en bon ordre et le moine mit la clé sur la porte.

— C'est l'heure de la messe, me dit-il avec un bon sourire.

Je suivis le mouvement et j'entrai par une porte latérale dans le sanctuaire. Je me retrouvai dans une vaste nef d'architecture moderne, devant un autel constitué d'énormes quadrilatères de granit. L'extrême dépouillement des lieux me frappa. Il n'y avait point de statues, de tableaux, de dorures ni de riches draperies.

Les côtés de la nef étaient éclairés par des vitraux rouges, mauves et gris. Au fond, loin derrière l'autel, on apercevait les tuyaux de l'orgue et, au milieu, par une petite fenêtre, je vis une tête chenue qui s'affairait. Là aussi, on avait trouvé un remplaçant à Frère Grégoire.

L'orgue se mit à jouer, une porte grinça et les moines entrèrent en procession et en silence. Ils étaient vêtus de longues aubes blanches partiellement recouvertes d'une chasuble rouge.

Les deux premiers portaient des flambeaux dans lesquels brûlaient des bougies, qu'ils plantèrent de chaque côté de l'autel. Puis un thuriféraire vint balancer son encensoir qui produisait une épaisse fumée odorante.

Les moines s'étaient rangés en demi-cercle, les trois frères qui allaient concélébrer la messe portaient une étole pourpre sur leur chasuble blanche.

C'était une atmosphère qui aurait fort impressionné Fortin. N'avait-il pas failli se trouver mal à l'institution des Saints-Anges* ? Alors ici !

Pour ma part, familiarisée avec les choses de la religion depuis ma petite enfance, je ne ressentais qu'une impression d'intense sérénité dans ce lieu où soufflait l'Esprit.

* *Voir :* Ça ira mieux demain.

Il y avait maintenant une vingtaine de moines autour de l'autel. Au fond de l'abside, l'orgue donnait de la voix; les moines entonnèrent un chant austère et magnifique. Du grégorien. Depuis combien de temps n'en avais-je pas entendu dans une église? Mais depuis combien de temps n'avais-je pas fréquenté une église comme celle-ci? Ces chants me firent frissonner jusqu'à en avoir la chair de poule. Les chœurs d'hommes, avec des basses profondes, me font toujours cet effet. En plus, dans ce sanctuaire...

Le recueillement des fidèles était extrême, leur piété presque tangible. À la communion, on distribua le pain et le vin, comme au temps des apôtres. Les psaumes et motets succédaient aux plains-chants, il y avait de mystérieuses allées et venues, les moines se déplaçaient, se regroupaient selon un rite bien établi.

Un très vieux moine, courbé par les ans, s'était assis sur un banc disposé là pour lui. Je voyais ses mains trembler. Lorsque la cérémonie fut terminée, les moines repartirent en procession comme ils étaient venus, et le vieux moine, après s'être levé avec difficulté, leur emboîta le pas en s'aidant d'une canne.

L'église se vida, j'étais seule dans la nef. Je quittai l'église à mon tour, plus éprouvée que je ne l'aurais cru possible par cette célébration magnifique dans sa sobriété des premiers temps du christianisme.

Dehors, un soleil timide tentait de percer les nuages. Le petit moine que j'avais vu à la boutique parlait avec la dame des PTT qui était entrée dans la cour avec sa voiture jaune.

Je m'approchai, la dame de la poste monta dans sa voiture et démarra.

— Je peux vous renseigner? demanda le moine avec affabilité.

— Probablement, dis-je, c'est vous qui remplacez Frère Grégoire?

Je le vis se rembrunir.

— À la boutique, oui.

— Et à l'orgue?

— À l'orgue, c'est Frère Martin.

Je sortis ma carte:

— Capitaine Lester, police nationale.

Le moine fit un pas en arrière pour mieux me considérer:

— Que voulez-vous?

— Je voudrais rencontrer le responsable de votre communauté.

— Le Père Jean-Baptiste?

— Si c'est le responsable, oui.

— C'est le prieur.

— Alors ce sera parfait.

— Je vais voir.

Il disparut par une petite porte percée dans le mur et j'attendis tandis que la voiture jaune des postes disparaissait à l'extrémité de l'allée.

Sur les plus hautes branches d'un hêtre immense, deux corbeaux croassaient. Un héron gris traversa le ciel d'un vol lent, en traînant ses interminables pattes derrière lui.

Puis la porte étroite se rouvrit et le petit moine me fit signe de le suivre. Nous étions dans une cour intérieure située derrière l'église.

Il m'introduisit dans une pièce exiguë et je me trouvai en présence d'un moine âgé d'une bonne soixantaine d'années que je saluai:

— Bonjour mon père.

Il inclina la tête et dit d'une profonde voix de basse, une de celles qui m'avaient fait frémir pendant la cérémonie :

— Bonjour, capitaine.

Il arborait une calvitie toute rose qui luisait sous l'ampoule nue du plafond. Des mèches blanches couraient autour de sa tête car il n'avait perdu ses cheveux que sur le sommet du crâne.

— Que puis-je pour vous, capitaine ?

Le jeune moine s'était éclipsé discrètement, en tirant la porte derrière lui.

— Je suis venue vous parler de Frère Grégoire, mon père.

Il hocha la tête sans mot dire, d'un air entendu, puis il dit lentement :

— Il est dans vos murs, je crois.

— En effet.

Je les revoyais ces interminables murs, je le revoyais ce méchant quadrilatère de vilain béton gris, couronné de barbelés, bordé d'un côté par une autoroute, de l'autre par une zone commerciale aux néons agressifs.

Rien à voir avec la bucolique clôture de pierres moussues qui entourait le moutier, laissant le regard admirer les courbes de l'Aulne coulant paisiblement vers la mer, entre deux haies de résineux droits comme des épées et de feuillus aux majestueuses ramures qui étaient déjà là au temps des rois.

Si certains paysages urbains génèrent la violence, d'autres, comme ce fond de rade que j'avais sous les yeux avec cette nature éternelle que les hommes n'étaient pas encore parvenus à souiller, donnent une impression d'éternité.

Ils évoquent des temps anciens où les hommes vivaient au rythme des saisons, des marées, des semailles et des moissons. Une civilisation pastorale perdue à jamais.

Il n'était pas surprenant que saint Gwénolé, après que la mythique ville d'Ys eut sombré dans les flots au cinquième siècle de notre ère, ait choisi ce lieu pour y implanter son monastère.

Derrière des lunettes à fine monture d'acier, cette sérénité irradiait dans les yeux clairs du père abbé. Je m'arrachai à la fascination de ce regard venu d'un autre monde :

— Pouvez-vous me dire dans quelles conditions Frère Grégoire est arrivé dans votre communauté ?

— Tout à fait, dit le Père Jean-Baptiste d'une voix calme. J'étais déjà père abbé à l'époque et c'est moi qui ai pris la décision de garder Frère Grégoire parmi nous.

Il me fixa pour appuyer ce qu'il allait dire et ajouta :

— Donc, si quelqu'un doit être inquiété dans cette affaire, notez bien que je suis le seul responsable.

— Il n'est pas question d'inquiéter qui que ce soit dans cette communauté, dis-je. À ma connaissance, vous n'avez pas commis de délit.

Il me remercia d'un hochement de tête à peine perceptible et demanda :

— Que voulez-vous savoir ?

Je me répétai :

— Je voudrais que vous me racontiez comment Frère Grégoire, enfin, Matthieu Pinchard, est arrivé chez vous.

Il y avait deux bancs de bois autour de la table, il me fit signe de m'asseoir et se posa en face de moi. Le

Père Jean-Baptiste portait une longue toge de gros drap noir ; tenu par un lien de cuir, un crucifix de bois poli pendait à son cou. Il joignit ses mains comme pour une prière, réfléchit un instant comme s'il se recueillait et dit d'une voix calme et lente :

— À la veille de la Toussaint 1991, en pleine nuit, la cloche du portail s'est mise à sonner. Frère Théodore, le tourier*, est allé voir ce qui se passait. Il a trouvé un tout jeune homme, hagard, trempé, effrayé, en bref, dans un état pitoyable. Il réclamait aide et assistance. Nous l'avons aidé et assisté.

— Mais encore ?

— Nous l'avons réchauffé, nous lui avons procuré des vêtements secs, nous l'avons nourri, et puis couché.

— Vous n'avez pas appelé les secours ?

Le Père Jean-Baptiste parut surpris :

— Quels secours ?

— Je ne sais pas, les pompiers... Le SAMU...

— Non.

— Pourquoi ?

— Parce que ce sont des gens qu'on appelle en cas d'urgence.

Je m'étonnai :

— Et il n'y avait pas urgence, selon vous ?

Le prieur avait l'air de plus en plus étonné.

— Mais non ! Ce garçon nous a dit qu'il était tombé d'un bateau, ce qui était plausible. Souvent des pêcheurs viennent la nuit autour du cimetière de bateaux, il est possible qu'un canot chavire.

— Certes, mais dans ce cas, il vous aurait au moins demandé de prévenir sa famille, afin qu'on ne s'inquiète pas de son sort.

** Dans un couvent ou un monastère, religieux chargé de la porte et des relations avec l'extérieur.*

— Il nous a dit qu'il était seul chez lui et que personne ne s'alarmerait…

— Mais… S'il lui était arrivé quelque chose de grave ?

— Que pouvait-il lui arriver ? Frère Anselme l'avait ausculté…

— Qui est Frère Anselme ?

— Un ancien médecin militaire, rescapé de Diên Biên Phu, qui a trouvé la paix chez nous. Il nous a dit que le garçon était épuisé mais en bonne santé et que tout ce qu'il lui fallait, c'était du repos. Nous l'avons donc gardé, pensant le reconduire chez lui dès qu'il serait remis. Au bout de trois jours, il allait mieux. Il a demandé à me parler et il m'a raconté toute son histoire.

— Vous ne saviez donc pas que c'était un condamné qui venait de s'évader ?

— Non.

— Pourtant ça a fait un certain remue-ménage, les journaux, la télévision en ont parlé…

Le Père Jean-Baptiste sourit :

— Vous oubliez, ma fille, qu'ici on vit hors du siècle…

Je l'avais oublié. Ici on n'avait pas le journal avec le petit déjeuner ni les informations TV avant d'aller au lit. Et puis, en ces murs, je n'étais plus le capitaine Lester, mais « sa fille ».

— Évidemment, poursuivit l'abbé, j'ai été fort embarrassé en apprenant que notre naufragé était un repris de justice. Mais Frère Grégoire - excusez-moi, pour moi il reste Frère Grégoire - m'a supplié de le garder quelque temps dans la communauté. J'étais très partagé sur la conduite à tenir comme vous pouvez le penser… Nous avons donc fait une veillée durant laquelle nous avons prié pour que Dieu nous éclaire.

— Et il vous a éclairés?

Il avait dû entendre un certain scepticisme dans ma voix:

— Dieu éclaire toujours ceux qui prient, ma fille, dit-il. Sa lumière nous est venue par la bouche de Frère Théodore.

— Celui-là même qui l'avait recueilli?

— Oui, le frère tourier à l'époque. Il vit toujours, c'est notre doyen, il va gaillardement sur ses quatre-vingt-dix ans.

— C'est le vieux frère que j'ai vu, qui restait assis pendant la célébration de la messe?

Je n'ajoutai pas que je ne l'avais pas trouvé si gaillard que ça. Mais à nonante, ou presque, il avait des excuses.

— Lui-même. Il peut encore se lever pendant la consécration. Mais... Vous avez donc assisté à la messe, ma fille?

— Oui mon père. Ça paraît vous surprendre...

Le prieur réfléchit un court instant et dit:

— Non, rien ne me surprend plus. Les voies du Seigneur sont impénétrables.

N'empêche, savoir qu'un flic chargé d'une enquête dans son monastère avait assisté à la messe le laissait rêveur.

— Vous me disiez donc que le Frère Théodore...

— Oui, le Frère Théodore a cité l'évangile selon saint Matthieu. Le verset 36 était particulièrement adapté à la situation que nous connaissions:

J'étais nu et vous m'avez vêtu,
J'étais malade et vous m'avez soigné,
J'étais en prison et vous êtes venu vers moi...

Il hocha la tête gravement sans me quitter des yeux:

— Et cet homme que nous avions recueilli s'appelait Matthieu! Dès lors, tout devenait limpide. Il y a toujours une réponse dans les Évangiles. Le Seigneur avait conduit cet homme au monastère, il n'était pas en mon pouvoir de le renvoyer dans la Géhenne extérieure. Car ce garçon, esclave de plaisirs dégradants, vivait dans la Géhenne.

« Amen! » dis-je in petto.

— Vous preniez tout de même un risque, mon père.

— Quel risque? Frère Grégoire m'avait assuré qu'on avait essayé de le tuer...

Il me fixa de nouveau:

— Peut-être vous l'a-t-il dit, d'ailleurs. Après son évasion - forcée selon lui - on l'aurait poussé à l'eau.

Je confirmai:

— C'est ce qu'il a prétendu, en effet.

Il répéta:

— Prétendu... Je vois que vous doutez de sa parole.

— Je suis officier de police, mon père. Je ne suis pas là pour faire part de mes états d'âme, mais pour apporter des preuves.

Le Père Jean-Baptiste réfléchit un moment et dit:

— Je comprends...

Puis il ajouta:

— Bien qu'il puisse paraître surprenant qu'on prenne autant de risques pour faire évader quelqu'un afin de le tuer, cela m'a donné à penser. Pouvais-je rendre ce jeune homme aux autorités en sachant que quelqu'un en voulait à sa vie? Imaginez, capitaine (tiens, j'avais retrouvé mon grade!), que deux jours, trois jours ou une semaine après, ce garçon ait été tué... Quel cas de conscience! Le Seigneur m'aurait adressé cette âme en peine pour que j'en prenne soin et je ne l'aurais pas fait. J'aurais désobéi à la parole de Dieu! Mon devoir était tracé, je devais garder ce garçon quoi qu'il m'en coûte auprès des autorités civiles. Cependant, j'avais prévenu Frère Grégoire que s'il quittait le monastère, je me verrais dans l'obligation de le signaler aux autorités.

Il quêta mon approbation du regard et, devant mon acquiescement muet, il ajouta:

— Frère Grégoire n'a jamais manifesté la moindre velléité de nous quitter.

— Vous n'avez pas pensé que ce garçon était peut-être un criminel?

— Je jurerais sur la croix que Frère Grégoire n'a jamais tué personne.

Pour dire ça, il avait planté son regard limpide dans le mien. Je ne pus que bredouiller:

— Je voudrais partager votre assurance, mon père!

— Et quand bien même il aurait commis cet acte affreux, dit le prieur, il ne m'appartient pas de juger.

Il joignit les mains devant son visage et ferma les yeux, comme pour se recueillir. Puis il les rouvrit et prononça gravement:

— Depuis quatorze ans je vois vivre Frère Grégoire au quotidien, et je puis vous assurer que cet homme n'est pas un criminel.

Il se tut un instant, puis ajouta:

— Ne me demandez pas de vous fournir des preuves de ce que j'avance. C'est mon intime conviction. C'est bien ainsi que l'on dit, non?

Puis il me sourit:

— Mais évidemment ce ne sont pas des preuves.

Il se leva, montrant ainsi que le temps qu'il avait à me consacrer touchait à son terme.

— Cependant, à la police il faut un coupable, c'est bien ça, capitaine Lester.

— Non, mon père. Il faut la vérité, pour que justice soit faite. Pour tout vous dire, j'ai rencontré Frère Grégoire et je ne crois pas, moi non plus, qu'il ait quelque chose à voir dans la mort de Jacques Courtois. Mais je ne peux m'en contenter : il me faut le prouver.

— Je comprends, dit le père en joignant les mains et en s'inclinant. Que le Seigneur vous éclaire.

— Je vous remercie, mon père.

Je baissai la tête et, de la dextre, il dessina une croix dans l'espace. Le jeune moine réapparut mystérieusement et, les yeux baissés, les mains jointes sous ses larges manches, me précéda silencieusement jusqu'à la clôture.

Chapitre 21

Je rentrai sur Brest en passant par le port de commerce où, entre des friches industrielles et des vieux hangars sur lesquels les taggers s'en donnent à cœur joie, on découvre un choix hétéroclite de carcasses de camions, des rouleaux compresseurs hors d'âge et de vieilles coques qui ne reverront jamais la mer.

Gigantesques échassiers venus d'un autre monde, un troupeau de grues jaunes semblaient picorer ce lugubre paysage.

Ici un interminable méthanier dans la cale de radoub, là un cargo à quai déchargeant des fournitures pour l'arsenal, le *Pourquoi Pas* au nom prestigieux, magnifique navire blanc siglé du dauphin de l'Institut Français de Recherche pour l'Exploitation de la Mer, le *Léon Thévenin*, navire câblier de France Télécom…

Je suivis pendant près de cinq cents mètres un grillage aussi haut qu'une maison de deux étages soutenu par des poteaux d'acier, derrière lequel des ferrailles rouillées s'entassaient en montagnettes de diverses hauteurs.

J'arrivai devant une grille surmontée d'une enseigne en demi-cercle sur laquelle se découpait en grosses lettres la raison sociale de l'établissement:

Niko Fers & Métaux

Le hasard m'avait conduite devant l'entreprise de Serge Nikowski, l'un des protagonistes de la soirée de Landévennec.

Je n'hésitai pas une seconde, j'entrai dans la cour et je garai sans complexe ma Twingo entre une magnifique Jaguar vert bouteille et un énorme 4 X 4 noir et boueux auprès duquel ma petite voiture faisait figure de jouet.

L'entrée des bureaux se trouvait au premier étage. On y accédait par un escalier métallique qui tremblait sous mes pas. Arrivée sur une sorte de balcon qui courait autour du bâtiment, je m'arrêtai pour regarder l'intense activité qui régnait sur le chantier où un bateau en fer achevait sa carrière.

Des ponts roulants métalliques se déplaçaient en grondant. Les griffes d'acier des grues pendaient au bout de leurs câbles comme les serres de quelque rapace géant en quête d'une proie. Quand elles l'avaient trouvée, elles s'abattaient à grand fracas et remontaient, dans un grincement de poulies malmenées, chargées d'un lambeau de ferraille qui s'élevait dans les airs avant de s'écraser sur une autre colline de fers déchiquetés. Là, une autre grue, plus haute que les autres, pourvue d'un électroaimant large comme une meule de moulin à vent, soulevait ces lambeaux pour les déposer dans la cale béante d'un cargo à quai.

Dans ce qui restait du bateau en cours de démantèlement, des hommes grands comme des fourmis, vêtus de bleu et casqués de blanc, s'activaient. Des lueurs aveuglantes de chalumeaux découpant la tôle fulguraient, des myriades d'étincelles produites par des tronçonneuses à disque jaillissaient, des fumées sorties d'on ne sait où s'échappaient.

Un spectacle terrifiant et fascinant.

Je frappai à une porte, et, tenant compte du fracas qui régnait dehors et du peu de chance qu'on avait de m'entendre, j'ouvris la porte vitrée et j'entrai dans un hall qui ressemblait plus à une baraque de chantier qu'à une pièce de réception de grande entreprise.

Lorsque je repoussai la porte, le plus gros du vacarme resta dehors. Une jeune femme s'enquit de ma présence, les sourcils froncés, semblant se demander ce que je faisais là.

Je ne devais pas avoir la dégaine des clients ordinaires de l'entreprise.

— Je souhaiterais voir monsieur Serge Nikowski, dis-je.

— De la part de…

Je sortis ma carte :

— Capitaine Lester, police.

La fille m'examina d'un air de se demander si elle rêvait ou pas. Puis elle s'approcha et examina ma carte. Je la rassurai :

— Regardez-la bien, c'est une vraie.

Elle se recula comme si elle avait peur que je la morde.

— Je vais voir, dit-elle.

Elle revint quelques instants plus tard et m'invita à la suivre. Le bureau du patron se trouvait à l'angle du bâtiment, idéalement placé pour pouvoir surveiller et le chantier et le dépôt de ferraille. Le moins que l'on pouvait en dire, c'était que le propriétaire des lieux n'avait pas fait de recherches décoratives. Des meubles de bureau métalliques, gris, des chaises en tubes et sangles, pas la moindre plante verte et une moquette sur laquelle des croquenots avaient laissé des traces noirâtres de cambouis.

Serge Nikowski avait vraiment le physique qu'on s'attend à trouver chez un ferrailleur de cinéma: grosse tête dégarnie, front moite, bouche lippue mâchouillant un tronçon de cigare éteint, regard inquisiteur derrière des lunettes à monture d'or.

Une carrure de débardeur, une chemise bleue ouverte sur une poitrine velue avec l'inévitable dent de requin pendue à une chaîne d'or, le bonhomme n'inspirait pas la sympathie. Je parle pour moi, bien entendu.

— Ouais? fit-il du coin de la bouche en rallumant son cigare avec un briquet de bureau.

La fumée ainsi produite le fit cligner de l'œil. Je lui montrai ma carte et je me présentai une nouvelle fois:

— Capitaine Lester...

Il eut un geste de la main que j'interprétai comme une invitation à m'asseoir, ce que je fis.

— C'est pourquoi? demanda-t-il d'une voix graillonneuse.

Visiblement la présence de la police dans son entreprise ne l'émouvait pas le moins du monde.

— Monsieur Nikowski, dis-je, je suis chargée d'une enquête sur des événements vieux de près de quinze ans.

Je vis son petit œil d'hippopotame s'éveiller soudain:

— Ouais, fit-il de nouveau.

— Il s'agit de la mort d'un de vos amis, monsieur Jacques Courtois.

— Courtois? Ça fait un bail... Mais ça a été jugé, et Matthieu Pinchard a été condamné...

— En effet, dis-je, mais il n'a jamais effectué sa peine.

— Et pour cause, il s'est barré! La bonne blague, il a toujours su se démerder comme un chef, le Matt!

Nikowski avait l'air de trouver ça drôle.

— Matt, c'est comme ça que vous l'appeliez?

— Oui, fit-il, prenant entre le pouce et l'index le tronçon de cigare qui refusait de s'allumer, le considérant d'un air dégoûté avant de finalement le jeter dans sa corbeille à papier. On avait tous des surnoms, des diminutifs le plus souvent: Clémentine Rabier c'était Clem, son frangin, le Barbier, Matthieu Pinchard c'était Matt, François Luneau, Nounours, Patrick Barbeau c'était le Barbu et moi, c'était Niko. Ah, j'oubliais mon frangin, Igor, c'était Gori.

Il se mit à rire:

— Gori! Il était velu comme un singe, jamais un surnom n'avait été plus mérité.

S'il était plus velu que lui, ça devait être quelque chose!

— Il est mort, dit-il tristement, il s'est pété la gueule en bagnole.

Puis il ajouta, comme si c'était une fatalité:

— Faut dire qu'il avait picolé et qu'il roulait comme un dingue.

Quelle épitaphe!

— Vous n'avez jamais plus entendu parler de Matthieu Pinchard? demandai-je.

— Ben non, il a dû se tirer au loin. C'est ce que j'aurais fait à sa place. Avec le pognon de son vieux, il doit se la couler douce au soleil. Il n'est pas comme nous, à gratter comme des bêtes, tout ça pour payer des impôts!

— Il n'était pas si loin que ça, dis-je, on l'a retrouvé.

— Quoi? fit Nikowski en me regardant comme si j'essayais de lui vendre un bateau en bois pour un bateau en fer.

— Eh si, c'est d'ailleurs pour ça que l'enquête est rouverte. Cette réapparition de Matthieu Pinchard est un fait nouveau.

— Où est-ce qu'il était? demanda Nikowski en puisant un nouveau cigare dans un coffret de bois.

Il l'alluma sans me demander si la fumée me dérangeait.

— À Landévennec, dis-je.

— Chez son vieux? s'exclama le ferrailleur.

— Non, justement, pas chez son vieux, comme vous dites, chez les moines.

Je lui fis louper sa première bouffée - la meilleure - de travers. Il manqua de s'étouffer, toussa, cracha, toujours dans la corbeille à papier, et jura:

— Merde!

Je le regardai d'un air dégoûté en pensant: « Quelle distinction! ». Visiblement, Nikowski n'avait rien à faire de mon opinion.

Il sortit un mouchoir douteux de sa poche pour essuyer les larmes qui lui coulaient sur les joues, se moucha bruyamment et demanda:

— Non! Il n'a quand même pas passé quinze ans chez les moines?

— Pas tout à fait, mais quatorze tout de même, dis-je. Il y est connu sous le nom de Frère Grégoire.

Il se redressa et se tapa sur les cuisses.

— Chez les moines! C'est à mourir de rire! Ce sacré Matt, il vous a bien eus, hein!

— Qui ça nous ? demandai-je.

— Ben vous, les juges, les flics et tout le toutime !

La chose lui paraissait éminemment divertissante. Je ne participais pas à son hilarité.

— Que pouvez-vous me dire de cette soirée de la Toussaint 1991, monsieur Nikowski ?

— Rien, dit-il catégorique. J'étais bourré comme un canon.

Il cligna de l'œil :

— Chez Matt il n'y avait que du premier choix : vodka, whisky, rhum agricole et des vins, je ne vous dis que ça.

Il cligna de l'œil de nouveau, cherchant ma complicité pour m'associer aux voluptés bachiques vécues chez son pote Matthieu.

— Eh, il n'y avait qu'à se servir, hein ?

Voyant que je restais de glace, il s'efforça de prendre l'air sérieux et même un peu contrit pour me confier :

— À l'époque je picolais pas mal.

À voir sa trogne, il n'avait pas dû freiner tellement sur le jaja, comme aurait dit Fortin, mais je pouvais me tromper bien sûr.

— Je me suis réveillé chez Pinchard, dans la cabane du jardin à l'aube, dit-il, il y avait mon frangin qui était encore plus bourré que moi. Nounours, malade comme un clebs - il ne savait pas boire, ce pauvre Nounours, pour le fils d'un marchand de pinard, ça ne faisait pas sérieux ! -, était parti gerber sur le gazon du vieux Pinchard. Son jardinier allait encore faire la gueule ! Il y avait aussi un couple, la Barbue, je crois, et le Barbier, tout aussi pétés, qui ronflaient enroulés l'un sur l'autre.

Je traduisis, Jeannick Barbeau et Alain Rabier. Ça corroborait les déclarations que m'avait faites François Luneau.

— On s'est tirés dès qu'on a pu tenir debout, dit-il.

Je grimaçai de dégoût: parlez-moi des belles soirées de la haute!

Il ajouta:

— En fait, tout le monde s'était barré lorsque les gendarmes sont revenus, il ne restait que Matthieu Pinchard sur les lieux du drame. Et pour cause, il y habitait.

— Vous êtes partis en voiture?

— Pas fous, dit-il, on risquait de se faire gauler. Les tuniques bleues étaient sur le sentier de la guerre, alors on est allés chez les Barbus et on a passé la journée à roupiller.

— Quand avez-vous appris la mort de Courtois?

— Le lendemain, dans le journal. Vous parlez d'une affaire. Surtout quand on a appris que Matt était arrêté!

La fumée de son cigare épaississait l'atmosphère. Il s'en fut ouvrir une fenêtre et aussitôt un fracas de tôles entrechoquées et le hurlement rageur des tronçonneuses couinant sur le métal nous assourdit. Il la referma en maugréant:

— Quel bordel!

Je ne savais s'il évoquait l'affaire de la mort de son ami ou le bruit qui régnait au dehors.

— Pour vous, était-il coupable? demandai-je.

— Sûrement pas! Matthieu tuer Jacques?

Il secoua sa grosse tête, projetant des cendres devant lui:

— Impensable!

— Pourtant il a été salé. Vingt ans, ce n'est pas rien.

— Son avocat s'est démerdé comme un manche, dit-il, et puis il faut dire que les gendarmes l'avaient chargé à mort.

C'était la deuxième fois qu'on évoquait devant moi une possible partialité des gendarmes.

— Vous avez témoigné au tribunal ?

— Oui, mais je n'étais pas fier. Profil bas, quoi. On s'était pris une de ces avoines avec mon vieux ! Faut dire qu'on a tellement fait les cons dans ces années... On a profité de notre jeunesse, comme on dit.

Je le considérai en pensant qu'il n'était pas sûr de profiter de sa vieillesse de la même façon. À l'état civil il devait afficher dans les quarante ans, comme les autres de la bande, mais vu de près, il marquait sans peine vingt piges de mieux.

— Oui, sauf Courtois et Matthieu.

— Ouais ! dit-il pensif.

Puis il se remit à rire :

— Tout de même, ce Matthieu, chez les moines, fallait y penser !

— Avez-vous gardé contact avec vos anciens amis, monsieur Nikowski ?

Il secoua de nouveau la tête :

— Non. Chacun a sa vie... Moi c'est la ferraille, Nounours les antiquités, le Barbier est pharmacien comme papa, le Barbu est dentiste, je crois...

— Oui, à Quimper.

— C'est ce qu'on m'a dit...

— Renaud Corbel ?

— Le Corbeau ? Tiens, je l'avais oublié, celui-là !

— C'est ainsi que vous l'appeliez ?

— Ouais, mais ça ne lui plaisait pas.

— Vous l'avez revu ?

— De temps en temps. Il est devenu l'homme de confiance de Philippe Rosay, le bras droit du père Pinchard.

— Et Rosay ?

— On se croise régulièrement aux réunions de la chambre de commerce. Nous sommes tous les deux membres de la commission portuaire.

— Pas plus ?

Il secoua de nouveau la tête :

— Pas plus. Chacun a ses occupations, et puis basta.

— René Bourgeon, ça vous dit quelque chose ?

Je vis - ou je crus voir - un éclair passer dans ses petits yeux durs. Il avait parfaitement entendu mais il me fit répéter :

— Qui ça ?

— Bourgeon, René Bourgeon.

— Je ne vois pas... C'est qui ?

— Le responsable de la sécurité à l'hypermarché Pinchard.

Il secoua la tête :

— Connais pas. Qu'est-ce qu'il a fait ?

— Il est recherché.

— Par vous ?

— Par la police, oui.

— Pourquoi ?

— Il a refusé - violemment - de répondre à nos questions.

Il montra mon œil d'un doigt épais :

— Ah, c'est ça...

— C'est ça, monsieur Nikowski.

Il hocha la tête, signe de compassion ? Je n'en aurais pas juré.

— Combien de personnes travaillent sur ce chantier ? demandai-je.

— Aujourd'hui ? Soixante-six.

— Vous le savez comme ça ?

Il eut un rire épais :

— Eh, c'est pas l'administration, ici ! À dix mille près ils ne sont pas foutus de savoir combien il y a d'employés dans l'éducation nationale ! Moi, je sais à l'unité près combien il y a de personnes sur le chantier : je suis à l'embauche à six heures, à vingt heures j'y serai encore.

Je regardai au dehors :

— Votre chantier est immense.

— Cinq hectares.

— Il est bien protégé.

— Il faut. L'endroit est isolé et les manouches ne sont pas longs à te déménager deux ou trois tonnes de cuivre.

— C'est déjà arrivé ?

— Oui, du temps de mon père.

— Le chantier n'était pas clos ?

— Si, mais si vous croyez que ça emmerde ces salopards de venir tailler dans le grillage ! Maintenant j'ai des gardiens qui patrouillent la nuit.

— Des vigiles ?

— Oui. Avec des chiens, des gros chiens sans muselière.

C'était sans doute une manière de me provoquer. Il me regardait, goguenard, comme s'il me soupçonnait d'avoir eu l'intention de venir nuitamment piocher dans ses métaux non ferreux.

— Il y a beaucoup de manutention dans votre métier, dis-je.

— Oui. Mais contrairement à ce qu'on pourrait penser, mes ouvriers sont des spécialistes : des grutiers, des soudeurs, des caristes…

Je regardai un ouvrier en train de désarrimer une pièce de ferraille du crochet de la grue. Il était en équilibre instable sur une autre tôle qui pliait sous son poids. Je n'aurais pas aimé glisser dans cet amas de ferrailles déchiquetées.

— C'est un métier dangereux, dis-je.

Il braqua de nouveau son doigt épais sur mon œil tuméfié :

— Pas plus que le vôtre, apparemment.

— Vous avez souvent des accidents du travail ?

— Très rarement. Moins que la moyenne nationale dans la métallurgie. Mes gars sont des pros, ils ont des godasses de sécurité, des casques, des gants. Tout est réglo. Même l'inspecteur du travail n'y trouve rien à redire… Pas de lézard, je suis là à l'embauche. Quand un mec est bourré, je le sais tout de suite et il retourne chez lui. Il n'y a pas un litre de jaja qui rentre sur mon chantier.

Filtrés par un tel connaisseur, les pochetrons n'avaient qu'à bien se tenir.

Je me levai :

— Je crois que ça sera tout pour le moment, dis-je.

Nikowski me demanda :

— Où est Matt ?

— À la prison de l'Hermitage.

— On peut le voir ?

— Je ne sais pas. Demandez donc à son avocat.

— C'est qui ?

— Maître Brézal. Vous connaissez ?

— Comme ça…

Je le regardai :

— Vous souhaitez réellement rendre visite à Matthieu Pinchard ?

— Et comment ! C'est un copain, il est dans la merde, si je peux l'aider...

J'en doutais. J'en doutais même fortement. C'est étrange comme les routes séparent les êtres. Matthieu Pinchard et Serge Nikowski avaient été les meilleurs amis du monde au temps - pas si lointain - de leur folle jeunesse. Quinze ans plus tard, ils évoluaient dans des univers totalement différents. Physiquement ils étaient différents, mentalement ils étaient encore plus différents, tout les séparait désormais.

Et pourtant Serge Nikowski était le premier des anciens amis de Matthieu Pinchard à manifester son intention de visiter le prisonnier.

Ça me donnait à réfléchir. Dans le fond ce rustre peu reluisant n'était peut-être pas aussi mauvais que son aspect le laissait penser.

Chapitre 22

Je remontais dans ma voiture lorsque mon téléphone sonna. Je pensai que c'était Fortin qui m'appelait, mais j'eus la surprise d'entendre une voix que je ne connaissais pas :

— Capitaine Lester ?

— Oui…

— Philippe Rosay…

Je mis trois secondes à réaliser.

— Oui, monsieur Rosay, dis-je enfin.

— Je souhaitais m'excuser auprès de vous pour cette convocation à laquelle ma femme n'a pu se rendre.

— C'est très aimable à vous…

— Si vous le désirez, je propose qu'on se voie, peut-être pourrai-je éclaircir quelques points que vous vouliez évoquer avec elle. Je n'étais pas à cette fameuse soirée, mais à l'époque j'étais marié avec Cathy, la fille de monsieur Pinchard. J'ai connu d'assez près les exploits de la bande à Matthieu.

— Je serais ravie de vous entendre, dis-je. Je me proposais de prendre rendez-vous, mais le commissaire Chatellier m'en a dissuadée.

Je l'entendis rire.

— Dissuadée ? Pourquoi ?

— Il paraît que vous êtes un homme très occupé.

— Certes, mais pas au point de refuser de rencontrer une jolie femme.

Holà, on s'égarait ! Je rectifiai le tir :

— Ce n'est pas une jolie femme que vous allez rencontrer, monsieur Rosay, c'est un flic !

— L'un n'empêche pas l'autre, dit-il d'un ton enjoué. Voulez-vous que nous déjeunions ensemble ? On dit 12h30 au *Crabe Marteau* ? Vous connaissez ? Sur le port de commerce, vous verrez, c'est très sympa et c'est aussi très bon.

— Je suppose que c'est aussi très fréquenté.

— Oui, il faut retenir, mais j'y ai toujours ma table.

— Je préférerais un endroit plus calme, dis-je. Votre bureau par exemple, si vous n'y voyez pas d'inconvénient.

Il eut un temps d'hésitation avant de dire :

— Aucun. Quand souhaitez-vous passer ?

— Dans un quart d'heure si c'est possible.

Je l'entendis rire :

— Vous êtes une femme expéditive, à ce que je vois.

— Bien plus encore que vous ne le pensez.

— Ça n'est pas pour me déplaire.

Je m'enquis :

— Vous n'avez pas d'obligations ce matin ?

— S'il y en a, je les décommande, dit-il.

— Parfait. À tout à l'heure.

On ne pouvait être plus aimable !

Dix minutes plus tard, je me garais sur le parking de l'hypermarché. J'entrai par la porte tournante et je me dirigeai vers la caisse centrale. La copine de Bourgeon était à sa place derrière la banque, surveillant les allées et venues des clientes et le bon fonctionnement des caisses.

Lorsqu'elle me vit approcher, elle sembla éprouver un besoin pressant et disparut subitement. Je demandai à une jeune femme assise derrière un micro où était le bureau de monsieur Rosay. Elle me regarda, surprise :

— Vous avez rendez-vous ?

— Oui, dis-je.

— Un instant.

On ne laissait pas approcher le sanctuaire du patron sans quelques précautions.

Elle prit un téléphone sans fil dans sa poche, appuya sur un bouton et jeta quelques mots en hochant la tête.

Quelques instants plus tard, deux vigiles apparurent. C'étaient véritablement les clones des deux gaillards qui m'avaient empoignée. Je les regardai avec méfiance : ces tenues noires marquées en lettres blanches *SÉCURITÉ* m'avaient laissé un mauvais souvenir.

— Ces messieurs vont vous conduire, dit la jeune femme.

Je les suivis donc et ils m'entraînèrent sans un mot à l'autre extrémité du magasin, me firent monter un escalier qui ressemblait comme un frère à celui que le flic Chalamont avait - pour son malheur - dévalé sur les fesses et frappèrent à une porte vernie sur laquelle il y avait une plaque indiquant sobrement : *Direction.*

Une voix cria :

— Entrez !

Alors un des vigiles ouvrit la porte et m'annonça :

— Le capitaine Lester.

J'entrai et il referma derrière moi. Je me retrouvais dans le bureau du patron. Celui-ci regardait l'intérieur du magasin par une large baie vitrée tout en parlant dans un téléphone portable.

Il me fit un geste de bienvenue et termina sa conversation en disant :

— Je vous rappelle en début d'après-midi.

Puis il vint à ma rencontre en arborant un sourire ultra-brite :

— Très heureux, capitaine !

Il me secoua longuement la main et me conduisit à un fauteuil avant de retourner s'asseoir derrière une large table d'acajou vierge de tout papier.

Le bureau était meublé sobrement mais contrairement à celui que je venais de quitter chez le ferrailleur, le ménage y était fait scrupuleusement.

— Avant toute chose, dit-il, je voudrais m'excuser pour le comportement de mon responsable de la sécurité. Je ne sais pas ce qui lui a pris, d'ordinaire c'est un garçon calme…

Il secoua la tête et répéta :

— Je ne comprends pas !

— Vous n'y êtes pour rien, dis-je.

— Certes, mais je suis tout à fait désolé…

Je pensai : « Pas tant que moi ! »

Il poursuivait ses lamentations :

— En plus, ma pauvre femme qui n'est pas en état de répondre à vos questions…

J'eus envie de le consoler en lui disant : « Ah là là, mon pauvre monsieur, la vie n'est qu'une coupe d'amertume ! »

Mais Philippe Rosay n'avait pas besoin d'être consolé. Sa tristesse se volatilisa derrière un sourire de cannibale. Ce type avait au moins soixante-quatre dents passées au polish tous les matins et quand il leur faisait prendre l'air, ça faisait impression. Comme il avait dû s'endormir sous sa machine à bronzer, son visage était rubescent si bien qu'avec la barre blanche de ses ratiches, j'eus soudain l'impression de me trouver face à une pancarte de sens interdit.

— Vous allez finir par croire que nous avons quelque chose à cacher !

— Et ce n'est pas le cas ?

Il se dressa sur ses ergots :

— Vous plaisantez, j'espère !

— Je l'espère aussi.

Il sourit petitement, mal rassuré.

— Votre épouse est souffrante depuis longtemps ? demandai-je.

Il leva les deux mains au plafond d'un air douloureux.

— Elle déprime, soupira-t-il. Elle est suivie par le docteur Capelan, vous savez, le meilleur neurologue de la région.

J'eus envie de lui dire que je ne fréquentais pas ces gens-là, du moins pas à titre de cliente, mais je hochai la tête d'un air entendu pour lui montrer que je savais que ça existait.

— Il y a des hauts, des bas. Ces temps-ci ça semblait aller mieux, et puis tout d'un coup…

— J'espère n'avoir pas été la cause de l'aggravation de son état, dis-je. Lorsque je suis allée la voir, j'ignorais…

Rosay me coupa :

— Laissons ça, dit-il grand seigneur. Que vouliez-vous savoir ?

— Eh bien, c'était au sujet de cette soirée de la Toussaint 1991.

Ses dents de porcelaine véritable disparurent derrière ses lèvres épaisses et son visage devint sombre tout soudain.

— Ah… Triste souvenir ! Et Matthieu qui refait surface après quinze ans d'absence.

Il secoua la tête d'un air de ne pas y croire.

— Vous l'avez bien connu, Matthieu ? demandai-je.

— Bien sûr, c'était mon beau-frère. Mais il était beaucoup plus jeune que moi.

— Votre opinion ?

— Sur Matthieu ?

— Oui.

— C'était un jeune homme particulièrement turbulent.

— Votre ex-beau-père m'a même dit, je cite, que « c'était un fichu petit con ».

— C'est exactement ce que j'entends, dit Rosay, mais que j'exprime de manière un peu moins abrupte. Gaston a toujours gardé son franc-parler.

J'approuvai :

— C'est sûr, il ne manie pas la langue de bois, lui. Vous n'étiez pas là-bas, lors de cette soirée ?

— Non, pour tout vous dire, je n'appréciais guère les manières de cette bande, pas plus qu'ils n'appréciaient ma compagnie.

Et il ajouta :

— Ou celle de ma femme.

— Bon, dis-je. Vous n'étiez donc pas sur les lieux…

— Non, à l'époque, Cathy et moi habitions au Relecq-Kerhuon. D'ailleurs, je crois pouvoir affirmer que si nous avions été là, la soirée n'aurait pas dérapé de cette manière. Cathy avait beaucoup d'ascendant sur son petit frère.

— Plus que sa mère ?

Il leva de nouveau les bras au ciel :

— Sa mère ? La pauvre femme, Dieu ait son âme, mais elle est la cause première de tout ce qui s'est passé !

— Voulez-vous me faire entendre qu'elle était d'une indulgence coupable envers Matthieu ?

— C'est le moins qu'on puisse dire ! Elle passait tout à son petit chéri, dès lors, pourquoi se serait-il gêné ?

Il me regardait d'un air de défi, mais comme je n'avais aucunement l'intention de répondre à la question, il avoua :

— En l'absence de Gaston, les alcools sortaient du magasin par cartons entiers.

— Et c'est Matthieu qui les emportait ?

— Oui, il les chargeait dans la voiture de sa mère…

— Et vous ne vous y opposiez pas ?

— J'essayais, mais Matthieu était le fils du patron, il tenait à me le faire sentir. Lorsqu'il s'emparait d'un carton de whisky, de vodka ou de champagne et que je protestais, il en prenait deux en me défiant d'un mauvais sourire qui signifiait : « Essaye un peu de m'en empêcher ! » Je ne pouvais que m'incliner.

— Et votre femme ?

— Gaston n'a jamais souffert que les femmes s'entremettent dans les affaires. Cathy pas plus qu'une autre.

Je me souvins de la phrase de Pinchard rapportée par sa fille : *Les hommes au boulot, les femmes aux fourneaux*. La loi des mâles avait toujours cours chez les Pinchard.

— Vous signaliez tout de même ces prélèvements à Gaston Pinchard ?

— Bien sûr, je ne pouvais pas faire autrement. Alors ces petits cons me surnommaient « le mouchard ». Je leur aurais foutu des baffes !

Il y avait tant de rancœur violente dans ce propos que je regardai Rosay, surprise.

— À ce point ?

— Mettez-vous à ma place, dit-il, je travaillais soixante-quinze, quatre-vingts heures par semaine et j'étais traité comme un moins que rien par ces parasites qui dormaient toute la journée et faisaient la bamboula toute la nuit.

Il avait dit cette dernière phrase la bouche à demi close, en grinçant des dents. Visiblement, il restait de graves séquelles de ces humiliations. Forcément, se faire traiter de « pue la sueur » par des fils à papa qui n'en branlent pas une (comme dirait Fortin) ne met pas forcément le travailleur consciencieux de bonne humeur.

— Racontez-moi ce qui s'est passé en cette matinée de Toussaint.

Il réfléchit et dit :

— Eh bien, vers neuf heures le dimanche matin, ma belle-mère nous a appelés pour nous dire que la soirée avait tourné au drame, que Jacques Courtois s'était noyé et que les gendarmes avaient emmené Matthieu. Comme ses explications étaient des plus confuses, ma femme et moi nous sommes précipités à Landévennec. Ma belle-mère était effondrée ; dans la maison saccagée, Marcel et Germaine - les gardiens - essayaient de mettre un peu d'ordre. Tandis que Cathy leur donnait un coup de main, j'ai rejoint la gendarmerie mais je n'ai pas pu voir Matthieu. Il venait d'être hospitalisé. Cependant les gendarmes m'ont dit qu'il avait avoué avoir tué Jacques Courtois. Ce fut à mon tour d'être effondré. Gaston n'étant pas là, l'affaire tombait au plus mal…

Si tant est, pensai-je, qu'il puisse y avoir un temps favorable pour la mort tragique d'un jeune homme. Matthieu Pinchard n'allait tout de même pas attendre que papa rentre de voyage pour zigouiller son meilleur copain !

— J'ai réussi à contacter Gaston à son hôtel à Tokyo. Quand il a appris les événements, il est entré dans une fureur noire. Et quand il a su que Matthieu était en prison, il s'est exclamé : « Qu'il y reste, ça lui fera les pieds ! » Ensuite il m'a dit : « Occupe-toi de ça, Philippe, quand je rentrerai, ce petit salopard va entendre parler de moi ! »

Que pouvais-je faire pour m'occuper de ça, comme Gaston me l'avait ordonné ? J'ai contacté maître Bertheaume, l'avocat du groupe, qui a pris l'affaire en main.

— D'après mes renseignements, maître Bertheaume n'était pas un pénaliste ?

— C'est ce qu'on m'a dit après, fit Rosay. Mais moi j'étais jeune à l'époque. Un pénaliste je ne savais même pas ce que c'était. Pour moi, un avocat c'était un avocat. Bertheaume avait été choisi par Gaston pour le conseiller dans ses affaires, c'est naturellement vers lui que je me suis tourné. Je dois dire qu'à ma grande surprise, il a été tout à fait rassurant…

— Malgré les aveux de Matthieu ?

Rosay eut un mouvement d'épaules :

— Ouais, il se faisait fort de faire passer ça pour une affaire passionnelle, compte tenu de la rivalité qui opposait Matthieu et Jacques Courtois...

— Qui étaient tous deux amoureux de votre épouse actuelle...

Je vis un bref éclair dur passer dans ses yeux et il dit brièvement :

— C'est ce qu'on a dit...

Il n'avait pas l'air de vouloir s'étendre. J'insistai :

— À tort ou à raison ?

Il eut un geste d'impatience, le premier :

— Qu'est-ce que j'en sais ? À cet âge-là, les amourettes d'été...

Il haussa de nouveau les épaules :

— Pour tout vous dire, Bertheaume prenait ça un peu par-dessous la jambe et en même temps il était ravi d'avoir une affaire de ce type à défendre.

— Il comptait en tirer gloire ?

Rosay fit frotter son pouce contre son index en un geste explicite :

— Gloire et fortune, dit-il d'un air entendu.

— Et ensuite ?

— Ensuite Gaston est rentré et il a repris les rênes à mon grand soulagement.

— C'est-à-dire ?

— C'est-à-dire qu'il a confirmé Bertheaume comme défenseur. Celui-ci lui avait assuré que Matthieu ne serait condamné qu'à une peine de principe.

— En attendant, Matthieu restait en prison.

— Oui. Et Gaston, ça l'arrangeait plutôt. Il pensait que ça mettrait du plomb dans la tête à ce garçon, qu'ensuite il l'expédierait pendant deux ou trois ans dans une université américaine pour qu'il se fasse oublier…

— Et qu'il reviendrait prendre le flambeau familial.

Rosay haussa les épaules d'un air évasif semblant laisser entendre qu'il n'était pas dans les confidences de Gaston quant à ses intentions sur l'avenir de ses entreprises.

— Pendant que Matthieu était en prison en attente de procès, Gaston Pinchard a continué à voyager ? demandai-je.

— Oui, Gaston était quelqu'un de très dynamique et de très entreprenant. Il était toujours par monts et par vaux, installant une nouvelle grande surface ici, cherchant des fournisseurs en Asie ou en Amérique du Sud.

— Il n'était pas là lors du procès de Matthieu ?

— Non. Il ne voulait pas, nous avait-il dit, aller rougir son front - c'était une expression qu'il utilisait volontiers - devant une cour d'assises. Son fils était adulte, il devait assumer ses actes.

— Et quand le verdict est tombé ?

— Il a été assommé, évidemment. Il était à Sydney mais il a immédiatement pris l'avion pour Paris afin de contacter un grand avocat pour faire appel. Le jury était allé au-delà des réquisitions de l'avocat général. La presse était unanime, la peine serait réduite en appel. Mais voilà, ce couillon de Matthieu n'a rien trouvé de mieux à faire que de s'évader. Je vous jure, il n'en a jamais loupé une, celui-là !

— On a dit que cette évasion aurait été organisée.

— On a dit tant de choses, fit Rosay en levant les yeux au ciel. Mais non, c'est juste une succession de coïncidences ! La loi de l'emmerdement maximum, vous connaissez ? Une succession d'événements qui, isolés, ne sont pas graves, mais pouvant prendre, par leur accumulation, des proportions dramatiques. Un camion de chantier heurte le fourgon cellulaire et le renverse. Les gendarmes veulent interpeller le chauffeur du camion qui se défend... Là-dessus arrive un groupe de dockers au retour d'une manif, complètement allumés. Je ne sais pas si vous le savez, mais ici sur le port, c'est un sport national de taper sur les flics.

— Il n'y a pas que sur le port, dis-je.

Rosay mit sa main devant sa bouche comme un garnement qui a dit un gros mot :

— Oh, pardon !

Il continua tout en regardant mon œil :

— Les dockers prennent évidemment fait et cause pour le chauffeur et il y a une échauffourée pendant laquelle les détenus s'échappent.

— On en a retrouvé trois sur quatre, dis-je. Comment vous expliquez-vous la disparition de Matthieu ?

— Je ne me l'explique pas...

— Il avait les menottes.

— Je ne sais pas, redit-il, quelque ferrailleur du port l'aura libéré.

— Vous pensez à quelqu'un en particulier ?

Il me regarda d'un air un peu faux :

— Non. Pourquoi me demandez-vous ça ?

— Parce que ça s'est passé pas très loin de l'entreprise d'un de vos copains. Nikowski, ça vous dit quelque chose ?

— Niko ? Ah ouais… Je n'y avais pas pensé.

Il avait l'air aussi franc qu'un âne qui recule.

— Il y a tout ce qu'il faut pour couper des menottes, chez *Niko Fers & Métaux* !

Il haussa les épaules :

— Évidemment ! Ici aussi, si vous allez par là, comme dans toutes ces entreprises qui interviennent sur les bateaux. Il y a toujours des outils qui traînent dans les camionnettes.

— Et ensuite ?

— Ensuite, ça a été le grand mystère : Matthieu s'était volatilisé, plus question de faire appel. Gaston a multiplié les messages dans la presse, à la télévision, pour qu'il se constitue prisonnier. Rien. Pas un mot, pas une réponse. À croire qu'il était mort.

Certains avaient tout fait pour qu'il en soit ainsi, pensai-je, mais encore une fois, je gardai ma réflexion pour moi.

— Ensuite, tout s'est mis à aller mal : Gaston était perpétuellement en fureur, il faisait d'amers reproches à sa femme qui ne les a pas supportés. Elle est tombée malade et elle est morte. Ce nouveau coup du sort l'a terriblement affecté car il était très attaché à son épouse. Il s'est mis à délaisser ses affaires, ce qui ne lui ressemblait pas, je vous le jure. J'ai dû assumer…

— Vous avez pris la place de Gaston ?

— Eh oui, il fallait bien que quelqu'un s'occupe du groupe… Plus de deux cents magasins, des milliers d'employés, et la concurrence qui s'en donnait à cœur joie, pensant que le vieux lion avait mis un genou à terre et qu'il avait fini de rugir…

— Ça a dû être une lourde charge.

— Oui, mais j'ai été formé à l'école de Gaston

Pinchard. J'ai grandi avec le groupe, j'en connais tous les rouages mieux que personne, je crois que j'ai su répondre au défi, dit-il avec fierté.

Je hochai la tête en signe d'acquiescement.

— Du coup, dit Rosay, je n'avais plus un instant à consacrer à Cathy. Nous ne nous voyions que pour nous disputer, et de plus en plus violemment. On a fini par divorcer.

— Et vous avez épousé Clémentine Rabier.

— Oui, quelque temps après. À l'époque Clémentine n'allait pas bien et moi non plus. La mort de Courtois, la disparition de Matthieu… Je l'ai consolée, et puis voilà…

Et puis voilà. Au lieu d'avoir une femme au physique ingrat, stérile de surcroît, il épousait une jeunesse qui lui faisait deux beaux enfants. Et lui qui était voué à rester l'éternel second, il devenait le grand patron de la holding Pinchard.

Comment avais-je dit déjà ? Cherche à qui le crime profite… Ce n'est pas ça ?

Chapitre 23

Chacun resta un instant plongé dans ses réflexions. Moi, je me demandais si hériter du fardeau que constituait la gestion d'un tel groupe était véritablement enviable. Mais il y a des gens qui aiment ça, il paraît. Rosay, parti de rien, était dévoré d'ambition.

Il me regardait de biais, se demandant quelles pensées s'agitaient dans mon crâne, j'en faisais autant pour lui. Finalement je demandai :

— Avez-vous connu Pierre Lannuzel ?

Il parut surpris mais il répondit immédiatement :

— Bien sûr ! Il a été le premier responsable de la sécurité dans le groupe.

— Vous voulez dire qu'il a structuré et organisé ce département ?

— Tout à fait. Gaston avait une confiance illimitée en lui.

— Comment cela se passait-il avant ?

— Avant quoi ?

— Avant la venue de Pierre Lannuzel.

— Le groupe était moins étendu. Il n'y avait que quelques magasins dans le Finistère. Lorsqu'il y avait un problème, c'est Gaston qui s'en occupait. D'ailleurs, il s'occupait de tout. Il prenait quelques costauds, chauffeurs, manutentionnaires, et il allait au contact avec les manifestants. Oh, ça a parfois été assez rude. On en est venus aux mains, particulièrement contre Nicoud qui était le leader des petits commerçants.

— Vous en étiez aussi ?

— Bien sûr ! Quand Gaston demandait des volontaires, je ne lui ai jamais fait défaut.

— Il vous en a été reconnaissant.

— Gaston a toujours su récompenser ceux qui l'avaient servi fidèlement.

On aurait dit un grognard parlant du petit Caporal.

— Ensuite le groupe s'est développé, dit-il, la surface des magasins a décuplé, leur nombre aussi a décuplé. Le temps où on vendait dans des hangars était passé. On a fait appel à des décorateurs, le luxe s'est installé. En matière de sécurité on ne pouvait plus se permettre de bricoler.

— C'est là que Pierre Lannuzel a fait son entrée dans l'organisation Pinchard ?

— Oui. Pierre avait un passé militaire glorieux. Après avoir été grièvement blessé en Algérie, il avait été reclassé à la Direction du Port où, pour vous parler franchement, il s'emmerdait comme un rat mort.

Et il dit pour s'excuser :

— Je reprends ses propres termes.

— Et là, Lannuzel a rencontré Bourgeon, dis-je.

— Oui. Et, malgré la différence d'âge, les deux hommes sont rapidement devenus inséparables. Bourgeon, originaire de Kerlouan, était resté un pêcheur dans l'âme. Il avait un canot et il faisait équipe avec Lannuzel. Ils ne sortaient jamais l'un sans l'autre.

— Là-dessus, Gaston Pinchard recrute Pierre Lannuzel et celui-ci quitte la Direction du Port.

Rosay leva l'index :

— Ce n'est pas tout à fait ça. Lannuzel a attendu d'avoir toutes ses annuités pour prendre sa retraite. Ensuite il est entré dans le groupe.

Je fis remarquer d'un air entendu :

— Mais auparavant, il avait rendu quelques petits services à Gaston.

— Pardon ? dit Rosay.

Je précisai :

— Je voulais dire qu'il avait été volontaire dans les troupes de choc à vos côtés.

— On peut le voir comme ça, concéda-t-il.

— Et Bourgeon faisait des piges à ses côtés…

— On peut aussi le dire comme ça, fit-il avec un drôle de sourire.

— Bourgeon et quelques autres ?

Il pinça les lèvres sans répondre.

— On peut toujours le dire comme ça, monsieur Rosay ?

Il ne répondit pas.

— De toute façon, dis-je, il y a prescription. Ces procédés n'intéressent plus que les historiens qui écriront sur la révolution commerciale en France à la fin du XXe siècle.

Ses doigts tambourinaient sur le bois du bureau. Agacement ? Je l'espérais. De l'agacement de mes patients jaillit souvent la lumière.

— Où voulez-vous en venir, capitaine ?

— Je cherche à comprendre, monsieur Rosay.

Il ironisa :

— Ça vous aidera à trouver Bourgeon ?

— Certainement ! répondis-je avec un aplomb que je ne ressentais pas. Et aussi à comprendre comment Lannuzel est mort.

Son sourire aussi mourut sur ses lèvres serrées tandis qu'une lueur d'angoisse naissait dans son regard.

— Lannuzel..., il s'est noyé en rejoignant son bateau.

Je le fixai :

— Qu'en savez-vous ?

— Mais... C'est dans le rapport d'enquête !

— Comment avez-vous eu connaissance du rapport d'enquête ?

— Euh... C'était marqué dans le journal !

— Ah ! Et vous croyez tout ce que racontent les journaux ?

Il regarda autour de lui pour prendre quelqu'un à témoin de ma mauvaise foi, mais il n'y avait personne.

— Pourquoi ne l'aurais-je pas cru ? Lannuzel avait tendance à picoler... Alors, un mauvais réflexe d'homme ivre... Rien d'étonnant à ça !

— D'ailleurs, ajouta-t-il comme une preuve évidente, on a retrouvé l'annexe.

— Oui, on l'a retrouvée à Sainte-Anne-du-Portzic, quant au corps de Lannuzel, il était dans l'anse de l'Auberlac'h.

— Je ne vois pas le rapport, dit-il.

— Le rapport est que, quand deux objets tombent à l'eau en même temps, les mêmes courants les emportent vers les mêmes lieux.

Je n'en savais rien, après tout un corps immergé et une légère annexe peuvent réagir différemment aux courants. Mais comme ça troublait Rosay et que j'étais là pour le troubler, j'en rajoutai :

— Si on avait retrouvé l'annexe dans l'anse de l'Auberlac'h auprès du corps de Lannuzel, je ne me serais pas posé toutes ces questions. Encore que ça faisait beaucoup de route. La logique aurait voulu que le corps de Lannuzel s'échoue lui aussi à Sainte-Anne-du-Portzic.

— Qu'est-ce que vous voulez prouver, à la fin? demanda Rosay en plaquant ses mains l'une contre l'autre.

— Simplement que l'annexe a bien été larguée de la Maison Blanche, mais que Lannuzel est tombé à l'eau ailleurs.

— Ailleurs? Mais où?

— Du côté de l'Auberlac'h probablement...

— Je ne comprends pas!

— Comptez sur moi pour vous l'expliquer sous peu!

Il médita ces fortes paroles la mine maussade.

— Est-ce Lannuzel qui a embauché Bourgeon quand celui-ci a pris sa retraite à son tour?

Il parut soulagé: on revenait sur la terre ferme. Les courants mauvais s'éloignaient.

— Non. Pierre était déjà mort à cette époque. Mais quand Bourgeon a postulé pour un poste d'agent de sécurité, connaissant ses liens avec Lannuzel, je n'ai pas hésité un instant à l'engager.

Je réfléchis un instant puis je demandai:

— Dites-moi, monsieur Rosay, de quand date l'amitié de Pinchard pour Lannuzel?

— De l'orphelinat, dit Rosay. Comme vous le savez sûrement, Gaston a perdu ses parents très jeune, il a été élevé par l'Assistance publique. C'était également le cas de Pierre Lannuzel. Il avait un an de moins que Gaston et comme c'était un univers terrible que celui de l'orphelinat à cette époque, Gaston l'a pris sous son aile et l'a défendu. Pierre Lannuzel lui en est resté éternellement reconnaissant.

Tiens, c'était une chose que Gaston Pinchard ne m'avait pas dite. Pourquoi ? Peut-être avait-il jugé que ça n'avait pas d'incidence sur l'affaire de son fils, ou il s'agissait d'une sorte de pudeur ? Allez savoir. En tout état de cause, cette amitié qui remontait à l'enfance ruinait une hypothèse qui me séduisait assez.

— C'est Renaud Corbel qui a pris la place de Lannuzel ? demandai-je.

— En effet.

— Vous le connaissiez ?

— Il faisait partie de la bande à Matthieu et puis il a eu des ennuis.

— C'était un garçon extrêmement violent, à ce qu'on m'a dit.

— C'est vrai, autrefois il était très bagarreur. De là sont venus ses ennuis, d'ailleurs.

Il me regarda :

— Mais je suppose que vous êtes au courant.

Je hochai la tête affirmativement.

— Je croyais que pour travailler dans la sécurité il était nécessaire d'avoir un casier vierge.

— Mais le casier judiciaire de Corbel est vierge, protesta Rosay. Vous pensez bien que je m'en suis assuré.

— Je croyais qu'il avait été inquiété pour avoir massacré un marin au cours d'une bagarre au port de commerce.

Rosay leva la main :

— Querelle de bistrot, dit-il. L'autre n'était pas bien clair non plus. Mais Corbel s'est engagé dans la légion étrangère, ce qui fait qu'il n'y a pas eu de poursuites.

— Combien de temps est-il resté dans la légion ?

— Sept ans. C'est-à-dire suffisamment pour apprendre à canaliser son trop plein d'énergie.

Et pour apprendre toutes les bonnes manières de trucider son prochain, pensai-je.

— Dommage qu'il ait dû s'absenter, j'aurais aimé l'entendre, lui aussi.

— Les affaires commandent, constata Rosay avec un geste d'impuissance.

— Corbel a également des fonctions commerciales dans l'entreprise ?

— Pas du tout. Il est parti faire de la formation sécurité dans les magasins que nous avons ouverts en Pologne.

— C'était un voyage prévu de longue date ?

— C'est Corbel lui-même qui règle son planning, dit Rosay. Quand il en est besoin, les magasins font directement appel à lui.

— Et en ce moment vous avez des problèmes en Pologne ?

— Les gros problèmes, ce sont les vols, surtout dans ces pays à faible pouvoir d'achat.

Je persiflai :

— Ce n'est pas comme ici, où les agents de sécurité doivent mettre eux-mêmes des objets dans les poches des clientes pour justifier de leur utilité.

Rosay eut une nouvelle fois l'air fort embarrassé.

— Je suis confus, dit-il.

Je passai à autre chose :

— Que pensez-vous de l'attitude de Bourgeon lorsque j'ai voulu lui poser quelques questions ?

Rosay me regarda à travers ses yeux à demi clos :

— Il faudrait que je sache quelles questions vous souhaitiez lui poser !

Fine mouche le bonhomme !

— Je voulais lui parler de la mort de Lannuzel, justement.

— Et pourquoi ?

— Parce qu'il me semble qu'il est mort à la Toussaint 1991 lui aussi.

Rosay s'arrêta de respirer et s'efforça de sourire, mais cette fois c'était vraiment un sourire jaune (ce qui était un comble pour un type qui avait des dents si blanches!).

— Tiens, c'est vrai, je n'avais pas fait le rapprochement... Quelle coïncidence!

— N'est-ce pas? C'est un dossier qui est plein de coïncidences: un camion grille un feu juste quand le fourgon cellulaire passe et renverse celui-ci. Coïncidence. Une bande de dockers éméchés rentrant d'une manifestation passe à ce moment-là et s'en prend aux forces de l'ordre, permettant aux détenus de s'échapper. Coïncidence encore. Trois sur les quatre sont repris, et celui qui manque c'est justement Matthieu Pinchard. Coïncidence toujours! Et maintenant Lannuzel qui se noie le jour où Matthieu Pinchard disparaît. Coïncidence, coïncidence, coïncidence! Ah là là! Quand je vais raconter ça à mon chef, il ne va jamais me croire!

Je regardais Rosay qui paraissait pétrifié dans son siège. Une fine pellicule de sueur faisait luire son front trop rouge. Il s'efforça de sourire mais ne réussit à produire qu'un affreux rictus:

— Oui, n'est-ce pas, coassa-t-il. C'est à ne pas y croire.

— Comme vous dites!

Je me levai:

— Enfin, le seul qui pourra nous éclairer sur toutes ces coïncidences, c'est Bourgeon. On va mettre le paquet, et je vous jure bien qu'on l'aura!

Je souris gracieusement à Rosay qui se leva à son tour avec un sourire forcé.

— Merci de m'avoir appelée, monsieur Rosay. Là vous pourrez dire que vous avez grandement fait progresser l'enquête !

Ce « grandement » le fit frémir.

— C'est... C'est normal, coassa-t-il une nouvelle fois.

Tiens, me dis-je en sortant, il n'a pas reparlé de m'inviter au *Crabe Marteau*. Bizarre, il a dû oublier.

Chapitre 24

Cette fois je sortis de l'hypermarché sans me faire alpaguer par les polymusclés. Je retrouvai ma voiture et, en sortant du parking, je croisai une vieille connaissance: Simone Cogant, au volant d'une Renault 5 bleue un peu cabossée. Elle devait avoir fini ses heures et, l'air soucieux, elle rentrait probablement chez elle.

Comme elle ne m'avait pas vue, je décidai de la suivre. Au bout d'une dizaine de minutes de navigation dans des rues encombrées, elle s'arrêta au pied d'un cube de béton.

Elle sortit des sacs plastiques de son coffre. Ils contenaient visiblement des victuailles et une baguette de pain qui dépassait, qui l'embarrassait et qu'elle finit par mettre sous son bras.

Elle disparut dans le cube de béton percé de fenêtres sans que je la lâche du regard. Lorsque j'entrai dans le hall, la porte de l'ascenseur se refermait.

Je regardai la batterie de boîtes aux lettres et je vis sa carte de visite: Simone Cogant, 3e gauche.

— Ma vieille Simone, dis-je, on va causer!

Délaissant l'ascenseur, j'empruntai un escalier aussi lugubre qu'un clair de lune sur un dépôt de charité. Des cris résonnaient dans les escaliers, des chocs aussi, venus d'on ne sait où.

Tudieu ! Je n'aurais point aimé habiter là-dedans !

Au troisième il y avait deux portes. Je choisis celle de gauche et je sonnai. La porte s'ouvrit immédiatement et je me trouvai en présence de… Bourgeon !

Nous restâmes nous fixer, pétrifiés, aussi surpris l'un que l'autre, puis il réagit une fraction de seconde avant moi : j'avais déjà goûté à sa main droite, cette fois je pris la gauche et je m'en allai valdinguer contre la porte de la voisine.

Mêmes causes, mêmes effets : je restai estourbie pendant quelques secondes, puis j'entendis hurler au-dessus de moi. Une voix qui me parvenait en pointillés, comme au téléphone quand la ligne n'est pas bonne :

— C'est… bordel… bourré… connasse…

J'avais encore des papillons blancs devant les yeux, je me redressai péniblement et je réalisai que j'étais entre deux furies qui s'invectivaient : Simone Cogant et une autre maritorne qui n'avait pas l'air plus accommodant que l'affable Odile Ebrel que j'avais connue dans une précédente enquête*.

Ces gracieusetés n'étaient pas faites pour apaiser mon mal de tête. Je m'adossai au mur, sortis péniblement ma plaque de ma poche et je dis aussi fermement que je pouvais :

— Silence, police !

La maritorne me regarda avec stupeur et rentra chez elle en claquant la porte. Simone Cogant fit de même, si bien que je me retrouvai toute seule comme une imbécile sur un palier crado qui puait la macération de chou-fleur.

Je me relevai péniblement et j'appuyai sur la sonnette de Simone Cogant. Personne ne répondit. En

* *Voir :* Ça ira mieux demain.

désespoir de cause, je sonnai chez la voisine et j'entendis une voix furieuse qui hurlait :

— Arrêtez de me faire ch..., j'cause pas aux flics !

Décidément, les forces de l'ordre n'étaient pas en odeur de sainteté dans ce quartier.

Je descendis précautionneusement, les jambes molles, en m'appuyant contre le mur, et je regagnai ma voiture. Une équipe de futurs Zidane et Ronaldinho l'avaient prise pour cible et leurs ballons s'écrasaient contre ma carrosserie avec une précision implacable.

Ils s'arrêtèrent un moment, me laissant ouvrir ma porte et m'installer dans ma voiture, puis me considérèrent d'un air goguenard en attendant que je proteste. Je ne leur donnai pas ce plaisir, car, visiblement, ils cherchaient l'affrontement et je ne voulais pas déclencher une émeute dans ce quartier apparemment paisible.

Un petit black de huit ou dix ans me regardait en rigolant de toutes ses dents au moins aussi blanches que celles de Philippe Rosay. Je sortis un billet de cinq euros de ma poche et je l'agitai derrière la vitre.

Fasciné, mais méfiant, il s'approcha. Je baissai ma vitre :

— Où est-ce qu'on est ici, mon petit gars ?

Il happa le billet avec la prestesse d'un caméléon gobant une mouche et me dit :

— Pontanézen, m'dame.

Et il ajouta ce conseil :

— Tu mets pas ta voiture là, m'dame, c'est not' terrain de foot.

Bon, je croyais que c'était un parking, mais j'avais dû me tromper. Je démarrai :

— Excusez-moi, les gars ! J'espère que ma bagnole n'a pas trop abîmé votre ballon.

J'allai me garer un peu plus loin et je les vis prendre, avec le même enthousiasme, une autre voiture pour cible. J'appelai le commissaire Balanec et je lui dis :

— J'ai un problème...

— Où êtes-vous ? demanda-t-il.

— À Pontanézen.

Je l'entendis rugir :

— À Pontanézen ? Mais qu'est-ce que vous fichez à Pontanézen ?

J'écartai l'appareil de mon oreille et je suppliai :

— Pas si fort s'il vous plaît !

— Qu'est-ce qui vous arrive ? s'inquiéta Balanec.

— Je viens de m'en prendre une de l'autre côté, je vois encore des chandelles, alors, en plus si vous gueulez, je meurs !

— Vous venez de prendre une quoi ?

— Une tarte, une mandale, une baffe, une mornifle, appelez ça comme vous voudrez, mais c'était un grand format.

Il y eut un silence, puis Balanec me dit avec réprobation :

— Je ne comprends rien à ce que vous racontez ! Vous ne pourriez pas être plus claire ?

— J'ai moi-même l'esprit embrumé...

Je le sentis soupçonneux :

— Vous avez bu ?

— Non, j'ai retrouvé Bourgeon.

Nouveau blanc :

— Quoi ?

J'articulai plus fort :

— J'ai retrouvé Bourgeon !

— Où ça ?

— Mais ici, à Pontanézen !
— Vous l'avez avec vous ?
J'ironisai :
— Bien sûr, dans mon vide-poches !
Il rugit de nouveau :
— Arrêtez de déconner, Lester !
— Et vous, arrêtez de hurler. Qu'est-ce que vous croyez ? Je vous ai dit que j'avais reçu une baffe grand format. Devinez qui me l'a infligée !
— Bourgeon ?
— Bravo, quelle perspicacité !
— Et il est parti ?
— Je suppose.
— Comment ça vous supposez ?
Cette question stupide m'aurait fait m'esclaffer si je n'avais pas eu les zygomatiques endommagés.
— Je vous ai dit qu'il m'a assommée. Ce qu'il a fait après…
Il s'énerva :
— Mais vous êtes folle d'aller toute seule vous attaquer à Bourgeon !
— Pour le moment, c'est toujours lui qui s'est attaqué à moi.
— Et à Pontanézen en plus ! Vous savez que nos patrouilles n'y sont pas bien vues.
— C'est pour ça que vous ne l'avez pas trouvé ! Vous le cherchiez où il n'était pas !
Nouveau blanc, puis d'un air dégoûté :
— Vous n'êtes pas drôle !
— Je ne cherche pas à l'être.
— C'est déjà ça ! Mais, on peut savoir ce que vous cherchez ?
— Je viens vous demander ce que je dois faire.

Réponse immédiate :
— Rien ! Surtout ne faites rien !
— Ah, dis-je déçue, je pensais que vous alliez venir ici immédiatement avec une commission rogatoire pour perquisitionner le domicile de Simone Cogant.
— Rien que ça ?
— Ce serait bien la moindre des choses, me semble-t-il.
— Perquisitionner chez une honorable habitante de Pontanézen ! Et sous quel motif ?
— Parce que votre honorable résidente abritait un individu dangereux recherché par la police. C'est un délit, non ?
Il me répondit par une autre question :
— Vous croyez que Bourgeon y est encore ?
— Ça m'étonnerait. Il a eu le temps de décamper.
Je n'ajoutai pas « vu votre promptitude à réagir », je l'avais suffisamment irrité en me rendant à Pontanézen sans son accord.
Il demanda :
— Alors, quel intérêt y aurait-il à aller perquisitionner chez cette personne ?
— Aucun !
J'étais fatiguée, mes oreilles bourdonnaient, tout le monde avait l'air de s'en taper, de mon enquête.
— À tout hasard, je vous donne l'adresse : Simone Cogant, immeuble Tourville, troisième étage gauche.
Et j'ajoutai cette recommandation :
— Surtout ne vous trompez pas de porte ! Sa voisine de palier est mal disposée à notre égard.
Je l'entendis grommeler :
— Si vous trouvez un gazier qui est bien disposé à l'égard des flics dans ce putain de quartier, gardez-le bien, on le mettra sous globe.

Je demandai :

— Je vous attends ?

Il grogna :

— Pour quoi faire ?

— Eh bien, pour aller chez la belle Simone !

— Pff ! cracha-t-il, parce que vous croyez qu'un juge va me signer une commission rogatoire comme ça, rien qu'en claquant des doigts, et pour Pontanézen, en plus ? Faudrait qu'il y ait au moins une demi-douzaine de morts !

— Bravo, je vois que vous avez confiance dans l'institution judiciaire !

— Ce n'est pas une affaire de confiance, Lester, c'est une affaire de réalisme.

— Expliquez-moi ça, je ne demande qu'à comprendre.

— Ils ont la tête près du bonnet, dans ce quartier, dit-il.

— C'est ça, et ils l'ont aussi près du bonnet sur le port de commerce, et même dans les hypermarchés. J'ai l'impression que, dans cette ville, flic est synonyme de tête à claque. Du moins en ce qui me concerne.

— Enfin, on ne va pas risquer une émeute pour questionner cette bonne femme !

— On peut aussi aller sonner en civil et faire ça discrètement.

— Ouais, et si elle se met à gueuler par la fenêtre, on fait quoi ? Il y a là-bas des tas de gens qui ne sont pas débordés par le travail et qui ne cherchent qu'à se donner de l'exercice.

— En tapant sur les flics ?

— Par exemple.

— Alors, on ne peut rien faire ?

— Si. Cette dame Cogant travaille chez Pinchard, m'avez-vous dit.

— En effet.

— Eh bien on l'interpellera lorsqu'elle sortira du magasin. En douceur.

— Vous avez probablement raison, dis-je à regret. Ça reporte l'interrogatoire de vingt-quatre heures.

— Et alors ? Cette affaire date de quatorze ans, alors vingt-quatre heures de plus ou de moins…

Il dut m'entendre soupirer.

— Et maintenant, que faites-vous ? demanda-t-il.

— J'hésite entre aller à l'hôpital et rentrer chez moi, dis-je.

Il s'alarma :

— Sans blague, vous êtes sérieusement touchée ? Vous voulez qu'on vous envoie une ambulance ?

— Pas la peine. Je commence à m'habituer ; mais, pour aujourd'hui, j'ai quand même ma dose, je rentre chez moi.

Il m'ordonna :

— Passez d'abord par le commissariat, il faut qu'on se voie !

— D'accord, mais promettez-moi une chose…

— Quoi donc ? demanda-t-il méfiant.

— Vous ne crierez pas !

Il se radoucit :

— Promis…

Je traversai le hall du commissariat le plus dignement que je pus devant le planton effaré. Je devais vraiment avoir une drôle de tronche !

Je frappai chez Balanec et j'entrai à son commandement.

— Qu'est-ce que… commença-t-il.

Il s'interrompit en me voyant et souffla :

— Bon Dieu ! Vous voilà arrangée !

Il n'avait pas besoin de me le dire. J'avais fait un détour par les toilettes pour constater les dégâts et vu que le coquard qui m'était promis ne céderait en rien à celui qui était en instance d'effacement.

Un peu d'eau froide me fit du bien sur le coup, mais bientôt la joue me brûla de nouveau.

— Il ne vous a pas ratée, dit-il en connaisseur. Comment…

— À force de fréquenter les moines, lui dis-je, vous savez, on vous dit « si on vous frappe sur la joue droite, tendez la joue gauche… »

— Bravo, j'admire votre humour, fit Balanec.

— Vous pouvez, mais après, il n'y a plus rien d'écrit…

— Et alors ?

— Alors ? Vous verrez bien.

Ce Bourgeon, quand je le tiendrai, je le livrerai à Fortin, et on verra s'il bourgeonnera encore quand le grand en aura fini avec lui.

Je passai ma rogne comme ça, mais je savais bien que je ne ferais rien. C'était comme à l'école, quand j'étais petite et que le prof de maths me faisait des misères. Je me disais : « un jour, je le trouverai tout seul et alors il crânera moins ».

Je l'ai revu, ce prof détesté, et je l'ai salué fort civilement.

— Comment êtes-vous arrivée à Bourgeon ? demanda Balanec.

Je touchai mon nez :

— On ne m'a pas encore démoli le pif. J'avais vu Bourgeon roucouler avec cette Simone Cogant à l'hyper Pinchard, alors je me suis dit que je ne risquais rien à la suivre.

— Et vous l'avez suivie jusqu'à Pontanézen.

— C'est là qu'elle habite. Et puis j'ignorais ce qu'était Pontanézen... Je ne suis pas d'ici, moi.

— Vous n'avez pas eu d'ennuis ?

Je montrai mon œil :

— À part ça, non.

J'ajoutai :

— Juste quelques jeunes gens qui ont pris ma bagnole pour cible avec leur ballon de foot.

— S'ils avaient su que vous étiez flic, vous ne vous en seriez pas tirée à si bon compte.

Je souris, ce qui me fit très mal.

— Le commissaire Fabien craignait que je donne une mauvaise image de la police. En fait, ils ont dû penser que j'étais une meuf qui s'était fait tabasser par son mec. Ça les a fait marrer.

— Encore heureux ! dit Balanec. Il y a des fois où ils ne rigolent pas. Donc vous avez suivi cette Simone Cogant jusqu'à chez elle et...

— Et j'ai sonné, tout bonnement. La porte s'est ouverte et je me suis retrouvée nez à nez avec Bourgeon. On est restés stupéfaits l'un comme l'autre, mais il a réagi plus vite que moi en me balançant une de ces baffes dont il a le secret. J'ai été valdinguer contre la porte de la voisine qui a aussitôt ouvert pour m'agonir d'injures.

— Et Bourgeon ?

— Je pense qu'il s'est fait la malle, mais je n'en sais

rien. Je suis restée quelques instants dans le cirage et lorsque j'ai pu me relever, j'étais seule, tout le monde était rentré chez soi. J'ai essayé de sonner chez la Cogant, mais soit elle était partie avec Bourgeon, soit elle n'a pas voulu m'ouvrir. À la réflexion, j'ai l'impression qu'elle est partie avec lui car lorsque je suis redescendue, je n'ai pas revu sa voiture.

— Où pensez-vous qu'on va les retrouver maintenant ? demanda Balanec.

— Simone Cogant sera probablement au boulot demain, à moins qu'elle n'ait un arrêt de travail. Quant à Bourgeon, je n'en sais rien. C'est vous qui êtes de Brest, non ? Ce que je sais c'est qu'il est de plus en plus urgent de le retrouver.

Chapitre 25

Mizdu était seul à la maison lorsque je rentrai. Je pris immédiatement ma baguette d'if et je la posai sur la photo. Puis je tournai lentement sous le regard vert de mon fauve d'appartement.

Comme la fois précédente, les douleurs s'apaisèrent et je me sentis prise d'une incoercible envie de dormir. Je m'allongeai sur le canapé, un oreiller sous la tête, un autre sous les pieds, le chat sur les genoux.

Lorsque je me réveillai, la nuit était tombée, le chat n'était plus sur mes genoux, mais on m'avait recouverte d'un plaid. « On », c'est-à-dire ma bonne Amandine que j'entendais s'affairer dans la cuisine.

Je me levai, passai dans la salle de bain pour me rafraîchir et je me vis avec horreur dans la glace. Mon deuxième coquard valait bien le premier et il me faudrait au moins des lunettes à la Garbo pour tenter de dissimuler les dégâts.

Je revins à la cuisine et Amandine me regarda avec chagrin et réprobation.

— Ma pauvre petite!

Elle en avait les larmes aux yeux et elle me tint quelques instants serrée contre elle.

— Qui est-ce qui vous a arrangée comme ça? demanda-t-elle.

— Le même que la dernière fois ma chère Amandine.

— Ce… Bourgeon?

— Oui, ce Bourgeon, comme vous dites.

Elle avait déjà dû commencer à rédiger le début de mon enquête.

— Vous faites tout de même un drôle de métier! souffla-t-elle. C'était moins dangereux quand vous étiez journaliste.*

— C'est vrai, mais si je ne faisais pas le métier que je fais, vous n'auriez rien à raconter, ma chère Amandine.

Elle en convint à regret.

— Mais ne vous inquiétez pas, dis-je pour la rassurer, c'est impressionnant, mais je me sens tout à fait bien.

— Et je suppose que vous allez y retourner demain?

— Vous supposez bien, Amandine, mais cette fois je ne serai pas seule: Fortin viendra avec moi.

Et je pensai que si Fortin était venu avec moi, à cette heure Bourgeon serait sous les verrous… Mais est-ce qu'il serait monté avec moi chez Simone Cogant? Non, il serait probablement resté dans la voiture et je l'aurais retrouvé en train de jouer au foot avec les jeunes de la cité, car Fortin a une âme d'éducateur. On ne le croirait pas comme ça, mais il sait y faire avec les jeunes et les jeunes le respectent.

Pas seulement pour sa carrure qui impressionne, mais aussi pour sa façon de faire. S'il est d'une sévérité implacable envers les voyous qui les utilisent pour leurs trafics, voire envers leurs parents qui ne les éduquent pas, il a toujours une parole de compassion pour ces gamins déracinés.

* *À la suite d'une sombre histoire où la politique s'était mêlée d'une de mes enquêtes* - La régate du Saint-Philibert - *j'avais claqué la porte et m'étais reconvertie dans le journalisme d'investigation. Cependant, j'avais été bien contente de regagner la grande maison sur les insistances du commissaire Fabien pour une enquête à Nantes* - Couleur Canari.

Que de fois l'ai-je entendu dire à des collègues exaspérés par des incivilités : « Bah, ce ne sont que des gosses, des pauvres gosses… »

Tout ça pour vous dire que, Fortin présent ou pas, j'aurais reçu ma torgnole, et que Bourgeon aurait tout de même pris la clé des champs.

Amandine avait hoché la tête : la présence de Fortin la rassurait.

Nous dînâmes ensemble tandis que je lui contais les péripéties de la journée.

Elle m'avait préparé un potage de légumes suivi d'une aile de raie servie avec du riz et une vinaigrette à la framboise. Un régal que le chat lui-même apprécia car il épuisa jusqu'à la plus infime lamelle de poisson restée collée sur les cartilages.

J'avais beau avoir dormi deux heures sur mon canapé, je me sentais encore très lasse. Je me couchai sans tarder et je plongeai dans un sommeil agité de rêves tumultueux où apparaissaient à tour de rôle Bourgeon, Rosay, Pinchard et même Lannuzel Pierre au regard de fanatique, pourtant décédé depuis quatorze ans !

Ce fut la sonnerie du téléphone qui me tira de mon sommeil. Je regardai le réveil, il était neuf heures.

— Allô, Mary ?

Je reconnus immédiatement la voix du commissaire Fabien.

J'étouffai un bâillement :

— Bonjour patron.

— Je viens aux nouvelles. Je ne vous réveille pas, au moins ?

— Pas du tout, fis-je en bâillant de nouveau. Mais, pour tout vous dire, je ne me presse pas.

Il se fit paternel :

— J'aime autant ça, vous avez besoin de repos. Comment va cet œil ?

— Très bien, l'hématome se résorbe petit à petit.

— Bon ! Il faudra que vous passiez au commissariat un de ces jours. Quelques papiers à signer, mais rien ne presse.

Ça m'arrangeait bien, car je lui avais parlé de mon œil droit, s'il avait vu le gauche !

— Ah, il paraît que Fortin est allé à Brest ces temps-ci ?

— En effet patron, c'est moi qui le lui ai demandé. Quelques vérifications à faire, et comme je suis immobilisée...

— Rien de nouveau de ce côté-là ?

— Certains éléments qui pourraient nous faire avancer, mais il faudrait que Fortin y retourne, peut-être aujourd'hui.

— Eh bien, qu'il y aille ! Je vous demande ça parce que le contrôleur général Mervent s'inquiète de l'avancement de l'enquête.

— Il trouve que ça ne va pas assez vite ?

— Évidemment !

— Rassurez-le, dis-je, on y travaille. Mais il ne va pas avoir, en huit jours, des renseignements qu'on n'a pas trouvés en quatorze ans.

— C'est ce que je lui ai dit, fit Fabien, mais il n'entend pas lâcher le morceau comme ça.

— Je suis sûre que vous saurez le faire patienter, patron !

Je l'entendis soupirer :

— Comptez sur moi pour essayer. Allez, bonne journée Mary. Reposez-vous bien.

— Merci patron.

Je raccrochai et rappelai immédiatement Fortin.

— Allô, Jipi?

J'entendis avec bonheur sa grosse voix rassurante:

— Mary Lester, quelle surprise! Je croyais que tu m'avais oublié.

— Comme si tu ne savais pas que tu es inoubliable, mon gros!

— Je ne suis pas si gros que ça, protesta-t-il.

C'est vrai, Fortin n'est pas gros, il n'est que colossal.

— Tu as pris ton petit-déjeuner?

Il s'esclaffa:

— Il y a un moment! Tu as vu l'heure qu'il est?

Je consultai la pendule: neuf heures trente.

— Comme le temps passe, soupirai-je. Viens, je t'offre un petit café.

— Chez toi?

— Oui.

J'eus le temps de prendre ma douche et de faire le café. On sonnait à ma porte. Je m'en fus ouvrir et, quand il me vit, Fortin tomba en arrêt:

— Dis donc, ça ne s'est pas arrangé!

Il m'examina plus attentivement et s'exclama:

— On dirait que tu en as pris une autre!

— Comme tu dis. Bourgeon, qui n'est pas avare de ses coups, a remis la tournée!

— L'enfoiré! dit Fortin en s'asseyant.

Je voyais ses gros poings se serrer convulsivement. Puis il me reprocha:

— Quelle idée aussi, d'aller te frotter à cet abruti toute seule!

Je servis le café. Comme à son habitude, Amandine avait été chercher une ficelle de pain frais et deux croissants à la boulangerie voisine.

Je racontai à Fortin en quelles circonstances j'avais eu droit à ce nouveau marron. Il m'écouta en dévorant un croissant.

— Et maintenant? demanda-t-il lorsque j'eus fini.

— Maintenant j'ai besoin d'un chauffeur. Je ne m'aventure plus toute seule dans cette ville. J'ai besoin de toi, Jipi.

— D'accord, dit-il sobrement. Quel est le programme?

— D'abord, je voudrais voir encore une fois le vieux Pinchard. Donc, nous irons d'abord à Landévennec.

— Ensuite?

— Ensuite on verra...

*

J'avais caché mes hématomes derrière de larges lunettes noires et il faisait ce jour-là un matin de printemps.

Du Faou à Landévennec, la route côtière était voilée d'une brume légère comme une gaze. De l'autre côté de l'eau, le monastère dressait fièrement ses austères bâtiments de pierre jaune à flanc de colline, au milieu des bois.

Le cimetière de bateaux était triste et gris comme un vrai cimetière et, devant la lugubre bâtisse Pinchard, le terre-plein était vide de voitures.

— J'aime bien ce coin, dit Fortin rêveur.

— Eh bien, profites-en, dis-je. Je n'en ai pas pour très longtemps.

Je m'en fus sonner à la porte et, dès que j'eus annoncé mon nom, un déclic se fit entendre et la porte piétonne s'ouvrit.

Tiens, on ne se méfiait plus... Cathy m'attendait sur la terrasse. Elle me serra la main :

— Venez, Père vous attend.

— Il m'attend ?

— Enfin, je veux dire qu'il souhaitait fort votre visite. Il n'a pas cessé de me parler de vous. Pourtant, d'ordinaire pour lui tirer trois mots...

— Je suppose qu'il a vu son fils, dis-je.

— En effet.

— Vous aussi ?

— Je l'ai accompagné.

— Quel effet cela lui a-t-il fait ?

— Extraordinaire, dit-elle. Depuis, il n'est plus le même.

— L'Esprit de Landévennec, dis-je.

Elle n'avait pas entendu, elle demanda :

— Pardon ?

— Je disais que Landévennec est un lieu où souffle l'Esprit ! Il aura soufflé sur votre père par ricochet.

Elle sourit, sceptique.

— Depuis trente ans que nous sommes ici, je ne m'en étais jamais aperçue.

Je lui souris à mon tour :

— Parce que vous ne vous êtes pas assez approchée du monastère.

Elle me regarda, soudain inquiète :

— Vous croyez ?

Je la rassurai :

— J'en suis sûre, mais n'ayez pas peur, il n'en peut sortir que des bonnes choses.

Le père Pinchard se leva à ma venue :

— Ah, mademoiselle Lester !

Il ne m'en avait jamais tant dit.

— Bonjour, monsieur Pinchard.

Il me serra la main avec effusion.

— J'ai vu mon fils. Je dois vous remercier.

— Pourquoi ? m'étonnai-je.

— Parce que vous m'avez poussé à faire cette visite. Sans vous, je ne sais pas si j'y serais allé. Mon foutu maudit orgueil...

Il n'en dit pas plus, c'était déjà beaucoup ; il secoua ses larges épaules et me présenta un siège.

— Asseyez-vous donc !

Puis il commanda :

— Cathy, du café !

J'entendis une voix venir de loin :

— Oui, Père.

Il me regarda intensément :

— Il est bien, mon fils, hein ?

— Oui, monsieur, je suis certaine que c'est un garçon épatant.

Il se pencha et me glissa en confidence :

— Il n'était pas comme ça autrefois, vous savez !

Je souris :

— Je m'en doute. Ce n'est plus un foutu petit con ?

Il sourit à son tour.

Je ne lui parlai pas de l'Esprit de Landévennec, son fils ferait ça mieux que moi le moment venu.

— Il n'est pas coupable, n'est-ce pas ? demanda-t-il d'une voix anxieuse.

— Je ne pense pas, monsieur.

Cathy servit le café dans ces tasses de porcelaine blanche que je connaissais déjà. Il était accompagné de galettes bretonnes bien alléchantes.

Gaston Pinchard me contemplait toujours intensément.

— Je sens que mes lunettes vous gênent, monsieur.

Il avoua :

— J'aime à voir les yeux de mes interlocuteurs.

— Je vous comprends.

J'enlevai mes lunettes et il s'exclama :

— Oh !

Je proposai :

— Vous voulez que je les remette ?

Il ne répondit pas, mais gronda :

— Qui vous a fait ça ?

— Je vous l'ai déjà dit : Bourgeon.

— Encore ?

— Un coup à droite, un coup à gauche, c'est un homme qui sème à tout vent.

— Vous l'avez donc retrouvé ?

— Oui, dis-je, mais ce fut une brève rencontre...

— Il est enfermé, j'espère.

— Pas encore, monsieur. Et je ne vous cache pas que ça me contrarie car son témoignage serait essentiel pour innocenter Matthieu.

— Où peut-il se cacher ?

— Je ne sais, monsieur. Il y a tant de recoins au port de commerce...

— Vous croyez que c'est là qu'il se cache ?

— Quelque chose me dit que oui. Cependant, j'étais venue vous poser une question, monsieur.

Pinchard m'encouragea :

— Allez-y.

— Au temps où votre fils se distinguait avec sa horde sauvage, comme disait la presse de l'époque, vous voyagiez beaucoup ?

— Ah oui. Ça aura été la période la plus intense de ma vie : celle où je construisais le groupe.

— Vous étiez donc plutôt un bâtisseur ?

— Oui, je courais la France et le monde, toujours entre deux avions... C'est d'ailleurs pour ça que Matthieu a mal tourné... Si j'avais été là, jamais ces débordements ne se seraient produits. Je m'en veux...

Il avait enfoui son visage dans ses mains. Est-ce qu'il allait se mettre à pleurer ?

J'essayai de le consoler :

— Comme disent les Anglais, ça ne sert à rien de pleurer sur le lait renversé, monsieur. On ne réécrit pas l'histoire. Mais on peut chercher à la comprendre.

Il me regardait, curieux de savoir où je voulais en venir.

— N'étant pas là, vous aviez donc délégué vos pouvoirs ?

— Oui, à Philippe Rosay, comme vous le savez. D'ailleurs je vous ai dit aussi que Philippe ne m'avait jamais déçu.

— En effet. Mais en quels termes l'avez-vous fait ?

— En quels termes ? Je ne comprends pas.

Il réfléchit longuement et expliqua :

— J'ai provoqué une réunion des directeurs de magasin et je leur ai dit que désormais, en mon absence, les décisions seraient prises par Philippe Rosay.

— Est-ce que ça a généré des jalousies ?

Il répéta :

— Des jalousies ? Je ne sais pas. Certains avaient probablement des ambitions et ont été déçus. Si tel a été le cas, personne n'a bronché. C'était une époque où personne ne contestait mes décisions.

Je m'en serais doutée.

— Ensuite, poursuivit-il, une note de service interne a entériné ce point.

— Je vois. Cependant Pierre Lannuzel ne faisait pas partie de ces directeurs…

— Non.

— Il n'était pas non plus à cette réunion?

Le vieil homme chercha dans sa mémoire:

— Je ne sais pas… Je ne sais plus.

— Cependant il a été informé de la position prédominante de Rosay au sein du groupe?

La lumière parut lui revenir:

— Ah oui, je me souviens, maintenant. Cette réunion étant strictement confidentielle, Lannuzel gardait les portes de la salle.

— Pourquoi ces précautions?

— Vous savez, les journalistes… Dans les affaires, moins on en dit, mieux ça vaut. Bref, quand tout le monde est parti, nous nous sommes retrouvés à trois dans mon bureau: Pierre Lannuzel, Philippe Rosay et moi. Et là j'ai fait part à Pierre de mes décisions.

— Pouvez-vous préciser?

— Oui, je m'en souviens bien, maintenant.

— Vous avez donné un blanc-seing à Rosay en présence de Pierre Lannuzel.

— En effet.

— Comment l'a-t-il pris?

— Qui ça, Pierre?

— Oui.

— Pierre ne commentait jamais mes décisions. Il les exécutait à la lettre.

Un bon militaire! Je finis ma tasse de café.

— Donc tout laisse à penser qu'il a également suivi les directives de Rosay à la lettre?

— Je n'ai aucun doute à ce sujet. D'ailleurs Philippe et lui s'entendaient très bien. Ils ont toujours été mes plus fidèles compagnons.

Il me regarda curieusement :

— Un problème, mademoiselle Lester ?

— Non monsieur Pinchard.

— Alors, pourquoi ces questions ?

— Je cherchais simplement une confirmation.

— À quoi ?

— Au dévouement de ces deux hommes.

— Je vous la donne volontiers.

Je me levai :

— Merci monsieur.

Il parut inquiet :

— Vous pensez que cela peut avoir quelque importance ?

S'il avait suivi le cours de mes pensées, il aurait frémi.

— Tout peut avoir une importance, monsieur Pinchard. Surtout que je comprenne bien la succession des faits. Mais le plus important est de trouver Bourgeon. Retournerez-vous voir Matthieu ?

— Oui, aussi souvent que je pourrai.

Je hochai la tête :

— À plus tard, monsieur Pinchard.

Il me serra de nouveau la main avec effusion en murmurant : « Merci… »

Je remis mes lunettes et je sortis. Cathy vint m'accompagner jusqu'à la porte et me serra fortement la main sans mot dire.

Chapitre 26

Je remontai dans la voiture et Fortin demanda flegmatiquement :

— Et maintenant ?

Je consultai ma montre :

— Il va être l'heure de déjeuner.

— Ouais, dit Fortin.

— Je t'invite.

— Où ça ?

— Tu vas voir, un restaurant super, au port de commerce.

À midi et demi il arrêta sa voiture quai de la Douane. Il nous restait à traverser la rue pour entrer au *Crabe Marteau*.

— Tu parles d'un nom ! dit Fortin.

À l'extérieur de l'établissement, un jeune garçon protégé par un tablier de jardinier en grosse toile bleue ouvrait des huîtres sur un établi de menuisier. À l'intérieur, sur des tables massives garnies de journaux dépliés en guise de nappe, on servait sur un plateau de bois des crabes cuits, avec un maillet pour casser les pattes des crustacés.

— C'est folklo ! apprécia Fortin.

Il régnait un aimable brouhaha et nous eûmes la chance de trouver une des dernières tables encore libres. Près de la fenêtre, une table circulaire déjà dressée portait une réglette indiquant que le lieu était réservé.

Fortin m'offrit la banquette de moleskine de façon à ce que je sois face à la salle, mais je déclinai son offre et je pris la chaise. Contre le mur, une glace me permettait d'observer la salle.

La charmante dame qui vint prendre notre commande me regarda bizarrement, cherchant à voir derrière ces grosses lunettes noires qui ne parvenaient pas à cacher mes hématomes.

Se demandait-elle si c'était Fortin qui m'avait arrangée de la sorte ? Je la laissai à ses réflexions.

Fortin voyait bien que je guettais la porte. Il me demanda :

— Tu attends quelqu'un ?

— Qui sait ? dis-je.

— Humph ! grogna-t-il, toujours en train de faire des mystères, Mary Lester.

— Chut ! lui dis-je, pas de noms, je suis ici incognito.

— De mieux en mieux ! fit-il. Ce n'est pas parce que tu es déguisée en Greta Garbo qu'il faut jouer les stars !

Je haussai les épaules et me plongeai dans la carte. Je choisis un tourteau avec sauce et pommes de terre, Fortin fit de même.

Philippe Rosay arriva avant le tourteau, accompagné de trois autres hommes en costume. Ce devait être un repas d'affaires. Rosay avait été bien inspiré en me disant que le *Crabe Marteau* était sa cantine.

Je me penchai vers Fortin :

— Tu as vu qui vient d'entrer ? demandai-je.

— Les quatre types, là ?

— Oui. Celui du milieu, le rouge de figure, c'est Philippe Rosay.

Il siffla entre ses dents :
— Le successeur du vieux Pinchard ?
— Lui-même.
— Qu'est-ce que tu lui veux ?
— Je n'en sais encore rien. Je sens que ce type n'est pas net.
Fortin hocha la tête d'un air sceptique :
— Tu sens…
— Oui, comme tu peux le voir, mon nez est encore entier.
— Heureusement, sans ça je ne sais pas sur quoi tu aurais posé tes lunettes. Qu'est-ce qu'on fait ?
— On mange ! dis-je. Tu n'aimes pas le crabe ?
Il haussa les épaules comme si je lui avais posé une question stupide.
— Pourquoi en aurais-je commandé si je n'aimais pas ça ?
— Alors vas-y, attaque, ordonnai-je.
Ce qu'il y a de bien avec Fortin, c'est qu'il m'obéit toujours au doigt et à l'œil.
Il prit le marteau et, posant une patte de tourteau sur la planchette, il entreprit son œuvre de démolition. Je fis de même et, comme nous étions quelques-uns à avoir choisi ce crustacé, on se serait cru dans un atelier de sculpteur. Pan… pan… pan…
Rosay jouait les habitués. Il avait confié son trois-quarts de cuir fauve au garçon après lui avoir serré la main et il n'eut pas besoin de consulter la carte pour commander.
— Tu as peur qu'il te reconnaisse ? demanda Fortin.
— Pas du tout, j'espère même qu'il me reconnaîtra. Mais pas tout de suite.
— Ah…

— Non, quand je l'aurai décidé.

Visiblement, le grand ne comprenait pas. En fait, je n'avais pas de conduite arrêtée, je pilotais à vue.

— Quand nous aurons fini, tu partiras le premier, dis-je à Fortin.

— Bon… Et toi ?

— Moi, j'aurai encore un peu à faire ici.

— Et moi ?

— À deux ou trois cents mètres, il y a un hôtel, *Les Gens de Mer*, c'est ainsi qu'il s'appelle. Tu m'attendras devant.

— OK.

— Tu comprends, il faut que Rosay croie que je suis seule.

— Donc, je te retrouve là-bas.

— Voilà.

Il réfléchit :

— Mais s'il te suit ?

— Je vais rentrer dans l'hôtel et prendre une chambre.

— Tu vas rester dormir là ?

— Peut-être.

Il haussa de nouveau ses larges épaules pour signifier qu'il n'y comprenait rien. Son café avalé, il allait se lever, je le retins :

— Attends… Quand tu auras garé ta voiture, reviens ici et essaie de voir si on me file.

Il me regarda, incrédule :

— Tu crois que…

— Je ne crois rien, mais fais ça pour moi.

— Bon, dit-il en se levant.

Il sortit sans que Rosay s'aperçoive de sa présence.

J'appelai la serveuse pour lui demander l'addition

et je passai aux toilettes. Quand je revins, je pris la place de Fortin sur la banquette et j'ôtai mes lunettes.

Il se passa quelques instants avant que Rosay ne me vît, mais lorsqu'il me reconnut, il parut pétrifié. Il s'excusa auprès de ses convives et s'approcha de ma table.

— Capitaine Lester…

Ma présence l'intriguait. Tant mieux, c'était ce que je cherchais.

— Elle-même, monsieur Rosay. Vous m'avez tant vanté l'endroit que je n'ai pas pu résister à l'envie d'y venir.

— Je ne vous avais pas vue, s'excusa-t-il.

— Vous êtes fort occupé, dis-je en donnant un coup de menton en direction de sa table où ses invités semblaient se demander qui j'étais. Repas d'affaires?

Il hocha la tête:

— En effet.

Puis son attention se fixa sur mon œil:

— Que vous est-il arrivé?

— J'ai retrouvé Bourgeon.

— Ah… Où ça?

— À Pontanézen, chez une certaine Simone Cogant qui est surveillante à la caisse centrale dans votre établissement.

— Simone? s'exclama-t-il.

— Oui, vous la connaissez?

— Bien sûr, elle travaille chez moi, tout de même!

— Oui, dis-je, mais ça n'implique pas que vous connaissiez les quatre cents et quelques employés de votre magasin par leur prénom.

— Oh, mais c'est que Simone y est depuis plus de vingt ans, dit-il. Mais qu'est-ce que Bourgeon fichait chez Simone?

— Je n'ai pas eu le temps de le lui demander figurez-vous, il m'a collé un tel ramponneau que je suis restée dans les pommes quelques minutes. Quand je me suis réveillée, il n'y avait plus personne, évidemment.

— Ce qui fait que Bourgeon…

— Est dans la nature, et oui mon cher monsieur Rosay, je l'ai encore loupé. C'est un type assez insaisissable, ce Bourgeon ! Bien plus que son nom ne l'indique !

J'esquissai un geste de dépit et d'impuissance :

— J'étais seule, je n'ai pas pu le ramener au commissariat.

Je crus lire du soulagement dans les yeux de Rosay, soulagement que je douchai immédiatement :

— Mais ce n'est plus qu'une question de temps, d'heures peut-être.

Il redevint soucieux :

— Vous avez une piste ?

J'acquiesçai :

— Et une solide ! Cette fois Bourgeon ne nous échappera pas. Le commissaire Balanec va prendre les choses en main avec son équipe. Demain nous y verrons plus clair.

Je remis mes lunettes :

— Quant à moi, je vais aller me reposer.

— Vous rentrez à Quimper ?

— Non, j'ai pris une chambre à côté, à l'hôtel *Les Gens de Mer*. Vous connaissez ?

Il hocha la tête sans enthousiasme. Je promis :

— Dès que j'aurai du nouveau, vous serez averti en priorité.

J'avais dû dire ça curieusement, il sourit du bout des dents.

— Je vous en remercie, dit-il.

Je me levai :

— Bonne fin de repas, monsieur Rosay.

Souhait hypocrite, j'étais sûre que je lui avais coupé définitivement l'appétit.

☆

À l'hôtel *Les Gens de Mer*, j'obtins une jolie chambre donnant sur le port. Je ne remarquai pas Fortin qui savait se rendre invisible quand il le fallait, mais mon portable sonna et j'entendis sa grosse voix :

— Bingo, Mary, tu avais quelqu'un sur le porte-bagages !

Je sentis l'adrénaline monter :

— Qui ça ?

— Le petit mec qui ouvre les huîtres dehors.

— L'écailler ?

— C'est ça. Quand tu es sortie, Rosay est allé lui dire deux mots et je crois qu'il lui a refilé un biffeton. Il a aussitôt tout plaqué pour te filocher. Il est même entré à l'hôtel pour demander quelque chose à la réception.

— Parfait ! dis-je.

— Et maintenant ?

— Maintenant, retourne au restaurant et préviens-moi quand Rosay s'en ira.

— Quand il sera parti, je te récupère ?

— D'abord il faudra s'assurer que personne ne me suit. Rosay a une sainte pétoche que je retrouve Bourgeon. Il est capable de me faire filer pour me l'enlever sous le nez.

Il objecta :

— Mais tu ne sais même pas où il est ce connard !

— Exact. Mais peut-être que Rosay le sait.

— Tu… Tu crois ?

— Cette affaire est un tel festival de coups tordus que tout, je dis bien tout, peut arriver.

Je raccrochai.

En réalité, je croyais n'avoir rien oublié, mais on ne pense jamais à tout. Et celui qui tirait les ficelles était encore bien plus vicieux que je me l'étais imaginé.

Mon portable sonna, me faisant sursauter. Je décrochai et j'entendis la voix de Rosay :

— Capitaine Lester ? Philippe Rosay. Excusez-moi, j'espère que je n'ai pas interrompu votre sieste…

— Que se passe-t-il, monsieur Rosay ?

— Suite à notre conversation, à peine rentré au magasin, j'ai convoqué Simone Cogant.

— Et, surprise, elle n'était pas là, dis-je.

Je lui avais coupé ses effets. Il bredouilla :

— Comment le savez-vous ?

Je me fis évasive :

— Oh, monsieur Rosay, dans la police on sait beaucoup de choses. Combien a-t-elle obtenu d'arrêt de travail ? Huit, dix jours ?

— Dix jours, fit-il déconfit.

— Et où se soigne-t-elle ?

— Chez elle, je suppose. Ce n'est pas précisé.

— Eh bien, je vais vérifier ça, dis-je.

— Vous allez chez elle ?

— Merci ! Le quartier Pontanézen, j'ai déjà donné. C'est très vivant, remarquez, ça a même des côtés sympathiques, mais je préfère envoyer des costauds. Si jamais Bourgeon y est, ils auront de meilleurs arguments que moi pour le convaincre. Merci en tout cas de m'avoir signalé ça, monsieur Rosay.

J'avais dû dire ça du ton : « il vous sera tenu compte de votre bonne volonté » car, lorsqu'il me salua, ce fut d'une voix qui se fissurait.

Je rappelai le commissaire Balanec :

— Allô Balanec, toujours rien sur Bourgeon ?

— Rien, me répondit-il laconiquement.

— J'ai peut-être un tuyau, annonçai-je, Philippe Rosay vient de m'apprendre que Simone Cogant s'était fait porter malade.

Il s'affola :

— Vous êtes allée chez Rosay ?

— Oui… Pourquoi n'y serais-je pas allée ?

— Je vous avais dit…

— Oui, vous m'aviez dit que c'était sensible. Mais c'est Rosay qui m'a appelée…

— Rosay vous a appelée ? Pourquoi ?

Je minaudai :

— Ah ça, c'est perso, commissaire.

Il resta silencieux.

— Il voulait m'inviter au *Crabe Marteau*, dis-je.

— Vous y êtes allée ?

— Non. Enfin, si.

Il s'emporta :

— C'est oui ou c'est non ?

— Eh bien, c'est un peu l'un et un peu l'autre. J'y suis allée, mais pas avec lui. Enfin, je veux dire, il était là, mais à une autre table, avec des clients ou des fournisseurs, je ne sais pas trop.

Voix exaspérée :

— Je ne comprends rien à ce que vous racontez, dit Balanec, il semble que vous possédiez au plus haut point l'art d'embrouiller les choses, Lester !

— C'est pourtant bien simple, commissaire.

Avant-hier, Rosay m'a téléphoné pour s'excuser parce que sa femme n'avait pas pu se rendre à ma convocation. Dans la foulée, il m'a invitée à déjeuner au fameux *Crabe Marteau*, rien que lui et moi. J'ai refusé. Cependant il m'avait fait de telles louanges de ce restaurant que je m'y suis rendue aujourd'hui, mais seule. Il avait raison, hein, c'est excellent ! On m'a servi...

— Oh, ça va ! fit la voix rogue du commissaire Balanec. Vous n'allez pas me réciter la carte, je sais très bien ce qu'on mange au *Crabe Marteau* !

— Pardon, dis-je, je m'égarais. Où en étais-je ? Ah oui ! Rosay était à une autre table avec des gens qui m'étaient inconnus. Il s'est même dérangé pour venir me saluer et je lui ai raconté ma mésaventure à Pontanézen, au domicile de Simone Cogant. Il semble qu'il connaisse bien Simone Cogant qui est une de ses plus anciennes employées. Il s'est étonné que Bourgeon ait trouvé refuge chez elle et il aura voulu la questionner à ce sujet. Et là, surprise, en arrivant à l'hypermarché, il apprend que madame Cogant est malade et en arrêt de travail pour dix jours. Alors il me téléphone pour me l'apprendre.

J'ajoutai :

— C'est toujours lui qui m'a téléphoné, commissaire.

J'entendis grogner dans mon écouteur.

— Son lieu de domiciliation est bien Pontanézen.

— On sait ça, dit Balanec.

— Bien sûr, dis-je, mais, pour être remboursée, il faut qu'elle soit à son lieu de domiciliation, c'est-à-dire à Pontanézen... Si elle n'y est pas et qu'un contrôleur de la Sécu vérifie, elle ne sera pas remboursée.

— Et alors ?

— Alors, si elle est près de ses sous, il se peut qu'elle soit retournée chez elle et vous pourriez aller avec quelques hommes l'interroger au sujet de Bourgeon.

— Je suis bien capable d'y aller seul, grommela-t-il. Dans ce quartier, plus on est discret, mieux ça vaut.

— Je sais bien que vous en êtes capable, dis-je, mais si jamais Bourgeon y est…

— Eh bien, je le ramène.

— C'est que…

— C'est que quoi ?

— C'est que je ne voudrais pas qu'il vous arrive la même chose qu'à moi !

Il persifla :

— Merci de vous préoccuper de ma santé ! Mais je sais me défendre, capitaine Lester !

Je persiflai à mon tour :

— C'est toute la différence entre un homme et une faible femme !

Je me remémorai sa silhouette longiligne en me disant que si Bourgeon lui balançait sa « spéciale police », il irait, lui aussi, valdinguer contre le mur d'en face.

— Je téléphonerai, dit-il agacé.

C'est bizarre comme j'arrive toujours à exaspérer mes interlocuteurs mâles. Ça doit être un don. Et pourtant, je vous le jure, je ne fais pas exprès. Enfin, pas toujours.

Balanec allait téléphoner, c'était déjà mieux que rien.

— J'attends votre réponse, bien entendu.

— Et si elle est chez elle, qu'est-ce que je fais ?

— Vous la ramenez au poste et vous me prévenez. J'aurai quelques questions à lui poser.

Mais mes questions, j'allais pouvoir me les garder. Simone Cogant n'était pas chez elle, ou du moins ne répondait-elle pas au téléphone.

Et, je l'avais compris, il n'entrait pas du tout, mais alors pas du tout, dans les vues de Balanec d'envoyer deux flics voir ce qui se tramait au troisième étage de l'immeuble Tourville à Pontanézen.

Chapitre 27

Seize heures.

J'étais toujours dans ma chambre à l'hôtel *Les Gens de Mer*. J'avais fait une petite sieste et maintenant j'avais des fourmis dans les jambes.

J'appelai Fortin :

— Ho le grand, qu'est-ce que tu fous ?

— Je t'attends, dit-il en étouffant un bâillement.

— Où es-tu ?

— Dans la bagnole, juste en face de ton hôtel.

— Rien en vue ?

— Non, rien ne bouge.

— Je vais faire une sortie, annonçai-je. Il faudrait que tu voies si j'ai une remorque.

— Bien reçu ! Où comptes-tu aller ?

— En centre ville. Rue de Siam.

— Ça va te faire une tirée, tu ne veux pas que je te dépose ?

— Sûrement pas ! Il faut absolument qu'on me croie seule à Brest. Je vais prendre un taxi.

Je demandai donc à la réception de m'appeler une voiture et je descendis dans le hall pour l'attendre.

J'eus droit à une Mercedes - je n'en demandais pas tant - mais qui peut le plus peut le moins, n'est-ce pas ?

La ville de Brest, qui a été pratiquement anéantie par les bombardements lors de la Seconde Guerre mondiale, fut reconstruite dans l'urgence. La recherche architecturale ne figurait pas dans les préoccupations dominantes des bâtisseurs de l'époque. Les Brestois avaient vécu dans des baraques de bois pendant des années, et après tant d'épreuves, il était urgent de leur donner un peu de confort. Dans cette ville, les rues sont rectilignes, larges et elles se coupent à angle droit.

Les immeubles sont cubiques, en béton, mais çà et là on trouve un témoin d'une époque révolue : quelque vieille maison ayant miraculeusement échappé au déluge de bombes de 1944, coincée entre deux parallélépipèdes de béton, quelque porte de granit travaillé datant de Vauban, s'ouvrant sur un square.

Le taxi me déposa square Roull, face à la grande librairie *Dialogues* qui s'étend sur deux étages à l'entrée des rues piétonnes.

« Voilà ce qu'il me faut ! » me dis-je. Ceux qui me connaissent savent que je pourrais passer des heures dans un endroit où l'on vend des livres. Et dans cette librairie offrant une telle profusion d'ouvrages les plus divers, je ne sens pas la fuite du temps.

D'autant que, pour le confort de ses clients, l'astucieux libraire a agencé au cœur du magasin un espace de rencontres où l'on sert du thé avec des pâtisseries.

J'achetai quelques bouquins que je n'avais trouvés nulle part ailleurs, et en particulier un roman de Pierre Magnan qui manquait à ma collection, puis je revins vers ce salon de thé où je me fis servir un Ceylan et une pâtisserie à la pâte d'amandes.

Presque à regret, je sortis par le niveau supérieur qui donne sur la rue de Siam en me promettant de revenir dans ce lieu magique.

Je trouvai rapidement un taxi qui me ramena à mon hôtel. J'entrais dans ma chambre lorsque mon téléphone sonna. C'était Fortin.

— Tu avais raison de te méfier, dit-il. Il y a un petit mec en scooter qui ne t'a pas lâchée d'une semelle.

— Bien ! dis-je satisfaite. Tu es sûr qu'il ne t'a pas retapissé ?

— Certain. Je n'ai pas filoché ton taxi, je l'ai précédé et je suis arrivé juste avant vous à la librairie. Pareil pour revenir, je suis rentré direct ici. Lui, il ne t'a pas quittée de l'œil.

— Où est-il maintenant ?

— Pas loin de ma bagnole, mais il ne me voit pas car je suis caché par une fourgonnette. Il n'a même pas idée qu'on peut le surveiller, ce niais !

— Tant mieux, dis-je.

— Je pourrais le secouer, proposa le grand, et lui faire dire qui l'envoie.

— Surtout pas !

— On ne va pourtant pas rester là toute la nuit ! protesta Fortin.

— Je ne pense pas, dis-je, j'ai l'impression que les choses vont bouger avant ça.

Vingt heures sonnèrent, je regardai les titres au journal télévisé. Rien que des catastrophes, comme d'habitude. J'éteignis bien vite le poste et je descendis à la salle à manger.

Lorsque je fus installée derrière la grande baie vitrée, mon téléphone vibra dans ma poche. C'était Fortin.

— Le petit mec en scooter a décollé.

— Il est probablement allé casser la croûte, dis-je. Tu devrais en faire autant.

— OK, dit Fortin.

Je soupai légèrement d'un potage et d'une tranche de colin servie avec des petits légumes, puis je remontai dans ma chambre. Au détour d'un couloir, je vis bouger une ombre.

Je me reculai vivement, cherchant mon arme.

— Calmos ! dit une voix que je connaissais bien.

— C'est toi Jipi ? demandai-je encore étranglée par la peur. Tu m'as fichu une de ces trouilles !

— C'est le commencement de la sagesse !

— Mais qu'est-ce que tu fous là ? Je t'avais recommandé de rester en face et de ne pas te faire voir.

— T'inquiète, dit-il. Ouvre ta porte, on ne va pas rester discuter dans ce couloir !

J'entrai dans ma chambre et je tirai les rideaux, puis je fis entrer le grand. Il portait un paquet sous le bras. Il le jeta sur le lit et ordonna :

— Tu ferais bien de mettre ça !

J'ouvris le paquet :

— Un gilet pare-balles ? dis-je. Je ne comprends pas.

Il ouvrit son blouson de cuir et montra son torse :

— Tu as vu ? demanda-t-il, eh bien, fais comme moi !

— Qu'est-ce que tu crains ?

— Quand on met un gilet pare-balles, c'est qu'on craint les balles, déclara cet homme à la logique irréfutable. Si tu dois sortir, je serai rassuré de savoir que tu as ça sur toi.

Il avait raison et je fus touchée par cette attention.

— Je te promets de le mettre, assurai-je.

— OK. Alors je me tire.

— Ne te fais pas voir.

— T'inquiète, je suis passé par le local des poubelles, je retourne par la même voie.

Je m'allongeai sur mon lit et j'essayai de lire ce bouquin de Magnan que je cherchais depuis si longtemps. Vainement. Je n'arrivais pas à fixer mon attention.

À neuf heures trente, mon téléphone sonna :

— Allô ? dit une voix étouffée que je ne connaissais pas. Capitaine Lester ?

— Oui. Qui êtes-vous ?

— Bourgeon, René Bourgeon...

Je sentis mon corps se couvrir de chair de poule.

— Bourgeon ? Où êtes-vous ?

— Pas bien loin. Faut qu'on se voie... On a des choses à se dire.

Je pensai que c'était surtout lui qui en avait à me dire.

— Eh bien, venez à mon hôtel ! Je suis...

— Je sais parfaitement où vous êtes, dit-il de cette voix couverte, mais je n'ai pas du tout envie d'aller me jeter tête baissée dans un piège.

— Il n'y a pas de piège !

Je l'entendis ricaner :

— C'est vous qui le dites. Vous n'auriez pas pour longtemps à appeler vos collègues.

— Je suppose que ma parole ne vous suffit pas ?

Il ricana de nouveau :

— C'est tout à fait ça. Si vous souhaitez me voir, c'est vous qui allez devoir vous déplacer.

— Croyez-vous ?

— J'ai diverses choses à vous dire, qui vous intéresseront. Mais pas à votre hôtel.

— Où ça alors ?

— Quai de la Douane, ce n'est pas très loin de votre hôtel. Il y a un bar, *Les Courlis*... Allez-y tout de suite, prenez un verre et attendez.

— Mais... dis-je.

J'entendis la tonalité: bip, bip, bip... Mon interlocuteur avait raccroché.

Je rappelai immédiatement Fortin:

— Jipi, je viens d'avoir un appel de Bourgeon!

— Ahhh! fit-il.

— Il me file rancard dans un bistrot du quai de la Douane qui s'appelle *Les Courlis*. Tu vas y aller tout de suite et t'assurer que c'est clean. Moi j'y serai dans un quart d'heure.

— Tu crois que Bourgeon va y venir? demanda Fortin.

— Je n'en sais rien, peut-être qu'il y est déjà.

— Qu'est-ce que je fais? Je ne le connais pas, ce mec!

— Tu fais le matelot qui est entré par hasard boire une bière. Bien entendu, on ne se connaît pas, mais si Bourgeon est là, je te ferai un signe pour que tu sortes avant moi et que tu le cueilles en douceur. Tu as pigé?

— Cinq sur cinq, assura Fortin. Et s'il n'est pas là?

— Il voudra peut-être me faire aller ailleurs. Il est terriblement méfiant.

— D'accord. Dans ce cas?

— Dans ce cas, tu ne me lâches pas.

— OK! Mary, n'oublie pas le gilet...

— OK! lui répondis-je de la même façon.

J'entrepris de revêtir cette protection qui, heureusement, est plus commode de nos jours qu'autrefois*. J'endossai par-dessus ce gilet ma veste de cuir

* *Il existe deux sortes de gilets pare-balles en dotation dans la police: le lourd, qui est apparent, et le modèle individuel, plus discret et qui se dissimule sous un vêtement de ville. C'est bien sûr celui-là que je porte.*

et je me nouai une écharpe autour du cou. Je n'oubliai pas mes lunettes noires que je mis dans ma poche et je m'assurai que ma nouvelle arme, un Sig Sauer SP 2022, était en état de marche. Cette arme automatique venait, depuis peu, de remplacer mon Ruger à cinq coups. D'un calibre supérieur (9 mm) très allégé grâce à une carcasse en polymère, elle offre en outre l'avantage de contenir quinze cartouches et de se porter dans un étui à rétention qui évite la perte ou l'arrachage lors d'interpellations agitées.

Ainsi harnachée comme un flic de feuilleton américain, je pris le chemin du bar *Les Courlis*.

La nuit était tombée sur Brest, une nuit bleue, embrumée, qui enveloppait les gens et les choses d'un halo de mystère. À peine distinguait-on les silhouettes des hautes grues immobiles et, au long du quai Malbert, les superstructures illuminées du remorqueur *Abeille Bourbon* toujours en veille. Des lampes au sodium éclairaient les trottoirs de leur lueur orange.

Au *Crabe Marteau*, il y avait de l'ambiance, on entendait une voix forte beugler une vieille chanson de marine :

Je suis le maître à bord,
À bord, je suis le maître,
Tous les costauds du port,
Ont dû le reconnaître…

À son établi, le petit écailler écaillait ses huîtres à tour de bras. Il ne leva même pas les yeux sur moi.

Les autres brasseries brillaient elles aussi de tous leurs feux. Une porte vous jetait aux narines des relents de choucroute, plus loin des senteurs de viandes grillées vous enveloppaient tout d'un coup.

Puis passés ces temples de la bouffe, on recevait tout droit du goulet un souffle purificateur venu de l'Océan tout proche, qui balayait ces remugles terriens.

Quai de la Douane, il y avait un peu moins d'animation. Surtout au bistrot *Les Courlis* qui n'avait pas subi les assauts du modernisme. Il était resté tel qu'il devait être avant la guerre, un honnête bistrot à matelots, avec son bar en zinc poli, ses étagères de verre, ses petits guéridons à trois pieds de fonte ouvragée et au plateau de marbre. Il y avait un billard dans le fond, avec ses grosses lampes accrochées au-dessus du tapis vert et un juke-box à pièces pour que chacun compose sa musique.

Au bar, Fortin faisait une partie de 421 avec un matelot aux gestes incertains. Il me vit arriver dans la glace au tain piqueté qui garnissait l'arrière-bar, mais il ne frémit même pas.

J'avais remis mes lunettes noires et posé mon écharpe sur mes cheveux. Je m'assis à une table libre et je commandai une bière.

Le patron déclina une litanie de marques et je choisis au hasard une *Britt*, la bière de Concarneau. C'eût été une erreur, je crois, que de commander un café ici, surtout à cette heure.

Au bar, près de Fortin, deux femmes au maquillage tapageur me contemplaient sans aménité. L'une d'elles s'approcha de ma table, la cigarette aux lèvres, et me jeta sur un ton provoquant :

— Quess'tu fous là ?

En un instant, son parfum bon marché couvrit celui du tabac et de la bière qui régnait en ce lieu.

Je montrai mon verre du doigt.

Elle réfléchit un instant, la bouche mauvaise, et cracha :

— Ici c'est pas un rade pour les bêcheuses comme toi !

Le patron, un gros homme chauve, jeta d'une voix forte mais calme :

— Ta gueule, Jeannette !

La nommée Jeannette, à regret, retourna vers le bar en roulant du postérieur qu'elle avait assez volumineux, remportant son parfum avec elle, ce qui n'était pas dommage.

— Ça va! dit-elle d'une voix traînante sans cesser de me poignarder du regard.

Pendant quelques instants, on n'entendit plus que l'entrechoquement des boules d'ivoire et les exclamations des joueurs.

Mais Jeannette avait mis deux thunes dans le bastringue et une voix vibrante et pathétique s'éleva, couvrant les autres bruits :

La route solitude
Le long des murs de Brest
Pèse le nord le sud,
Tu t'en vas ou tu restes…

Au bar, la copine de Jeannette se mit à sangloter, les coudes sur le zinc, la tête dans les mains.

L'autre revint, la démarche provocante. Le patron lui dit sur un ton de reproche :

— Pourquoi que tu as mis ce disque, Jeannette ? Tu sais bien que ça lui fait toujours le même effet !

— Ça va ! redit Jeannette d'un air las. Remets-nous ça, Raymond.

Le patron haussa les épaules et prit une bouteille de fine qu'il servit dans des petits verres. Jeannette prit le sien et le vida cul sec, en jetant un regard de défi autour d'elle.

Le disque répétait cette même phrase qui était le refrain de la chanson:

À Brest la blanche...
À Brest la blanche...

— Merde, jura le patron, ce foutu disque est encore coincé!

Il s'en fut décocher un vigoureux coup de pied à l'appareil qui reprit immédiatement le droit chemin pour le dernier couplet:

À Brest la blanche
C'est comme ailleurs,
C'est Brest la noire,
Au fond du cœur...
Dehors il pleut,
Dedans il pleure...
À Brest la blanche...
À Brest la blanche...

En passant près de ma table, il me dit:

— C'est toujours pareil, cette pauvre Lulu...

— C'est de qui cette chanson? demandai-je.

— De Manu Lann Huel, un poète de Brest.

— C'est très beau, dis-je.

Et j'étais sincère; dans ce lieu, à cette heure, ça vous prenait aux tripes. Je ne me doutais d'ailleurs pas, à cette heure, que ce refrain *À Brest la blanche...* resterait associé pour toujours dans ma mémoire à cette enquête dans le grand port de guerre.

— Lulu était amoureuse de lui, me dit le patron.

— Amour déçu?

Il hocha la tête affirmativement.

— Je vais virer ce disque du juke-box, annonça-t-il, j'en ai marre de l'entendre, et chaque fois ça fait des scènes.

— N'en faites rien, lui conseillai-je, il est très beau. Et il va si bien avec ce bistrot, ces marins, ce port des brumes... *À Brest la blanche... À Brest la blanche...*

Il haussa les épaules semblant se dire : « Encore une cinglée ! »

Je fis celle qui ne voyait rien et je bus une gorgée de bière, le regard dans le vide.

Le patron était retourné derrière son bar. Lulu avait fini de pleurer, peut-être parce que le disque s'était arrêté. Elle paraissait dormir, mais de temps en temps, un gros sanglot la soulevait et on l'entendait renifler.

Je sentis mon téléphone vibrer dans ma poche. Je me mis à l'écoute et la voix voilée de Bourgeon me parvint :

— Capitaine Lester, sortez maintenant, il y a devant le bar quelqu'un qui va vous conduire jusqu'à moi.

Au bar, Fortin avait vu que j'étais au téléphone. Dans la glace, il m'interrogeait du regard. Je lui fis un imperceptible signe de tête qu'il comprit au quart de tour.

Abandonnant son compagnon, il sortit immédiatement. J'essayai de gagner du temps :

— Qu'est-ce que c'est que cette combine ? demandai-je. Vous m'aviez dit...

— Je sais bien ce que je vous avais dit, fit Bourgeon, mais maintenant je vous dis autre chose, c'est tout.

— Je ne marche pas ! protestai-je.

— Alors, vous ne saurez rien !

— On finira bien par vous trouver, Bourgeon.

Il ricana sinistrement :

— Si on me retrouve mort, ça ne vous avancera pas à grand chose !

— Pourquoi vous retrouverait-on mort ? La dernière fois que je vous ai entraperçu, vous aviez l'air en assez bonne santé.

— On ne meurt pas que de maladie au port de commerce, vous devriez le savoir.

— C'est une menace ?

— Je vais vous dire, madame le capitaine, la menace, c'est sur moi qu'elle plane. Il y a du monde, du beau monde qui a bien intérêt à ce que je ne sois plus jamais en état de parler.

— Tiens donc ! Vous pouvez sans doute me dire de qui il s'agit ?

Il ricana de nouveau sinistrement :

— Vous ne me croiriez pas !

— Je vous croirais aussi bien au téléphone qu'en tête-à-tête, surtout que je n'ai jusqu'à présent pas eu à me féliciter de nos tête-à-tête.

Appuyées l'une sur l'autre, aussi grises l'une que l'autre, riant haut d'un rire affecté plus proche des larmes que de la joie, les deux filles sortaient pour aller chercher fortune ailleurs.

Fortin avait dû prendre position.

Il était temps de capituler.

— Ça va, dis-je, je viens…

Chapitre 28

Je sortis après avoir abandonné quelques pièces sur le guéridon, près de mon verre encore plein.

Dans Brest la blanche... Car j'y étais en plein. Le brouillard avait envahi le port et, sur les quais, on naviguait dans du coton.

Deux pauvres silhouettes titubantes drapées dans leurs manteaux en peau de lapin, se soutenant l'une l'autre, s'éloignaient sur le trottoir, s'enfonçant dans le linceul froid et humide de la nuit.

Je resserrai mon écharpe autour de mon cou. D'où viendrait l'émissaire de Bourgeon?

Il sortit de la brume, coiffé d'un heaume de cosmonaute, et me fit signe de le suivre. Je traversai la rue et il enfourcha un scooter, me faisant signe de monter derrière lui.

Après un instant d'hésitation, j'obtempérai. Aussitôt le scooter démarra et accéléra brutalement. Il y eut alors un rugissement de moteur et une voiture nous doubla et nous coupa la route.

Je pensai: « Merde! Fortin. Mais qu'est-ce qu'il fout? »

Le pilote du scooter avait freiné si violemment que le scooter s'était couché. Il voulut le relever pour repartir, mais je lui enfonçai mon pistolet dans les côtes.

— Ça va, gamin!

Fortin l'empoigna sans ménagement et ordonna en tapant sur le casque :

— Enlève-moi ça !

Il voulut se rebeller, essaya de donner des coups de pied, mais Fortin lui avait saisi le trapèze entre le pouce et l'index, comme il l'avait fait à Renaud Corbel quelque temps auparavant.

Le résultat fut encore plus spectaculaire. Le corps du chauffeur se tordit sous l'effet de la douleur et il tomba à genoux en gémissant. J'en profitai pour lui arracher son casque.

C'était un jeune garçon d'une vingtaine d'années que je ne connaissais pas et qui grimaçait en se tenant l'épaule.

— Où est Bourgeon ? lui demandai-je.

Il voulut faire le brave :

— Qui ça ?

— Bourgeon !

— Connais pas !

— Ça va, dit Fortin. Fous-lui les pinces, on va aller causer ailleurs.

Il s'adressa au garçon :

— Tu entends, petit gars, ailleurs. Là où personne ne pourra t'entendre gueuler.

Il avait un air si féroce en disant ça que si j'avais été à la place du scootériste, j'en aurais peut-être fait dans ma culotte.

Nous étions en travers d'une route secondaire, mais une voiture pouvait arriver à tout moment. Je menottai le garçon dans le dos et je le fis passer dans la voiture de Fortin, sur le siège passager. J'assujettis soigneusement sa ceinture de sécurité en lui disant :

— Tu as vu si on prend soin de toi ?

— Tu sais manœuvrer ce machin ? demanda Fortin en donnant un coup de pied dans le scooter couché à terre.

— Ça devrait aller.

La machine démarra à la première sollicitation, le changement de vitesse était automatique. Je suivis Fortin qui abrita sa voiture le long d'un hangar désaffecté.

— Pourquoi es-tu intervenu si tôt ? Ce n'est pas ce qui était convenu !

— Il n'était pas prévu que le brouillard tombe non plus. Dans cette purée de pois, le branleur m'aurait semé comme qui rigole. J'ai préféré prendre les devants.

— Tu as bien fait, fis-je après un instant de réflexion. Il faudrait savoir où il voulait m'emmener.

— Pour ça, je m'en charge ! dit Fortin.

— Non, laisse-moi faire.

Je revins à la voiture et je m'assis près de notre protégé qui n'en menait pas large.

— Comment t'appelles-tu ? lançai-je.

Il ne répondit pas.

— Il ne doit plus s'en souvenir, dit Fortin. C'est con, hein, être amnésique à cet âge !

— Remarque, on a le numéro du scooter, il suffit de demander à la grande maison à qui il appartient.

Je vis un drôle de sourire sur les lèvres minces du garnement. Il était frisé et il aurait été brun si la pétoche n'avait fait pâlir son beau visage de pâtre grec.

— Je comprends les raisons de ton hilarité, c'est un scooter volé !

— C'est pas grave, fit Fortin, on peut lui péter les deux cannes et le balancer dans un talus avec son scooter. Demain son nom sera dans les journaux.

— Ouais, mais il pourrait porter plainte contre nous. Comme la parole des voyous vaut mieux que celle de la police de nos jours, ça pourrait être ennuyeux!

— Tu as raison, dit Fortin. Le mieux serait de le balancer dans le port avec son scooter. Comme ça, il ne pourrait pas porter plainte et on saurait son nom quand même.

— C'est une idée. Mais avant, il faudrait qu'il nous dise où est Bourgeon!

— Ah ouais, fit Fortin, au fait, où est Bourgeon?

Il se tourna vers moi:

— Tu vois ce que c'est l'âge, je perds de vue l'essentiel. Ah… la mémoire…

Il disait ça d'un ton bonhomme, et soudain il redevint féroce:

— J'ai pas entendu, petit gars, je dois être sourd aussi. Où est Bourgeon?

Fortin posa son énorme patte sur l'épaule du garçon et fit mine de serrer. C'en était trop pour le morveux.

— Au dépôt! lâcha-t-il dans un souffle.

— Et c'est où le dépôt? demandai-je.

— Au dépôt de ferraille.

— Chez *Niko Fers & Métaux*?

— Oui…

— Tu connais ça, toi? me lança Fortin.

— Et comment!

Je me retournai vers le garçon:

— C'est Bourgeon qui t'a envoyé?

— Ouais.

— Qu'est-ce qu'il t'a promis?

— Qu'il me ferait entrer comme vigile chez Pinchard.

— Il t'a bien donné un peu de fric aussi?

— Un peu.

Je fouillai ses poches et j'en sortis une liasse de cinq billets de cinquante euros.

— C'est ça?

Il hocha la tête, désolé de voir s'envoler son trésor.

Je lui remis les billets en poche. Il me regarda, surpris:

— C'est peut-être ton jour de chance aujourd'hui, fis-je.

Il n'avait vraiment pas l'air de me croire.

— Comment t'appelles-tu?

Il baissa la tête:

— Thierry...

— Thierry comment?

— Bensalem.

— Et tu habites où, Thierry Bensalem?

— À Pontanézen.

J'aurais dû m'en douter.

— Tu vois Thierry, lui dis-je, on n'est pas des méchants. On va aller au dépôt, et si ça se passe bien, on te libère au retour et on ne se connaît plus. Alors, tu as intérêt à ce que ça se passe bien, tu comprends ça?

Il acquiesça de la tête.

— Qui est au dépôt?

— M'sieur Bourgeon.

— Et puis qui encore?

— Je ne sais pas. Normalement il y a deux vigiles, mais je ne les connais pas.

— Bourgeon a pu les éloigner?

— M'sieur Bourgeon peut tout, c'est lui qui commande tous les vigiles.

Je fronçai les sourcils.

— Tu es sûr de ça?

— Oui m'dame. Il dit: « Toi tu vas chez FNAC, toi tu vas chez Pinchard, toi tu vas chez Niko… »

— En somme, il dirige une agence de sécurité?

— C'est ça, m'dame. Si t'es pas bien avec Bourgeon, tu fais pas vigile.

— Et c'est bien de faire vigile?

Il haussa les épaules:

— C'est de la thune!

— Est-ce qu'il y a des chiens ?

— Il n'y en avait pas tout à l'heure.

Je le fixai, soupçonneuse:

— Tu es sûr?

— J'te jure madame!

Il paraissait plein de bonne volonté tout d'un coup.

— D'accord, eh bien on fera comme on a dit…

Je lui brandis mon index sous le nez:

— Si tout se passe bien, Thierry, si tout se passe bien. Sinon, rien n'est fait!

Je sortis de la voiture et Fortin me rejoignit.

— Je vais mettre le casque et prendre le scooter, annonçai-je. Tu me suis à distance. Moi je m'approche de l'entrée, Bourgeon va venir voir pourquoi son émissaire est seul. Car il va me prendre pour son émissaire. Quand il sera à portée, je le braque et on l'embarque.

— Vu comme ça, ça paraît simple, dit Fortin.

Oui, ça paraissait même très simple, mais en réalité les choses se passent rarement comme on le voudrait. Et ce qui devait être une promenade de santé se termina en massacre.

Mais n'anticipons pas.

Chapitre 29

Je m'arrêtai devant la grille du dépôt de ferraille *Niko Fers & Métaux* et je fis pétarader le moteur du scooter.

Une silhouette parut et m'examina, méfiante. Je reconnus la carrure d'ours de Bourgeon.

— Et alors ? aboya-t-il. Où est-elle ?

Je lui fis signe d'ouvrir la porte. C'était le moment crucial, si Bourgeon me reconnaissait, il allait de nouveau se faire la malle et le retrouver dans cet immense entrepôt de ferraille, surtout la nuit, il ne fallait pas y penser.

La brume, le casque et le phare du scooter que je lui collais dans les yeux firent qu'il me prit pour son commissionnaire.

Il tourna une clé dans la serrure et la porte, qui était posée sur rail, coulissa. Il me fit signe d'entrer et, bizarrement, mon moteur cala juste en passant la porte, empêchant celle-ci de se refermer.

Bourgeon me bouscula :

— Ce qu'il est con, celui-là !

Je me laissai tomber et je me relevai en dégainant mon arme que je lui appliquai sur le bide :

— Sois un peu poli, Bourgeon.

Il recula doucement :

— Qui que t'es, toi ?

— Qui que je suis ? Celle que tu voulais voir. Mary Lester.

— Tire un peu ton casque, que je te voie.

— Des clous ! Pour que tu m'allonges un autre ramponneau ? Je l'enlèverai quand tu seras dans la bagnole avec ton commissionnaire et comme lui menotté dans le dos.

La voiture, avec Fortin au volant, était venue stationner juste devant la porte. À sa vue, Bourgeon se mit à transpirer.

— Non ! dit-il en tendant les mains devant lui, non !

Ce type avait une peur abjecte, ça se sentait, une odeur de sueur aigre émanait de toute sa personne. Il reculait en direction d'une montagne de ferraille à présent, en dépit de la menace de mon arme.

— Arrête-toi, Bourgeon ! ordonnai-je.

— Non, redit-il encore, non !

Il y eut une détonation et au même moment je sentis un choc terrible sur mon casque. Je me retrouvai à terre, complètement étourdie. Deux autres coups de feu retentirent et je vis Bourgeon vaciller, puis tomber à genoux.

Je rampai jusqu'à lui et je le tirai à l'abri du tas de ferraille.

— Qu'est-ce qui se passe, Bourgeon ?

— M'ont eu... bredouilla-t-il en se tenant le ventre.

— Qui ça, ils ?

— Cor... Corbel...

— Renaud Corbel ?

Il hocha la tête affirmativement.

— Je croyais qu'il était en voyage.

— Pipo, fit Bourgeon.

J'entendis une voix qui appelait :
— Mary !
— Ça va Jipi…
Je pris mon portable et j'appelai le commissariat. Une voix indolente me répondit. Bon Dieu ! J'allais le motiver, ce mollusque !
— Ici le capitaine Lester, je suis à l'entrepôt de ferraille sur le port de commerce. On me tire dessus. Amenez du secours immédiatement et prévenez le commissaire Balanec. Faites aussi venir une ambulance, j'ai un blessé par balles.
— Oui, capitaine !
Tiens, il était tout à fait réveillé, maintenant. Je revins à Bourgeon.
— Tenez bon, l'ambulance arrive.
— Trop tard, dit-il.
Il paraissait souffrir horriblement.
— Qui a ordonné tout ça ? demandai-je. C'est Rosay ?
Il hocha la tête.
— L'exécution de Matthieu Pinchard ?
Il souffla :
— Rosay. Moi je ne voulais pas…
— Et Lannuzel voulait à toute force exécuter les ordres de Rosay.
Il hocha la tête.
— J'ai voulu l'empêcher, on s'est battus, il est tombé à l'eau… J'ai pas pu le repêcher. Pourtant j'ai essayé. Pierrot c'était mon copain…
— Alors vous avez poussé Matthieu Pinchard après lui avoir ôté ses menottes.
Il hocha de nouveau la tête.
— Je voulais qu'il ait sa chance…

Je le rassurai :

— Il l'a eue.

J'entendis un bruit de tôles et des pas précipités :

— Ils arrivent, souffla Bourgeon, la voix angoissée. Leur idée c'était de vous flinguer et de me tuer après avec votre revolver.

— Comme ça, il n'y aurait plus eu d'enquête, dis-je.

— Oui... Attention, ils viennent finir le boulot.

Une autre tôle tinta. J'appelai :

— Jipi !

Il ne me répondit pas mais j'entendis la voiture démarrer. Elle s'éloigna et je me sentis glacée : qu'est-ce qu'il foutait, ce salopard de Fortin ? Il n'allait tout de même pas me laisser seule aux mains des tueurs ?

Je me sentis couverte d'une sueur froide. J'étais seule avec un moribond au milieu d'un immense dépôt de ferraille qui puait la vieille graisse, le mazout et je ne sais quoi encore, et je sentais du sang couler dans mon cou.

J'avais toujours mon arme en main et je scrutai la nuit, prête à tirer pour défendre ma vie.

— Fortin, dis-je entre mes dents, où es-tu, gros salaud ?

Je ne pouvais imaginer que mon fidèle second allait me manquer dans ces circonstances tragiques.

Soudain, je vis deux phares qui trouaient la nuit. C'était la bagnole de Fortin. Elle avançait lentement vers la grille sans faire le moindre bruit.

Peu à peu ses phares illuminèrent le chantier.

Et elle avançait doucement la bagnole, doucement, doucement mais sûrement et sans à-coups... Et c'était bizarre, il n'y avait personne au volant.

Heureusement d'ailleurs, car il y eut soudain une nouvelle fusillade et le pare-brise vola en éclats. Ceci, et c'était impressionnant, n'empêchait pas la voiture d'avancer inexorablement. Quand elle ne fut plus qu'à quelques centimètres de la grille, elle s'arrêta. Le temps sembla s'arrêter avec elle. Il n'y avait plus un bruit. Puis deux ombres noires jaillirent de derrière un tas de ferraille et se remirent à prendre la voiture pour cible. Des langues de feu trouèrent la nuit et j'entendis les pruneaux d'acier miauler contre la carrosserie; un phare s'éteignit, puis l'autre.

Les coups de feu cessèrent, les tireurs rechargeaient leurs armes. Alors je vis la silhouette de Fortin émerger de l'arrière de la bagnole transformée en passoire. Il était resté derrière et s'était avancé en poussant la voiture comme un bouclier devant lui. Il tenait à la main son formidable 44 magnum avec lequel il avait gagné tant de concours de tir.

— Pattes en l'air, les mecs, ordonna-t-il calmement.

Les deux silhouettes s'arrêtèrent un instant puis, ayant réapprovisionné leurs armes automatiques, ils chargèrent en tirant comme des fous.

La bagnole s'embrasa soudain et Fortin fit un bond en arrière. Le réservoir explosa et une langue de fumée noire monta dans le ciel.

Fortin s'était décalé. Le 44 magnum tonna deux fois et les deux types parurent balancés par une force invisible. Ils s'écroulèrent et ne bougèrent plus.

— Ça va, Mary? demanda Fortin toujours très calme.

— Ça va, dis-je d'une petite voix en ôtant mon casque qui me tenait chaud, trop chaud.

— Et ton gus?

— C'est moins bon.

Je me sentis tirée par la manche. C'était Bourgeon qui demandait mon attention. Il brandissait trois doigts.

— Qu'est-ce que vous voulez me dire, Bourgeon?

— Trois, souffla-t-il, ils sont trois…

Je gueulai:

— Fortin, fais gaffe!

Le grand, qui pensait avoir nettoyé le terrain, s'avançait vers nous sans inquiétude. Il y eut trois détonations et il pivota sur lui-même.

— Fortin! hurlai-je.

Là-haut, sur le balcon qui faisait le tour des bureaux, une autre silhouette noire brandissait un fusil vers Fortin, sans doute pour parachever sa tâche.

Je lâchai une rafale de coups de pistolet pour le déstabiliser. Fortin l'avait vu, il eut le temps de lever son arme et de tirer. Les deux coups se confondirent. Sur le balcon, le type au fusil fut littéralement arraché au sol et il retomba pour ne plus bouger. Fortin s'écroula comme au ralenti.

— Jipi! hurlai-je de nouveau.

Je me précipitai vers mon copain. La balle l'avait cueilli juste sous l'oreille et il pissait le sang. Je mis ma main sur la plaie pour comprimer la blessure et je l'implorai:

— Jipi, parle-moi!

Mais il était vraiment dans le cirage. Son visage, d'une pâleur extrême, était illuminé par les flammes de la voiture qui continuait de brûler. Au loin, j'entendais des sirènes. Je priai Dieu pour qu'ils se pressent, pour qu'ils arrivent à temps pour sauver mon Jipi. Qu'est-ce que je dirais à Madeleine et à ses trois filles si Jipi mourait? Mais ça ne se pouvait pas, Jipi ne pouvait pas mourir comme ça! J'avais envie de pleurer, de trépigner, de faire n'importe quoi, mais je gardai ma main bien serrée sur la plaie, pour essayer de juguler l'hémorragie. Je ne savais même pas si ça servait à quelque chose! Pourtant je sentais quelque chose palpiter sous ma main, quelque chose de fragile comme un oisillon...

L'ambulance du SAMU arriva la première.

— Ici, ici! hurlai-je sans enlever ma main.

Des hommes en blanc accoururent. Quand ils me virent les mains pleines de sang ils demandèrent:

— Qu'est-ce qui se passe?

— Sauvez-le! Sauvez-le! dis-je frénétiquement, il a une balle dans le cou.

L'un des hommes écarta ma main. Il avait une petite lampe frontale qui éclairait la plaie de Fortin.

— Jugulaire touchée. Une pince là-dessus et au bloc opératoire tout de suite.

Il fit la grimace:

— S'il s'en tire...

— Mais il FAUT qu'il s'en tire!

Il haussa les épaules en me regardant avec pitié.

Ils donnèrent les premiers soins et embarquèrent Fortin toujours inconscient sur une civière.

Entre-temps, la patrouille venait d'arriver et le commissaire Balanec les suivait de près.

— Que se passe-t-il ici? lança-t-il.

— Demandez d'autres ambulances, dis-je. Fortin vient de partir à l'hôpital mais là il y a Bourgeon.

— Bourgeon? Vous l'avez enfin retrouvé?

— Enfin, oui...

— Il est...

— Sérieusement touché… Deux balles dans le ventre.

— Mais vous-même, dit-il en me regardant, inquiet.

— Moi, dis-je, c'est le sang des autres.

— Même là? demanda-t-il en touchant mes cheveux.

Je portai ma main où était la sienne et je m'aperçus que mes cheveux étaient pleins de sang coagulé.

— Heureusement que j'avais un casque, fis-je.

— Quel casque?

— Celui-là.

Je ramassai le casque intégral qui avait reçu le pruneau. Il était percé sur l'arrière et la balle, déviée par le plastique épais, était sortie au niveau du front, en m'entaillant légèrement le cuir chevelu au passage. Je l'avais échappé belle! Maintenant que je savais que j'avais été touchée, je sentais un peu ma blessure.

Un jeune flic en tenue arrivait, affolé:

— Patron, il y en a encore deux là-bas!

— Mais qu'est-ce que vous êtes venue faire à Brest, Lester? demanda le commissaire Balanec d'une voix blanche. Déclencher la Troisième Guerre mondiale?

— Je m'en serais bien passée, dis-je d'un ton las. Il y en a même un autre là-haut.

Je montrai le balcon.

— C'est vous…

— Je ne crois pas, répondis-je, j'ai arrosé pour l'empêcher de viser Fortin, mais je crains de tirer trop mal.

Deux autres ambulances étaient arrivées, des journalistes attirés par l'odeur du sang prenaient des photos.

Les pompiers noyaient la carcasse encore fumante sous un flot de mousse.

Les deux types en noir qui avaient mitraillé la voiture de Fortin avaient chacun une balle dans le genou. Maintenant qu'on leur avait enlevé leurs cagoules, je les reconnus. C'étaient les deux vigiles qui m'avaient empoignée lors de ma première visite à Bourgeon.

Balanec, qui était monté sur le balcon, revint accablé :

— Il ne va pas être facile à identifier, celui-là. Il n'a carrément plus de tête. Qu'est-ce qu'il tire, votre collègue ?

— Du 44 magnum.

— Eh bien… fit Balanec impressionné.

— Je vous parie qu'il s'agit de Renaud Corbel, dis-je.

— Vous pourriez bien avoir raison. Il n'a pas dû sentir grand chose !

Il hocha de nouveau la tête :

— Quand je vais raconter ça au patron !

— Je lui ferai un compte rendu verbal demain matin et mon rapport sera sur son bureau après-demain, dis-je.

La dernière ambulance allait partir, emportant le corps de Renaud Corbel. Balanec l'arrêta :

— Le capitaine Lester part avec vous !

Je protestai :

— Mais pourquoi ?

— Vous oubliez que vous êtes gravement blessée à la tête ?

— Ce n'est rien, m'exclamai-je, une écorchure !

— Et vous êtes aussi probablement touchée psychologiquement. Je vais vous envoyer une cellule de soutien.

Je le regardai d'un air féroce :

— Essayez un peu de m'envoyer ces zozos et il y aura d'autres morts !

Il réprima un sourire :

— Je vois que vous êtes sérieusement atteinte, dit-il, allez, à l'hôpital !

Je voyageai donc en compagnie de l'ex-légionnaire qui avait fait le combat de trop.

À l'hôpital de la Cavale Blanche, on me rasa le côté du crâne et on me fit un beau pansement avec quelques points de suture. Je me contemplai dans la glace : cette fois, le tableau était complet. J'étais mûre pour figurer au musée des horreurs.

Fortin était en salle d'opération, les médecins réservaient leur pronostic. L'angoisse me submergea de nouveau.

On m'avait couchée dans un lit et une infirmière m'avait d'autorité collé deux cachets de somnifère dans le bec. J'avais fait mine de les avaler et de m'endormir, mais comme je déteste prendre ce genre de médication, je les avais vite recrachés.

À tort. Car préoccupée par le sort de Fortin, je n'arrivais pas à trouver le sommeil. Je me tournais et me retournais sur mon lit, en vain. Je sus que je ne fermerais pas l'œil de la nuit.

Chapitre 30

Alors je me levai et m'habillai. Je sortis de la chambre qu'on m'avait attribuée et m'aventurai dans les couloirs silencieux éclairés par des lumières glauques.

J'attendis que la personne de permanence à la réception s'absente et je sortis sans que nul ne s'y oppose.

Sur le parking, je trouvai un taxi qui s'apprêtait à repartir après avoir déposé une famille appelée en urgence. Je l'arrêtai :

— Vous retournez à Brest ?

— Oui, répondit-il en me regardant curieusement.

Je m'efforçai de sourire :

— Ne vous inquiétez pas, c'est plus impressionnant que grave. Une collision en ville. Ça m'apprendra à mettre ma ceinture.

Il ne fit pas de commentaire et me déposa à la gare. Là, je demandai à un autre taxi de me conduire à Quimper. Une heure après, je le stoppai venelle du Pain Cuit. Je réglai le chauffeur et j'entrai chez moi. Heureusement, Amandine était repartie dans son gourbi. Qu'est-ce que j'aurais entendu !

Je cherchai dans une boîte une photo de Fortin et je la posai sur la table sous le regard attentif de Mizdu. Puis je pris la baguette d'if, je la plaçai sur le visage du grand lieutenant et je tournai avec ferveur.

Ensuite je pointai la baguette sur ma photo et la tournai. Je ressentis immédiatement un grand apaisement. Puis je pris les clés de la Twingo et retournai à Brest.

J'ai depuis peu un Ipod, cet appareil extraordinaire qui vous permet d'avoir toute votre discothèque immédiatement accessible sous le volume peu encombrant d'un téléphone portable.

Je fis la route comme dans un rêve, bercée par le concerto pour piano de Mozart.

Je retrouvai ma chambre sans que personne ne se soit aperçu de mon absence. Je n'étais même pas fatiguée et pourtant je m'endormis comme un bébé pour un sommeil sans escale jusqu'à neuf heures.

On m'avait servi un petit déjeuner que j'appréciai. Je fis un brin de toilette, m'habillai et m'en fus au service de réanimation demander des nouvelles de Fortin. L'infirmière me fit asseoir et me recommanda d'attendre le chirurgien.

Il arriva, dans sa blouse verte, prêt à opérer.

— C'est un drôle de costaud, votre copain, me dit-il. Quand on me l'a amené, je ne donnais pas cher de sa peau. Ce matin, il réclame son petit déjeuner. Je n'ai jamais vu ça!

Il tira sur ses gants et redit d'un air incrédule:

— Non, je n'ai jamais vu ça!

Il me demanda:

— C'est vous qui avez comprimé l'artère?

— Oui, je me suis souvenue de mes cours de secourisme.

— C'est bien, vous lui avez sauvé la vie. Si vous ne l'aviez pas fait, il se serait vidé de son sang.

Il me regarda:

— Mais vous-même, vous avez été blessée?

— Trois fois rien, dis-je, une balle dans la tête. La routine, quoi.

Il me dévisagea, effaré :

— La routine, vraiment ?

— Vraiment !

— Mais alors, pourquoi a-t-on demandé une cellule de soutien psychologique ?

— Je n'en sais rien. Probablement pour occuper tous ces types qui ont fait psycho !

Et comme il restait muet j'ajoutai :

— Est-ce que j'ai une tête à avoir besoin d'une cellule de soutien psychologique ?

Il me considéra par-dessus ses lunettes en demilune :

— Oui…

Puis il hocha la tête et confirma :

— Franchement, oui !

— Ce n'est qu'une apparence, dis-je. Enfin, si ça déprime les souteneurs psychologiques de voir que leur cliente est partie, dites-leur de me téléphoner, je leur remonterai le moral !

— Parce que vous partez ?

— Ben oui, je ne vais pas encombrer votre hôpital, il faut faire de la place à ceux qui sont vraiment malades.

— Et où allez-vous, si je ne suis pas trop curieux ?

— Je retourne au boulot. Il y a encore des voyous à arrêter, vous savez.

Il me regardait d'un air de ne pas en croire ses yeux ni ses oreilles.

— Il faut vous reposer, dit-il, vous avez été secouée. Une jeune femme, dans un tel massacre…

Il secoua la tête, visiblement il désapprouvait.

— C'est le métier, répliquai-je.

Heureusement qu'il ne savait pas que j'avais fait un aller-retour à Quimper dans la nuit !

Je demandai :

— Est-ce que je peux voir mon équipier ?

— Normalement non. Après ce qui lui est arrivé…

Il haussa les épaules :

— Mais il semble que plus rien n'est normal : les moribonds réclament à manger…

Il me regarda :

— Donc c'est tout à fait possible ! Toutefois, veuillez ménager vos effusions…

Qu'est-ce qu'il croyait, celui-là ?

— Le lieutenant Fortin, outre sa blessure au cou, a quelques côtes de cassées. Car voyez-vous, lorsqu'on lui a ôté son gilet de protection, on s'est aperçu que trois balles s'étaient écrasées sur son torse.

— Vous voulez dire sur son gilet pare-balles ?

— Ouais, ça doit être ça !

— Formidable, m'exclamai-je. On fait vraiment du bon matériel de nos jours.

— Formidable ! dit le médecin en s'en allant, formidable…

Il paraissait ébranlé, cet homme. J'ajoutai :

— Et vous aussi, docteur, vous avez été formidable !

— Bof… moi, fit-il, je suis formidable. Tout le monde est formidable d'ailleurs.

Il se retourna et dit :

— Mais il y a des fois où je ne comprends vraiment rien à la médecine.

Tout à mon équipier, j'avais presque oublié qu'il y avait eu d'autres blessés.

— Et Bourgeon ? m'enquis-je.

— C'est lequel, celui-là ? demanda le médecin. Parce que vous nous avez fait faire des heures supplémentaires cette nuit. Il y en a deux qui ne marcheront jamais plus droit, il y en a un autre qui n'aura plus jamais mal aux dents, et le dernier aura bien de la chance s'il s'en tire.

— Bourgeon ?

— Je ne sais pas qui est votre Bourgeon, fit-il s'impatientant. Si vous croyez que je demande leur nom aux gens quand je les soigne... D'ailleurs, celui-là n'est pas près de me répondre. Ni à vous non plus. Deux balles dans le ventre... Perforation des intestins...

Il eut une moue pessimiste.

— Ça doit être Bourgeon, conclus-je.

— Encore un de vos amis ?

— Pas vraiment.

— Tant mieux, car à moins d'un nouveau miracle...

Et il s'en retourna à sa salle d'opération en soliloquant.

Je trouvai Fortin un peu pâlichon tout de même, avec une gueule de forban noircie par sa barbe de la nuit. Il avait un gros pansement sur le cou et, dans les veines du bras, des aiguilles reliées à des cathéters.

— Mary ! s'exclama-t-il. Paraît que tu m'as sauvé la peau ?

— On s'est mutuellement sauvé la peau, mon vieux !

— Je crois que je vais avoir des vacances, dit-il, mes côtelettes me font tout de même jongler.

Il demanda, anxieux :
— Qu'est-ce qu'il a dit, le taulier ?
— Celui de Brest ?
— Ouais.
— Il a été impressionné. Il m'a demandé si nous étions venus à Brest pour déclencher une troisième guerre mondiale.
— Tu crois que je vais avoir des emmerdes ?
— Mais non ! le rassurai-je en pensant « MAIS SI ! »
Deux estropiés, un mort… L'IGS allait sûrement s'en mêler.
Je sentis une porte s'ouvrir dans mon dos, je me retournai, le commissaire Fabien était là.
— Patron… dis-je en me levant.
Il me regarda sévèrement :
— Vous en avez une tête !
— Vous me l'avez déjà fait remarquer la semaine dernière.
— Ça ne s'est pas arrangé depuis. D'ailleurs, si je me souviens bien, la semaine dernière vous aviez également huit jours d'arrêt de travail…
— Dix, précisai-je.
— Humph ! fit-il, encore mieux ! Et qu'est-ce que je vous avais dit ?
— Vous m'aviez interdit de reparaître au commissariat avant dix jours.
— Vous faites bien peu de cas de mes interdits, à ce qu'il me semble.
— Pas du tout patron ! Je n'ai pas remis les pieds au commissariat de Quimper.
— Non, mais vous êtes venue foutre le bordel à Brest !

Foutre le bordel! Il avait de ces expressions, ce cher Lucien! Il regarda Fortin qui affectait de dormir.

— Avec ce grand idiot! Au fait, comment va-t-il?

— Couci couça, dis-je, hier il était à l'article de la mort, ce matin les médecins ont bon espoir qu'il s'en sorte.

Fabien hocha la tête, soulagé:

— Ce que vous m'avez fait peur tous les deux!

Il montra Fortin du doigt:

— Il est en état de recevoir des visites?

— Ça dépend de qui, fis-je prudemment.

Si c'était l'IGS, mieux valait qu'il fasse encore un peu le malade.

— Il y a dans ma voiture une certaine madame Fortin et ses trois filles, dit Fabien en souriant. Allez donc les chercher, Mary.

Lorsque sa femme entra, je vis l'œil du grand s'allumer. Il ouvrit les bras pour embrasser toute sa petite famille, mais son mouvement s'arrêta dans une grimace de douleur.

Les trois petites intimidées regardaient autour d'elles avec curiosité. Madeleine Fortin pleurait comme une... Madeleine.

— Doucement, dis-je, votre papa a des côtes cassées. Ce n'est pas grave, mais ça lui fait très mal.

Fabien prit la grosse main de Fortin dans ses deux petites mains:

— Allez, cher garçon, remettez-vous vite!

Je fis un clin d'œil complice à Fortin: il était redevenu son « cher garçon ».

Fabien me prit par le bras:

— Quant à vous, Mary Lester, suivez-moi! On a des choses à se dire.

Je dégageai mon bras en grimaçant :

— Pas trop fort, patron. Depuis quelque temps, les gens essayent de me broyer le coude, c'est très douloureux !

Il regarda sa main de garçonnet et protesta :

— Je ne vais rien broyer du tout !

— Avant toute chose, patron, le commissaire Balanec. Demandez-lui de faire garder la chambre de Bourgeon.

— Pourquoi ? s'étonna Fabien. Ce n'est pas encore fini ?

— J'espère bien que si, dis-je, mais c'est une affaire tellement tordue que nous devons envisager le pire.

Chapitre 31

Nous nous retrouvâmes à Brest, au commissariat de la rue Colbert, dans le bureau du divisionnaire Chatellier.

Heureusement que le patron était là car Chatellier me considérait sans aménité. Moi, je ne disais rien, je la jouais modeste.

— Beau bilan! finit par laisser tomber Chatellier. Un mort, quatre blessés graves, dont un officier de police…

— Et un autre officier de police blessé également, mais plus légèrement, dis-je.

— Je suppose que vous parlez de vous? demanda-t-il.

— Oui, monsieur.

— Ça paraît vous satisfaire, fit Chatellier sarcastique.

— Oui, monsieur, répétai-je, nous nous sommes trouvés dans une situation délicate et j'ai bien pensé un moment qu'on ne s'en sortirait pas. Or je suis là pour répondre à vos questions, et le lieutenant Fortin est en bonne voie de guérison. Je considère donc que nous nous en sommes bien tirés.

Chatellier regardait Fabien et semblait dire: « Elle ne manque pas d'air, ta fliquette! »

Fabien restait silencieux, je le soupçonnais de s'amuser intérieurement.

— Avec votre permission monsieur, je voudrais revenir à l'origine de cette affaire.

— Vous allez nous ramener quinze ans en arrière? s'inquiéta Chatellier.

— Pas tout de suite. Quinze jours d'abord. Voici quinze jours, donc, le commissaire Fabien ici présent me confie - à la requête du contrôleur général Mervent - une enquête sur la mort d'un jeune homme, retrouvé noyé en novembre 1991 sur la cale à Landévennec. Or cette affaire avait été jugée en son temps, et le coupable du meurtre, car il semblait bien qu'il s'agissait d'un meurtre, avait avoué et pour ce fait, avait été condamné à vingt ans de réclusion par la cour d'assises du Finistère. Qu'est-ce qui a causé la réouverture de l'enquête? Le condamné s'était échappé pendant son transfert à la prison de Brest et n'avait jamais été retrouvé. Or, quatorze ans plus tard, le voilà qui refait surface et on découvre que ce condamné, Matthieu Pinchard, s'était réfugié à Landévennec, chez les moines.

— On sait tout ça! s'exclama Chatellier avec impatience.

— Certes, dis-je, aussi n'y ai-je fait allusion que pour remettre les choses en perspective, c'est-à-dire rappeler dans quelles conditions j'ai entrepris cette enquête. J'ai commencé par entendre monsieur Gaston Pinchard, l'industriel bien connu, sur les circonstances qui ont mené à l'arrestation et à la condamnation de son fils.

— Et qu'en est-il ressorti? demanda Chatellier sarcastique tandis que le commissaire Fabien demeurait étrangement muet.

— Il en est ressorti que monsieur Pinchard était absent de France lors des faits et qu'il restait persuadé que son fils n'avait pas tué Jacques Courtois.

— Ben tiens! fit Chatellier.

Je négligeai l'interruption.

— Ensuite, j'ai rencontré Matthieu Pinchard dans sa cellule.

— Et lui aussi a clamé son innocence! dit Chatellier.

— Non, il ne l'a pas clamée, monsieur le divisionnaire, il m'a simplement certifié qu'il n'avait pas tué Courtois qui était son meilleur ami.

— Je ne vois pas la différence, bougonna Chatellier.

— C'est une nuance plus qu'une différence, monsieur. Un peu comme celle qui existe entre être malade et être souffrant, si vous voyez ce que je veux dire.

Je vis sa bouche se crisper et il parut sur le point d'exploser, mais la présence de Fabien fit qu'il se contint. Je poursuivis:

— Là n'est pas l'important. Je l'ai interrogé sur son évasion et il s'avère que Matthieu Pinchard ne s'est pas évadé, mais qu'il a été littéralement kidnappé.

— Pff! fit Chatellier. Et par qui?

— Par Pierre Lannuzel, qui était à l'époque responsable de la sécurité chez Gaston Pinchard, et par son ami René Bourgeon.

— Dans quel but?

— Dans le but de faire disparaître Matthieu Pinchard.

— Mais pourquoi le faire disparaître? demanda Chatellier en levant les bras au ciel. Il avait pris vingt ans de taule!

— Parce que Matthieu Pinchard avait été très mal défendu. Tous les chroniqueurs de l'époque étaient persuadés qu'avec le maître du barreau que son père Gaston avait pressenti, sa peine serait pour le moins réduite en appel et qu'il serait peut-être même acquitté des faits qui lui étaient reprochés.

— Et alors ? Qui cela pouvait-il gêner ?

— Qui ? Mais Rosay ! Le dévoué Philippe Rosay qui travaillait jour et nuit pour Pinchard. Qui, selon vous, aurait hérité de l'empire Pinchard ? Matthieu, évidemment ! Et Rosay, malgré toutes ses qualités, serait resté le second derrière cet héritier qui le méprisait. Situation intenable pour un gagneur comme Rosay.

— Mais il y avait une fille ! dit Chatellier.

— Oui, Cathy, mais pour Pinchard, une fille n'est rien. Du moins pour mener les affaires. Pinchard en est encore à la loi salique, monsieur.

— La quoi ? demanda Chatellier en plissant le front.

— La loi des Francs, qui excluait les femmes de la conduite des affaires. À l'époque, Cathy est mariée à Philippe Rosay. Le ménage ne marche pas très bien. Ils finiront par divorcer ; Rosay voulait certainement s'affranchir de la coupe de sa femme, au prétexte que Cathy ne pouvait pas avoir d'enfants. Il avait également l'occasion d'échanger une femme au physique ingrat - qu'il n'avait probablement épousée que pour être le gendre de Pinchard - contre une beauté qui avait quasiment l'âge d'être sa fille : Clémentine Rabier. Cette Clémentine était très amoureuse de Matthieu Pinchard. Jacques Courtois en était également épris, ce qui a provoqué une rivalité amoureuse entre ces deux amis. Cette situation, à mon avis, fut à l'origine des aveux de Matthieu Pinchard. N'oublions pas qu'à cette fameuse soirée, tous ces jeunes gens étaient sous l'influence de l'alcool et aussi de drogues plus ou moins dures. Matthieu Pinchard a déliré et raconté n'importe quoi.

— Mais ensuite, dit Chatellier, lors de son jugement, il aurait pu revenir sur ces déclarations!

— Oui, mais son avocat, maître Bertheaume, remarquable avocat d'affaires, n'était pas un pénaliste. Il a fait plaider coupable à son client en invoquant le drame passionnel, circonstance qui vaut souvent l'indulgence des jurys dans notre pays. Manque de chance, la bande à Pinchard, la horde sauvage comme l'a nommée un journaliste, s'était forgé une réputation si détestable que les jurés ont voulu faire un exemple et châtier ce fils à papa dévoyé. On connaît la suite.

— Attendez Mary, dit Fabien intervenant pour la première fois, si mes souvenirs sont bons, ce Lannuzel était tout dévoué à Gaston Pinchard?

— Oui, patron.

— Il prenait ses ordres près de lui?

— Tout à fait! Sauf quand son fils a été incarcéré. Gaston Pinchard, exaspéré par les incartades de Matthieu, avait jeté: « Qu'il aille donc en prison, ça le fera peut-être réfléchir! ». Et puis il était retourné à ses affaires qui l'appelaient hors de France, laissant pour directive à tous ses responsables de magasin d'en référer à Philippe Rosay. Il avait même dit à Pierre Lannuzel - en présence de Philippe Rosay - qu'en son absence Rosay était le patron et qu'il faudrait lui obéir en toutes circonstances.

Ce n'était pas tombé dans l'oreille d'un sourd. Rosay a vu immédiatement l'occasion de se débarrasser définitivement de l'héritier et il a chargé Lannuzel de préparer l'embuscade, ce que celui-ci a fait avec une grande compétence, et la liquidation du fils dévoyé.

— Et Lannuzel a pris ça pour du pain bénit? demanda Chatellier sceptique.

— Lannuzel était un primaire, monsieur, un militaire formé à l'obéissance absolue à sa hiérarchie. Rosay remplaçait Gaston Pinchard, il devenait donc le patron à qui il fallait obéir aveuglément.

— C'est tout de même un peu gros, dit Chatellier.

— C'est énorme, concédai-je, mais pour un militaire comme Lannuzel, Matthieu Pinchard représentait le mal absolu : l'oisiveté, la dépravation sous toutes ses formes, le mépris de ceux qui travaillent, le refus de toute discipline... Rosay n'a pas dû avoir à en rajouter beaucoup pour convaincre Lannuzel que Gaston Pinchard était las d'avoir un descendant aussi exécrable. Tant et si bien que Lannuzel a exécuté les ordres avec la complicité de son copain Bourgeon - dont le canot, le *Digadao,* fut utilisé pour la circonstance -, persuadé que c'était là le souhait de son ami et maître.

Matthieu Pinchard se serait noyé dans la rade, menottes aux poignets, en essayant de s'évader et tout aurait été dit. Mais voilà, un grain de sable vint se glisser dans ces ingénieux rouages. Et ce grain de sable s'appelait...

Je regardai mes deux interlocuteurs d'un air interrogatif, mais personne ne répondant, je complétai donc :

— Il s'appelait Bourgeon !

— Comment ?... demanda Chatellier en regardant alternativement Fabien puis moi.

— Comment je le sais ? Tout simplement parce que Matthieu Pinchard - ou Frère Grégoire, à votre choix - me l'a dit. Après la fuite - ou l'enlèvement, encore à votre choix - de Matthieu Pinchard, les trois hommes restèrent cachés dans les entrepôts du port de commerce. À la nuit, ils embarquèrent sur le bateau de

Bourgeon pour aller jeter Matthieu au milieu de la rade, un endroit où, menotté, il n'avait pas l'ombre d'une chance de survivre. Mais Bourgeon, qui ne reculait pas devant les petites crapuleries ordinaires, recula devant le meurtre. Car il s'agissait bien d'un meurtre. Il y eut donc dispute entre les deux copains, l'un voulant absolument exécuter l'ordre qui lui avait été donné, l'autre trop effrayé par les conséquences de ce crime pour passer à l'acte. Les deux hommes finirent par en venir aux mains et, au cours de l'échauffourée, Lannuzel tomba à l'eau tandis que le bateau privé de pilote poursuivait sa route. Bourgeon affolé fit demi-tour pour repêcher son camarade, mais il ne le retrouva pas. Lannuzel avait coulé à pic. Atterré, Bourgeon ôta alors les menottes à Matthieu Pinchard et le poussa à la mer. Pinchard, bon nageur, fut porté par un courant vers le fond de la rade et il prit pied, exténué, sur un rivage qu'il ne reconnut tout d'abord pas dans la nuit sombre. Il longea la grève et frappa à la première porte qu'il trouva. C'était la porte de l'abbaye Saint-Gwénolé. Les moines le réconfortèrent, puis le recueillirent.

— C'est Matthieu Pinchard qui vous a raconté cette belle histoire ? demanda Chatellier d'un air de doute.

— Oui monsieur. Mais elle m'a été confirmée par Bourgeon lui-même…

— Humph… Bourgeon… Un type peu recommandable, si je vous ai bien entendue.

— Certes, mais sans lui Matthieu Pinchard serait mort et on n'aurait jamais tiré cette histoire au clair.

Je lus une autre version dans les yeux du commissaire Chatellier : « Sans lui Matthieu Pinchard serait mort, et à l'heure qu'il est on ne serait pas dans les emmerdements jusqu'au cou! »

— Il y a un autre témoignage que, je pense, vous ne récuserez pas, monsieur.

— Ah oui?

— Celui du père abbé du monastère.

Chatellier resta silencieux.

— Alors, demanda Fabien, pour en finir, qui a tué Jacques Courtois?

— Vraisemblablement personne, répondis-je. Dans le tumulte de cette folle nuit, Courtois a dû glisser et tomber à l'eau sans que personne ne s'en aperçoive. Souvenez-vous que tous les participants à cette fête étaient ivres morts, ou drogués ou les deux. Il y a bien quelqu'un qui aurait pu pousser Courtois, mais il ne vous répondra plus.

— De qui voulez-vous parler? demanda Chatellier.

— De Renaud Corbel. C'est le seul qui ne buvait pas, qui ne prenait pas de drogues. C'est lui qui a eu l'idée du feu d'artifice, il était sur la digue... Quant à ce qui s'est passé exactement, nous ne le saurons probablement jamais. Maintenant il y a un témoin majeur que je n'ai pas pu interroger, c'est madame Rosay. Pourquoi son mari s'y opposait-il? Peut-être pourrez-vous lui poser la question, monsieur le divisionnaire.

— Je le ferai à l'occasion, dit Chatellier. Mais vous faites reposer la responsabilité de toute cette affaire sur Rosay. Quelle preuve apportez-vous?

— Prions pour que Bourgeon s'en sorte, répondis-je, il est l'homme clé dans toute cette affaire, c'est pour cela qu'on a tenté de le tuer.

Je me levai :

— Avec votre permission, messieurs, je voudrais maintenant me retirer. Vous aurez mon rapport demain sur votre bureau.

— Il est probable que le moine sera relaxé, avança Fabien, mais nous n'avons pas matière à inculper Rosay.

— La justice tranchera ! déclarai-je.

— Où allez-vous, capitaine ? demanda Chatellier.

— Je rentre chez moi, monsieur. Je suis un peu fatiguée, voyez-vous ? Et, mon patron vous le confirmera, j'ai dix jours d'arrêt de travail.

☆

J'avais encore menti, je ne rentrai pas chez moi. Je m'arrêtai dans un bar et je pris un sandwich et une tasse de café.

La presse était pleine de photos impressionnantes du dépôt de ferraille, de la voiture en feu, des corps qu'on emmenait sur des brancards.

Les titres faisaient cinq colonnes à la une. Ça allait de *RÈGLEMENT DE COMPTES AU PORT DE COMMERCE* à *FUSILLADE MORTELLE DANS UNE ENTREPRISE DU PORT* ou encore *UN MORT, QUATRE BLESSÉS GRAVES AU COURS D'UNE FUSILLADE À BREST*.

Les faits étaient relatés, mais la presse n'apportait pas une ombre de piste sur les causes du massacre. Il ne faudrait pas que les journalistes me reconnaissent, pour le coup, je serais harcelée.

Je laissai quelques pièces sur le marbre de la table et j'emportai le reste du sandwich dans ma voiture. Je repris la route de Landévennec et j'arrivai peu avant midi devant la propriété de Gaston Pinchard.

Je sonnai et, quand j'eus décliné mon identité, la gâche fit entendre son déclic. Je refermai la porte derrière moi et je montai l'allée.

Le père et la fille m'attendaient sur le seuil de la porte.

Ma tête faisait toujours son petit effet: un côté du visage encore jaunâtre, l'autre carrément noir avec des teintes verdâtres, un côté de la tête rasé et un joli pansement rose teinté de rouge par une substance désinfectante.

— Mon Dieu, s'écria Cathy, que vous est-il arrivé?

— Une balle de fusil m'a frôlée d'un peu trop près, dis-je.

— Mais alors, cette fusillade dont on parle dans la presse et à la télé...

— J'y étais.

— On dit qu'il y a des morts...

— Un mort, et quatre blessés graves, précisai-je.

Si la presse, grâce aux progrès de l'informatique et du numérique, avait pu passer ses photos, les commentaires restaient dans le vague. Le commissaire Chatellier aurait à s'expliquer avec les journalistes, et je préférais que ce soit lui plutôt que moi.

— Le mort est Renaud Corbel, annonçai-je, deux des blessés sont les vigiles qui m'avaient fouillée à l'hypermarché, le troisième est Bourgeon, le quatrième mon équipier qui est actuellement entre la vie et la mort.

J'exagérais un peu, mais pas tellement, après tout.

— Mon Dieu! répéta Cathy, il s'en tirera?

— Je l'espère, dis-je, le lieutenant Fortin a trois petites filles. Sa voiture a brûlé dans l'embuscade.

Cathy parut bouleversée et son père sembla s'affaisser.

— Entrez, dit Cathy. Que s'est-il passé?

Nous nous assîmes tous les trois autour de la grande table.

— Une embuscade, expliquai-je, Corbel m'avait fait tendre une véritable embuscade. Si mon équipier n'avait pas été là, je serais morte à l'heure qu'il est.

Il y eut un silence pesant.

— Monsieur Pinchard, Matthieu n'a pas tué Courtois. Il sera relaxé de cette inculpation.

— Dieu soit loué, dit-il, la tête dans les mains.

Décidément, on invoquait beaucoup le nom de Dieu dans cette maison. Depuis peu, certes, mais quand même, ça donnait à penser…

J'entrepris alors de leur raconter ce que j'avais déjà raconté aux deux patrons au commissariat de Brest. Lorsque je mis en cause Rosay, le vieil homme pâlit tandis que sa fille rougissait de colère et fixait son père d'un regard qui n'était pas dépourvu de rancune.

— Est-ce possible? murmura-t-il.

— Hélas, monsieur, il n'y a pas de doute.

— Le misérable! marmonna-t-il. J'espère qu'il sera châtié.

— Je l'espère aussi, mais rien n'est moins sûr.

— Comment? Vous m'avez dit…

— Je vous ai dit comment les choses se sont passées. Mais Lannuzel est mort, Corbel est mort, Bourgeon est mourant.

— Bourgeon pourra parler!

— J'y compte, mais ce sera sa parole contre celle de Rosay. Il n'y a pas de preuves, monsieur, tous ces ordres ont été donnés verbalement. Avec un bon avocat, et soyez certain que Rosay choisira le meilleur, il s'en tirera au moindre coût.

— C'est-à-dire?

— Que le tribunal prononcera probablement un non-lieu.

— Le misérable! répéta le vieillard d'une voix terrible tandis que ses yeux flamboyaient.

Puis il retomba dans une morne songerie.

Je me levai:

— Je vais vous laisser, je voulais vous tenir au courant. Je vais maintenant faire mon rapport à ma hiérarchie. Avec les faits que j'expose, votre avocat n'aura aucune peine à faire relâcher Matthieu.

Cathy me reconduisit à la porte et me serra la main avec effusion.

— Merci! dit-elle.

Derrière la fenêtre se découpait la silhouette du patriarche qui devait ruminer sa vengeance.

ÉPILOGUE

Aucune faute professionnelle n'a été retenue contre le capitaine Lester et le lieutenant Fortin dans l'affaire de la fusillade au port de commerce à Brest.

Conclusion du rapport de l'IGS transmis aux commissaires Chatellier et Fabien, ainsi qu'aux intéressés.

L'enquête ayant révélé de nouveaux éléments concernant la mort de Jacques Courtois le 31 octobre 1991 à Landévennec, le tribunal a conclu à une mort accidentelle et a donc prononcé un non-lieu en faveur de monsieur Matthieu Pinchard.

Ouest-France, Le Télégramme, décembre 2005

Le conseil d'administration de la holding Pinchard & Cie, réuni en conseil d'administration extraordinaire, a nommé madame Catherine Pinchard Président Directeur Général en remplacement de monsieur Philippe Rosay, démissionnaire.

Annonces Légales, *Le Progrès de Cornouaille, Le Courrier du Léon et du Trégor,* décembre 2005

La cour d'assises du Finistère a condamné Olivier Rolin et Claude Germain, impliqués dans la fusillade du port de commerce de Brest dans laquelle un officier de police et un témoin avaient été grièvement blessés, à neuf ans de prison.

René Bourgeon a été condamné à deux ans de prison avec sursis pour homicide involontaire sur la personne de Pierre Lannuzel.

N.D.L.R. : Cette condamnation interdit désormais à Bourgeon de gérer une affaire ayant trait à la sécurité.

Ouest-France, *Le Télégramme*, octobre 2006

Novembre 2006 :

Mes cheveux ont repoussé et il y a longtemps que je n'ai plus les yeux au beurre noir.

Jipi a retrouvé tout son allant et a gagné un gros 4x4 japonais lors d'un tirage au sort aux magasins Pinchard.

Le commissaire Fabien a repris trois kilos.

Frère Grégoire prie pour vous et Lilian m'aime toujours.

La vie est belle, et je vous adresse mon meilleur souvenir.

Mary Lester.

FIN

L'Île-Tudy,
novembre 2006

PLAN DE LA RADE DE BREST

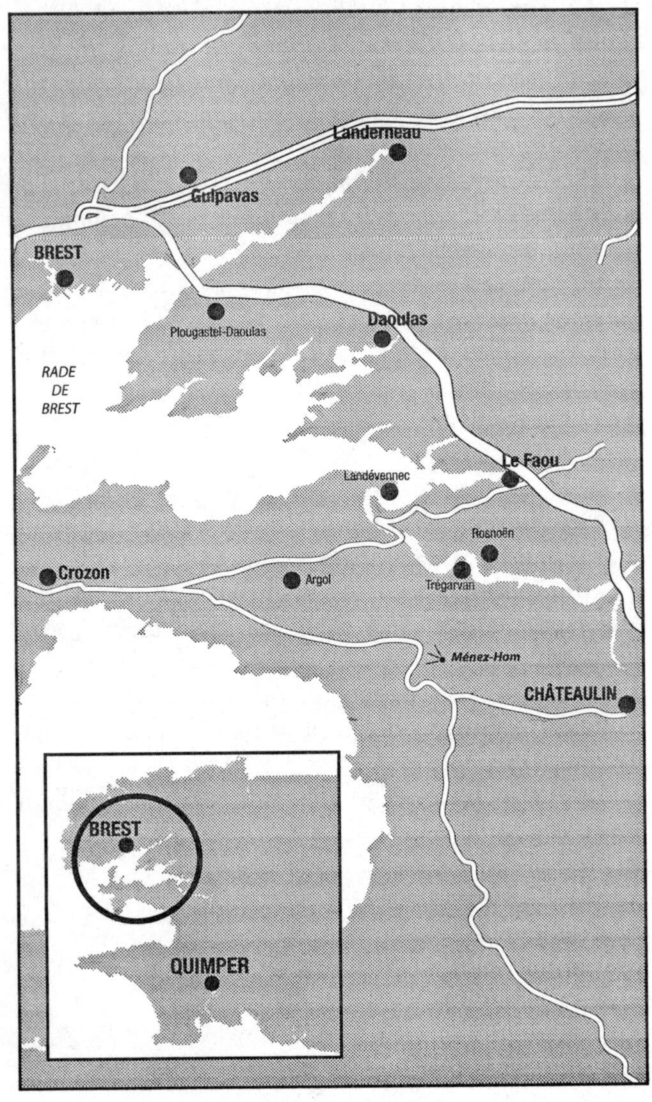

Je désire être informé(e) des prochaines parutions des enquêtes de Mary Lester et autres ouvrages des Éditions du Palémon.

Nom : ....

Prénom : ....

Adresse : ....

....

CP : .... Ville : ....

E-mail : .... @ ....

Signature :

Bon à compléter ou à recopier
et à retourner par courrier à l'adresse suivante :

Éditions du Palémon
ZA de Troyalac'h
10 rue André Michelin
29170 SAINT-ÉVARZEC

Retrouvez les Enquêtes
de Mary Lester sur Internet :
http://www.palemon.fr

ÉDITIONS DU PALÉMON
ZA DE TROYALAC'H - N° 10
RUE ANDRÉ MICHELIN - 29170 ST-ÉVARZEC
DÉPÔT LÉGAL 4e TRIMESTRE 2006.
ISBN : 978-2-907572-78-1

ACHEVÉ D'IMPRIMER SUR ROTO-PAGE
PAR L'IMPRIMERIE FLOCH À MAYENNE (69087)
Imprimé en France